《终南文库》第四辑

四代作家

史飞翔 编著

陕西新华出版
陕西人民出版社

图书在版编目(CIP)数据

陕西当代作家研究 / 史飞翔编著 . -- 西安：陕西人民出版社，2024. -- （终南文库）. -- ISBN 978-7-224-15600-3

Ⅰ . I206.7

中国国家版本馆 CIP 数据核字第 2024QE5284 号

特约编辑：史媛媛
责任编辑：杨　婧　焦佩华
封面设计：白明娟

陕西当代作家研究
SHAANXI DANGDAI ZUOJIA YANJIU

编　　著	史飞翔
出版发行	陕西人民出版社
	（西安市北大街 147 号　邮编：710003）
印　　刷	广东虎彩云印刷有限公司
开　　本	787 毫米 ×1092 毫米　1/16
插　　页	2
印　　张	21
字　　数	268 千字
版　　次	2025 年 1 月第 1 版
印　　次	2025 年 4 月第 2 次印刷
书　　号	ISBN 978-7-224-15600-3
定　　价	76.00 元

著名文艺评论家、茅盾文学奖评委李星先生为《陕西当代作家研究》题词

此书是青年学者史飞翔先生的陕西老中青三代作家的研究专著，视野宏阔，见解独特，是一部关于陕西文坛文学创作的重量之作，值得隆重推荐！

李星

著名评论家、文化学者肖云儒先生
为《陕西当代作家研究》题词

为陕西文学发声
为陕西作家立传
——肖云儒

目录

第一章
陕西文学概述

第一节　三秦文脉　7

第二节　延安文艺传统　16

第三节　"十七年"文学　23

第四节　新时期文学　25

第五节　新世纪文学　34

第六节　文体视野下的陕西当代作家　36

第七节　陕西作家的代际划分　52

第八节　陕西作家的作品翻译及海外传播　59

第二章
陕西文学地域特征

第一节　关中文学　72

第二节　陕北文学　76

第三节　陕南文学　81

第三章
陕西当代作家及其代表作

郑伯奇与《郑伯奇文集》　91

柯仲平与《不到黄河心不甘》　99

柳青与《创业史》　104

杜鹏程与《保卫延安》　111

王汶石与《风雪之夜》　119

李若冰与《柴达木手记》　124

魏钢焰与《你，浪花里的一滴水》　129

王老九与《进西安》　134

路遥与《平凡的世界》　139

陈忠实与《白鹿原》　145

贾平凹与《秦腔》　164

陈彦与《主角》　173

高建群与《最后一个匈奴》　179

京夫与《八里情仇》　183

红柯与《西去的骑手》　187

叶广芩与《采桑子》　192

冯积岐与《村子》　198

杨争光与《从两个蛋开始》　208

黄建国与《梅庄的某一个夜晚》　215

邹志安与《哦，小公马》　220

王晓新与《地火》　226

王观胜与《放马天山》　230

赵熙与《女儿河》　235

文兰与《命运峡谷》　240

史峭石与《女贞巷》　246

白描与《苍凉青春》　251

和谷与《市长张铁民》　255

杨焕亭与《汉武大帝》　261

王海与《城市门》　270

李康美与《天荒》　274

刘成章与《羊想云彩》　279

史小溪与《陕北八月天》　284

孙见喜与《山匪》　290

方英文与《后花园》　295

王蓬与《水葬》　301

陈长吟与《美文的天空》　305

王家民与《商山四皓》　311

寇挥与《想象一个部落的湮灭》　315

吴文莉与《叶落长安》　319

周瑄璞与《多湾》　324

参考书目　328

后　记　329

第一章
陕西文学概述

"陕西"这一称呼，最早出现在西周初年。据《国语》记载，周王朝当时以"陕原"（今河南省陕县境内）为界，陕原以东曰"陕东"，由周公旦管理；"陕原"以西曰"陕西"，由召公奭管理。召公管理的陕原以西的这块土地，此后曾称为"雍""秦""三秦""三辅"等。《史记·项羽本纪》中说，秦朝覆灭后，项羽三分秦故地关中：封秦降将章邯为雍王，领有今陕西咸阳以西（即关中西部）和甘肃东部地区；立司马欣为塞王，领地在咸阳以东（即关中以东）；立董翳为翟王，领有今陕西北部地区；"三秦"由此而来。汉武帝时，又将京畿和关中分为三个郡级行政区划：长安为"京兆"，意为天子居住的大城；关中东府为"冯翊"（píngyì），意为辅佐藩护长安之地；关中西府为"扶风"，意为扶助京师风化之地。也称为"京兆尹""左冯翊""右扶风"，其治所均在长安城内。从此，关中也被称为"三辅"，即中央政府的三个最主要的辅助区域。宋初置陕西路，元代设陕西行中书省，明代置陕西布政使司，清代为陕西省，简称"陕"或"秦"，相沿至今。

三秦大地地处中国中部偏东靠北，位于东经105°29′~111°15′、北纬31°42′~39°35′。南北长863公里，东西宽400公里，面积约20.6万平方公里。与蒙、晋、豫、鄂、川、甘、宁等省毗邻。整个地貌以高原为多，山地次之，川地平原较少。

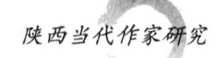

同行政版图一样，文学版图是近年来文学研究领域的一个重要概念，它旨在揭示文学的地域性与作家创作风格之间的关系。陕西文学在中国当代文学版图中占有重要地位，是中国当代文学的"重镇"和"高地"。任何一个人，只要研究中国当代文学，陕西都是一座绕不过的高山。

1980年7月，《延河》编辑部在太白县招待所召开农村题材短篇小说创作座谈会。前排左起：京夫、蒋金彦、邹志安、贾平凹。后排左起：路遥、徐岳、陈忠实、王蓬、王晓新。

　　文学是时代的发声器、"晴雨表"、"雷达"。一个时代有一个时代的文学。在中国当代文学发展的历史进程中，每一个阶段，陕西作家都发出了自己独特的声音，呈现出鲜明的创作风格，彰显出独立的见解和品性。陕西是当代有影响的作家最多的一个省份（路遥、陈忠实、贾平凹、陈彦等），是当之无愧的"文学大省"。陕西当代文学走过的70多年道路，是中国当代文学发展的一个缩影。中国文联主席、中国作家协会主席铁凝曾说："陕西不仅是文学大省，更是文学强省，从某种程度上说，陕西重要作家文学的高度代表了中国当代文学的高度。"陕西文学在某种程度上代表了中国文学的高度，这是多么高的一个评价啊！

1985年春，白描、路遥、贾平凹、和谷（左起依次）在陕西作家协会召开的青年作家创作会议上。

陕西作为中国历史文化的重要发源地，孕育出了众多杰出的文学人才。这些作家，无论是在本土抑或是异乡，都以其独特的视角和深厚的文化底蕴，为中国现当代文学做出了不可磨灭的贡献。陕西作家群体的构成，既有土生土长的陕籍人士，也有在外流浪而心系故土的陕籍异居者。这一群体的形成和发展，与陕西丰富的地域文化和历史背景密不可分。

陕西的第一代作家，如王汶石、魏钢焰（尽管他们非陕西出生，但仍被归入陕西作家行列），以及吴堡的柳青、韩城的杜鹏程、米脂的马健翎、泾阳的李若冰等，他们的创作多聚焦于农村生活和农民命运，其作品深深植根于陕西的土地，反映了那个时代的社会变迁和人民的生活状态。

进入第二、三代作家时期，陕西作家几乎清一色为陕籍，代表人物有：丹凤的贾平凹，西安的陈忠实，清涧的路遥，礼泉的邹志安，蒲城的赵熙、王宝成，岐山的李凤杰、红柯，汉中的蒋金彦，临潼的高建群，乾县的杨争光、黄建国等。他们的作品继续传承了对乡土生活的关注，同时也开始探索更为广泛的主题和领域。据统计，多达百分之八十的陕西当代

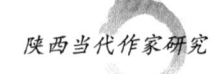

作家生于斯长于斯，他们从苍凉的陕北黄土高原、肥沃的关中渭河两岸，到优美的陕南秀山丽水中，汲取了多元而丰富的生命意识和生存理念。

著名文学评论家李星先生在1989年提出了"农裔城籍"的概念，用以描述那些出生于农村、成长于城市，并在城乡结构变化中寻找自我定位的陕西作家。他们在身份认同和地域融入的过程中，体现出深刻的冲突和融合，其作品成为时代发展的精神见证。这群作家中，路遥将视野投向改革浪潮中的乡土，陈忠实和贾平凹则更注重乡村世界的伦理和人情纠葛。

1985秋，陕西作协召开"陕西省长篇小说创作促进会"，会议在陕北毛乌素沙漠以"大漠盟誓"的方式闭幕（左起：子页、白描、贾平凹、路遥、京夫、陈忠实）

随着时代的演进，"农裔城籍"这一概念也呈现出新的发展态势。陕西作家的创作不再局限于农村题材，而是向工业、军事、都市等多个领域拓展。作家李若冰自20世纪50年代起便与石油勘探结下不解之缘，他跨越长城，穿越沙漠，数次走进柴达木，创作了著名的《柴达木手记》《高原语丝》《塔里木书简》等散文佳作，用笔记录下新中国石油工人的奋斗历程，成为西部文学，特别是石油文学的开拓者。杜鹏程以宝成铁路建设为背景，探讨和平时期的人生考验。魏钢焰则通过《船夫曲》等作品，揭示了劳模与时代的关系。

在军事题材方面，陕西作家同样有着不俗的表现。《保卫延安》《铜墙铁壁》《长城魂》《黄河两岸的群山》《兵车行》《西去的骑手》等作品不仅展现了战争的残酷，也讴歌了英雄主义精神。而随着中国社会改革的不断深入，城市化步伐的加快，第二代和第三代陕西作家开始涉足都市题材，创作出了《废都》《白昼》《月亮西环形山》《城市"姑娘"》《暂坐》《河山传》等一系列反映城市生活的小说，这些作品逐渐占据了文坛的重要位置。

总之，陕西作家以其独特的地理和文化背景，形成了鲜明的文学特色。他们的作品不仅反映了陕西乃至中国的社会生活，也表达了对时代变迁的深刻思考。从农村到城市，从工业到军事，陕西作家用笔记录了时代的脉动，成为中国现当代文学史上不可或缺的一部分。

第一节　三秦文脉

陕西文学的精神传统主要来自两个方面：一个是秦地深厚的历经周秦汉唐以至近世而绵延不绝、一脉传承下来的固有的文化传统（笔者称之为"三秦文脉"）；另一个是"延安文艺"传统，也就是柳青等人开创的现实主义写作传统。

《诗经》是中国文学史上的璀璨明珠，其诞生之地沣河之滨，见证了西周王朝的辉煌与文化的繁荣。西周时期，建都于沣水两岸的王朝设立了采诗和献诗制度，这一制度不仅是一种政治手段，更是一种文化传承的方式。通过这一制度，各地的诗歌得以汇集于中央王朝，由周王朝的太师精心编订，最终形成了《诗经》这部不朽的文学巨著。

《诗经》收录了自西周初年至春秋中叶（公元前11世纪至公元前6世

纪）的诗歌，共计311篇。其中，有六篇特殊的笙诗，它们仅有标题而无内容，被称为笙诗六篇（《南陔》《白华》《华黍》《由庚》《崇丘》《由仪》）。这些诗歌不仅是文学作品，更是历史的见证，它们集中反映了周初至周晚期约五百年间的社会面貌，是研究古代中国社会、历史、文化的重要资料。

在《诗经》的十五国风中，尤以《秦风》《豳风》以及《周颂》的全部，还有《周南》《召南》和大、小雅中的多篇诗作最为引人注目。这些作品大多产生于关中地区，它们的句式以四言为主，兼有杂言，结构形式重章叠句，赋、比、兴表现手法，韵律自然流畅，从多个角度描绘了关中地区从西周初年到春秋中叶的物质和精神的诸多层面。

2006年3月，诗经发祥地国际考察团洽川研讨会在陕西省合阳县举行。中国诗经学会会长夏传才教授在会上宣布："陕西八百里秦川是《诗经》的发祥地，洽川是八百里秦川一颗璀璨的明珠，这里遍布诗经文化遗迹，到处弥漫着《诗经》的气息，合阳是积淀深厚的《诗经》文化之乡，洽川是中国爱情诗之源。"这一宣言不仅肯定了陕西在《诗经》创作中的重要地位，更是对这片土地深厚文化底蕴的认可。

《诗经》中的许多篇章，如《关雎》和《蒹葭》，直接描写了陕西的自然风光和人文景观。这些诗歌以其独特的艺术魅力，展现了周代陕西的社会生活和人民情感。在数量上，《诗经》中周代的陕西诗歌占据了半壁江山，而在质量上，它们更是《诗经》的核心和灵魂。

陕西之所以能够孕育出《诗经》这样的文学巨著，得益于其优越的地理条件、先进的农耕文明、悠久的历史传统、深厚的文化积淀以及昂扬的民族精神。这些因素共同构成了陕西独特的文化心态，为《诗经》的创作提供了丰富的素材和灵感。

《诗经》以其高度的思想艺术成就，成为中国文学辉煌的起点。它不仅影响了后代文学的发展，更成为中国文化的重要组成部分。在历史的长河中，《诗经》如同一颗璀璨的星辰，照亮了中国文学的天空，引领着一代又一代文人墨客走向更加广阔的艺术领域。

陕西，这片古老的土地，不仅见证了《诗经》的诞生，更承载了中华民族数千年的文明史。在这里，每一寸土地都充满了诗意，每一片风景都激发着创作的灵感。《诗经》的光辉，将永远照耀在陕西的大地上，激励着后人继续书写中华文化的辉煌篇章。

屈原的《离骚》是中国古代楚文化的瑰宝，它不仅是一部文学巨著，也是楚地文化精神的集中体现。作为战国时期楚国的贵族和政治家，屈原在他的生命旅程中经历了起伏跌宕的命运，而他的作品《离骚》便是在这样的背景下诞生的。据史料记载，屈原第一次被流放的地点位于汉水上游地区，这是秦楚文化交汇的土地，被称为"秦头楚尾"。在这里，屈原远离了他所热爱的故国和人民，但他的心始终没有离开过。在流放期间，他创作了《离骚》等作品，以诗歌的方式表达了他对国家、民族和理想的无限忠诚与深沉爱恋。在《离骚》中，屈原将自己比作被误解和排斥的贤人，他通过丰富的想象和深邃的思考，描绘了一个理想化的精神世界。他将湘君，即汉水的女神，作为自己情感寄托的对象。湘君既是汉水之灵，也是屈原心中楚国的象征。通过对湘君的祭祀和赞美，屈原表达了对汉水以及楚国的热爱。屈原的《离骚》不仅在文学史上占有举足轻重的地位，更在中国乃至世界的文化史上留下了浓墨重彩的一笔。它开创了中国文学史上的抒情传统，影响了后世无数文人墨客的创作。

"秦朝文章，李斯一人而已。"李斯，作为秦朝著名的政治家、文学家，他的名字在历史长河中留下了深刻的印记。尽管他在政治舞台上起伏跌宕、功过参半，但不可否认的是，他在文学上的成就为后世所铭记。在那个以法家思想为主导、文学艺术相对沉寂的时代，李斯以其独特的文采和雄辩的笔力，犹如一颗耀眼的明星，在文坛上独树一帜。《谏逐客书》是李斯的代表作之一，也是千古流传的文学佳作。这篇文章不仅展现了李斯深厚的文学功底，更体现了他对国家大事的深刻洞察和忧国忧民的情怀。文章通过对秦国历史上逐客行为的分析，以及对这种行为可能带来的后果的深刻剖析，表达了作者对国家未来的深切忧虑和对贤才应被重用的强烈呼吁。李斯的文学成就，尤其是《谏逐客书》这样的名篇，为秦代文坛增添了一抹亮色。他的作品不仅反映了个人才华，也映射出一个时代的思想风貌。在中国文学史上，李斯以其独特的地位和贡献，成为一个不可被忽视的重要人物。尽管历史的尘埃已经掩盖了许多往事，但李斯的文学作品，尤其是《谏逐客书》，依然闪耀着不朽的光芒，激励着一代又一代的文学追求者。

汉代，文学的天空闪耀着一颗颗璀璨的星辰，其中最为耀眼的当属汉赋大家们。他们的作品不仅在当时引起轰动，更对后世产生了深远的影响。贾谊是这一时代中的杰出代表，他的《吊屈原赋》和《鹏鸟赋》巧妙地融合了《诗经》的四言与《楚辞》的杂言，运用赋、比、兴的手法，或抒发深情，或蕴含哲理，为诗歌从诗骚向汉赋的过渡搭建了桥梁，开创了骚体赋的新形式。继贾谊之后，枚乘以其独特的文采和创新精神，首制《七发》，开启了一种新的文学风格。他在作品中通过假设吴客以音乐、饮食、车马、宫苑、田猎、观涛、要言妙道七事来启发楚太子，全篇充满了丰富的想象力和细腻的描写，由静而动，由近而远，句法排列整齐，为后来的汉大赋奠定了坚实的基础。这种专事铺叙的写作方式，形成了一种定型的主客问答形式，被称为"七体"，影响了后世无数赋家的创作，如傅毅的《七激》，张衡的《七辩》，曹植的《七启》等，都是在这一形式下产生的佳作。自西汉中期至东汉中期，汉赋的发展达到了鼎盛时期。司马相如以其雄浑的笔力和豪放的想象，开启了这一时期的序幕；扬雄紧随其后，以其深刻的思考和精湛的技艺，将汉赋推向了一个新的高度；班固和张衡则延续了这一波澜壮阔的文学潮流，使得汉赋的艺术成就更加丰富多彩。在这个空前统一繁荣的汉帝国时代，赋家们的胸襟和眼界得到了极大的拓展。他们在作品中描绘了帝国的辉煌，展现了社会的繁荣，同时也表达了对人生、自然和社会的深刻思考。这些作品不仅具有很高的艺术价值，更成为研究汉代社会历史的重要资料。汉赋的发展，不仅是汉代文学的一个重要方面，更是中国古代文学史上的一座丰碑。它以其独特的艺术魅力和深邃的思想内涵，吸引了无数的文人墨客，影响了后世文学的发展。

司马迁的《史记》是中国历史上的一部不朽巨著，它不仅以其史学价值光耀千古，更以其文学成就名垂后世。这部作品被鲁迅先生誉为"史家之绝唱，无韵之《离骚》"，其影响力远远超出了历史学的范围，深深地渗透了文学领域，尤其对陕西文学的发展产生了深远的影响。在当代陕西文学的创作中，许多作家追求的是一种"史诗"品格。这种追求并非空穴来风，它固然与陕西作家们汲取苏俄等国的文学艺术养分有关，但更为根本和直接的，则是《史记》对他们的影响。《史记》以其宏大的叙事格局、深刻的历史洞察力和生动的文笔，为后来的文学创作树立了一个高标准的典范。陕西作家们在创作中不断回顾和参照《史记》，试图在自己的作品中复现那种雄浑的历史感和深邃的文化内涵。《史记》不仅是中国史学的一座丰碑，也是文学创作的一座灯塔。它对陕西文学的影响是全方位的，从作品的"史诗"品格到作家的创作心态，都深深地打上了《史记》的烙印。《史记》的精神内涵和文学价值，将继续激励着一代又一代的陕西作家，引领他们在文学的道路上不断前行，创作出更多能够经得起时间考验的文学作品。

魏晋南北朝时期是中国文学史上承前启后的重要阶段。在这一时期，文学形式经历了显著的转变和发展。虽然王粲、曹植等文人创作出如《登楼赋》《洛神赋》这样优秀的赋体作品，但不可否认的是，曾经在汉代鼎盛一时的赋体文学已不再占据文坛的中心地位。与此同时，曾经沉寂了数百年的诗歌和散文开始迎来了空前的繁荣。两汉时期的诗歌和散文创作，在魏晋南北朝时得到了新的生机与活力。特别值得一提的是，这一时期的散文发展出了一种注重修辞和对仗的新文体——骈体文。这种文体讲究用典、辞藻华美、音律和谐，并强调句子之间的对偶工整，成为当时文学的一大特色。到了南北朝时期，文学艺术的发展更是进入了一个新的高潮。齐永明年间，周颙发现了汉语的四声，这一发现对后来的格律诗有着深远的影响。沈约则提出了"八病"之说，进一步规范了诗歌的创作原则。而谢朓的新体诗，更是开始注重音律和对仗，为唐代格律诗的形成奠定了基础。进入梁陈时代，庾信成为文学融合的代表人物。他将南方的婉约与北方的豪放相结合，逐渐形成了一种新的诗风。这种诗风不仅吸收了南方诗歌的精致细腻，也融入了北方诗歌的雄浑大气，为后世诗歌的发展提供了丰富的养分。魏晋南北朝时期的文学，无论是诗歌还是散文，都展现出了不同于前代的独特风貌。这一时期的文学变革，为隋唐乃至后世的文学创作提供了宝贵的经验和灵感，成为中国文学史上不可或缺的一部分。

唐代，被誉为诗歌的黄金时代，其间所创作的诗作数量之庞大、题材之广泛、艺术之精湛，均达到了前所未有的高度。《全唐诗》所收录的流传至今的唐诗作品约有5万首，它们包罗万象，从政治军事的重大变革、文学历史的深刻探讨，到边塞的壮丽风光、田园的宁静景致，以及羁旅之中的思绪哀愁、宫廷内的爱恨情仇，乃至都市生活的点滴细节，无不在诗人们的笔下得以生动展现，共同绘就了一幅唐代辉煌文化的宏伟画卷。长安，作为唐王朝的政治和文化中心，自然吸引了无数文人墨客。李白、杜甫、王维、孟浩然、高适、岑参、韩愈、李贺、李商隐等杰出诗人，都曾在这里或其周边地区留下了他们的足迹和诗篇。他们的生活体验和情感抒发，深受陕西独特的风土人情影响，无论是曲江边的畅饮欢聚、大雁塔下的登高望远，还是灞桥旁的依依惜别、渼陂湖上的泛舟吟哦,抑或是沉香亭的悠闲时光、乐游原的自在漫步、太白山的雄奇探幽、华山的险峻攀登,都化为了一首首传唱千古的佳作。唐诗之所以历久弥新,不仅在于它反映了唐代社会生活的方方面面,更在于它的题材领域得到了空前的拓展。诗人们以其敏锐的观察力和深邃的思考,捕捉并表达了时代的脉动。在《全唐诗》中,就有2000余名诗人的作品被收录,其中不乏像李白、杜甫、白居易这样享有世界声誉的伟大诗人。他们不仅开宗立派,而且对后世产生了深远的影响。除此之外,还有具有显著特色、在文学史上占有一席之地的诗人逾百人。唐代诗坛呈现出多种艺术风格争奇斗艳的局面。无论是严谨的五、七言律绝,还是自由的杂言歌行,诗歌的形式都趋于成熟和完善。这些诗歌的艺术成就,堪与战国时期的百家争鸣时的学术发展相提并论,体现了文化史上的又一高峰。如韩愈所言:"李杜文章在,光焰万丈长。"唐诗无疑是中国文学宝库中最璀璨夺目、最值得珍视的部分之一。

唐之后,中国文学迎来了一次重大的变革,新兴的诗体——词开始盛行。词起源于初盛唐时期,相传李白的《忆秦娥》是最早的词作之一。这首词描绘了灞陵伤别的场景,感叹乐游原上清秋节,咸阳古道音尘绝。意境阔大,遂关千古登临之口。然而,词曲一开始就多写离愁别恨,凄丽哀怨,正好成为走向没落的唐帝国的最好写照,也与长安乃至陕西文明的逐步边缘化保持同步。在宋代以后的民族危难时期,长安曾经有过的辉煌,已成为人们美好的回忆,长安乃至陕西往往成为召唤人们的精神感召。梦回大唐,向往盛世,也就成为后世词中的意象和主题之一。北宋初年,李冠过骊山时写下了《六州歌头》,痛惜唐玄宗宠爱杨贵妃造成兵荒马乱,"惊烽燧,千万骑,拥雕戈",但也深切同情李杨的生死爱情。苏轼在《华清引·感旧》中,则揭示了"五家车马如水,珠玑满路旁"与后来悲剧的因果关系。宋代南渡前后词人康与之的《诉衷情令·长安怀古》,则流露出亡国之恨:"夕阳西下,塞雁南飞,渭水东流。"爱国词人辛弃疾的词中，多次以"长安"作为时刻等待光复的中国北方大地的指代，其《菩萨蛮》即谓："西北望长安，可怜无数山。"爱国诗人陆游年轻时曾经深入陕西宝鸡以南的大散关抗敌前线，与长安近在咫尺，感怀曰："灞桥烟柳，曲江池馆，应待人来。"（《秋波媚·七月十六日晚登高兴亭望长安南山》）生活在金元之交的元好问的《木兰花慢》，尽管写于河南孟津，却将长安作为心灵的家园："风声习气想风流，终拟觅菟裘。待射虎南山，短衣匹马，腾踏清秋。"长安曾经的辉煌，直使词人豪气直冲云天："只问寒沙过雁，几番王粲登楼"，换来的只是徒唤奈何。宋代，陕西文学也不乏亮点。苏轼进士出身出任陕西凤翔府通判，陆游南郑抗金，范仲淹曾任陕西经略安抚副使，写下《渔家傲·秋思》："塞下秋来风景异，衡阳雁去无留意。四面边声连角起，千嶂里，长烟落日孤城闭。浊酒一杯家万里，燕然未勒归无计。羌管悠悠霜满地，人不寐，将军白发征夫泪。"这些作品不仅展现了当时社会的风貌，也反映了人们对长安这座古都的怀念和向往。长安作为古代中国的政治、经济、文化中心，曾经的辉煌吸引了无数文人墨客。他们在词中描绘长安的美景，表达对长安的热爱和敬仰。同时，长安也是他们心灵的寄托，他们在词中寻找慰藉，抒发对故国的思念之情。长安在中国古代文学中具有举足轻重的地位。它不仅是一个地理概念，更是一个文化符号，代表着中国古代文明的辉煌。在词这一新兴的诗体中，长安成为一个永恒的主题，使无数文人墨客为之倾倒。从唐代的李白、白居易，到宋代的苏轼、辛弃疾，再到金元的元好问，他们都在词中表达了对长安的热爱和怀念。这些词作品不仅展现了当时的社会风貌，也传承了中国古代文化的精髓，成为我们宝贵的文化遗产。

元代，是中华文化史上一颗璀璨的明珠，而元曲，则是这颗明珠上最为耀眼的色彩。元代的曲，既有杂剧的激昂，又有散曲的悠长，两者相辅相成，共同构筑了元代文学艺术的壮丽图景。杂剧中，以长安历史为题材的作品尤为引人注目。马致远的《汉宫秋》,以其深沉的历史感和细腻的人物刻画,将那段远去的辉煌岁月重新展现在世人面前。白朴的《梧桐雨》则更侧重于情感的抒发,那凄美的爱情故事和动人的曲调,让人仿佛置身于那个风雨飘摇的时代。当然,元代的曲家们并非只是沉浸在历史的回忆中。面对蒙古族人残酷的压迫,他们用笔尖作为武器,在作品中发出激愤的呐喊。张养浩的《【中吕】山坡羊·潼关怀古》便是其中的代表作,他以潼关为背景,追寻着汉唐的辉煌之梦,然而眼前的现实却让他深感痛心:"伤心秦汉经行处,宫阙万间都做了土。"那曾经的辉煌如今已化为尘土,只留下百姓的苦难与痛苦。他深刻地指出:"兴,百姓苦!亡,百姓苦!"无论朝代如何更迭,最终受苦的都是那些无辜的百姓。尽管元代陕西文学整体呈现出较为空白的局面,但乾州杨焕却以其卓越的才华和深厚的学识,为这片土地增添了一抹亮色。他被誉为"关西夫子",其作品不仅在当时广为传诵,而且对后世也产生了深远的影响。

明清时期,尽管诗、词、曲这些传统的诗歌形式逐渐式微,但关中和长安的文人墨客依然坚守着这份传统,以笔墨抒怀,咏叹着这片古老的土地。明代,一位名叫康海的武状元,以其卓越的才华和刚正不阿的品格,成为那个时代的一股清流。康海的一生充满了传奇色彩。弘治十五年(1502),他一举夺得状元,任翰林院修撰,成为朝廷中的一颗璀璨明星。然而,他并未因此而沉醉于权势和名利之中,反而以更加坚定的姿态,坚守着自己的信仰和原则。他与李梦阳、何景明等七才子一起,勇敢地触怒权贵,痛斥奸党,针砭时弊,弹劾刘瑾,展现出了秦人特有的风范。正德元年(1506),太监刘瑾专擅国政,他企图拉拢康海作为自己的同党。然而,康海对刘瑾的奸诈行径深恶痛绝,始终不肯去见他。后来,李梦阳因为代尚书韩文草拟弹劾刘瑾的奏章而被捕入狱,面临死刑的威胁。在这危急关头,康海为了救友,只得硬着头皮去拜谒刘瑾。刘瑾听说康海登门求见,高兴万分,亲自出迎,将康海奉为上宾。在康海的多方辩解下，刘瑾看在他的面子上，第二天便释放了李梦阳。然而，令人痛心的是，康海的善举并未得到应有的回报。过了一年，刘瑾因谋反罪被朝廷处死，康海因与刘瑾有过来往，被列为同党，削职为民。在这个关键时刻，原本应该感激康海救命之恩的李梦阳，却反过头来倒打一耙，对康海进行诬陷。康海深感世态炎凉，人心不古，以文为身累，于是决定回归田园，不再过问世事。康海回到家乡后，与好友王九思一起，寄情于山水之间，创作乐曲歌词，自比为乐舞谐戏的艺人，以寄托其忧郁苦闷的心情。他精通音律，善弹琵琶，被誉为"琵琶圣手"。他与王九思共创"康王腔"，扶植张家班等艺术团体，为秦腔艺术的发展做出了不朽的贡献。他的杂剧作品《中山狼》更是脍炙人口，通过讲述东郭先生救狼反被狼害的故事，深刻揭露了狼的本性和人性的弱点，具有深刻的社会意义。除康海之外，明清近代时期还有许多关中和长安的文人墨客在诗、词、曲的创作上留下了宝贵的遗产。清末的康有为游历陕西时，被这片古老的土地所震撼，创作了大量诗文来表达自己的感受。

民国时期的华县人李十三，以其卓越的戏剧创作才华，著有《春秋配》等十大本戏剧作品，名传乡里。画家张大千在华山顶上登高望远时，不禁思绪万端，用笔墨抒发出自己对这片土地的喜爱。词学家夏承焘先生则回顾关中历史，笑看未来，以诗词表达了自己对这片古老土地的热爱和期待。这些文人墨客用自己的笔墨和才华，为长安乃至关中这片古老的土地增添了无尽的文化底蕴和艺术魅力。他们的作品不仅传承了中华文化的精髓，更展现了关中和长安人民的独特风采和精神面貌。

第二节　延安文艺传统

五四运动，是中国近现代历史上的一个重要转折点。它不仅是历史长河中的一个显著标志，更是一座分水岭，其激荡的思想波澜和精神力量至今仍在推动着中国社会的进步与发展。可以说，自"五四"以来的百年间，无论是政治变迁、经济发展还是文化革新，无不与"五四"精神有着或明显或微妙的联系。"五四"时期，以李大钊、陈独秀、蔡元培、胡适、鲁迅等人为代表的一代知识分子，他们以开阔的视野、深邃的思考和坚定的行动，为中国的现代转型和文化启蒙开辟了新的道路。这些"五四学人"不仅识大体、顾大局，而且在肩负起历史责任的同时，也展现出了非凡的意志与情怀、勇气与牺牲精神。他们的行为和思想，如同一道光芒，照亮了中华民族走向现代的征程。五四运动不仅是一场政治运动，更是一场深刻的文化革命。它揭开了中国现代文学的序幕，催生了一批杰出的文学家和作品。在这一时期，江浙地区和巴蜀地区由于地理位置的优势，较早接受了新文化的熏陶，成为新文化运动的发源地之一。北京，作为五四运动的中心，更是诞生了鲁迅、郭沫若、茅盾、巴金、老舍、曹禺六大文坛巨星，他们的文学作品如同璀璨的星辰，照亮了中国现代文学的天空。这一时期的陕西，由于地处内陆，信息闭塞，经济发展相对落后，其在现代文坛上显得较为沉寂。尽管如此，陕西并非完全没有贡献，郑伯奇先生就是其中的佼佼者，他参与了创造社的活动，为陕西乃至中国的现代文学做出了不可忽视的贡献。

1942年5月23日，阳光照耀着延安这片革命的热土。这一天，毛泽东在中共中央召开的文艺座谈会上发表了重要讲话。讲话的核心问题是："为什么人的问题，是一个根本的问题，原则的问题。我们的文学艺术都是为人民大众的。文学家艺术家，必须到群众中去，必须长期地无条件地全心全意地到工农兵群众中去，到火热的斗争中去。"毛泽东的讲话，如同一盏明灯，照亮了中国现代文学发展的道路。这篇《在延安文艺座谈会上的讲话》不仅是中国现代文学发展史上最重要的文献之一，更是中国文艺事业发展的纲领性文件。它的发表，对当时和之后的中国文艺产生了极为深远的影响,犹如一场春风,唤醒了中国文艺界的勃勃生机。毫不夸张地说,中华人民共和国成立以后很长一个历史时期的中国文学艺术,正是在从抗战开始的以陕北为核心的陕西文学艺术的影响下发展起来的。这片黄土地,孕育了无数优秀的作家和艺术家,他们用自己的笔触,为这片土地谱写了壮丽的篇章。

毛泽东在延安文艺座谈会上的讲话单行本

从延安时期开始,一大批杰出的作家和艺术家生活、战斗在陕西。他们积极响应党的文艺思想,坚定地践行"为人民服务、为社会主义服务"的方针,以高昂的革命热情和对人民的赤诚之心,投身于文艺创作之中。他们的作品,或描写人民的英勇斗争,或展现人民的勤劳智慧,或抒发对人民的深厚情感,都充满了对生活的热爱和对人民的敬仰。

1942年5月,毛泽东的讲话如同一股强大的洪流,席卷了整个文艺界。它的影响,不仅仅局限于延安,更波及全国的每一个角落。参会者、作家刘白羽后来形容:"我甚至感到整个世界的重量此时都凝聚在中国的西北高原和这一片黄土地之上,凝聚在这会场里每个人的心上。从此以后,中国的文学、艺术,中国的文艺工作者发生了脱胎换骨的巨大变化。"

文艺为人民,这是从延安出发,贯穿新中国文艺史的精神脉络。无数文艺工作者,纷纷响应号召,深入人民中,到火热的斗争中去。他们走进农村、部队、工厂,与人民同吃同住同劳动,深入了解人民的生活和情感。在他们的笔下,人民成为文艺创作的主体,人民的生活成为文艺创作的源泉。

这一时期,诞生了一大批代表革命文艺的优秀作品。长篇小说《太阳照在桑干河上》《暴风骤雨》,以生动的笔触描绘了农民在土地改革中的斗争和成长；短篇小说《小二黑结婚》《荷花淀》，则通过普通人的故事，展现了人民在抗战中的勇敢和智慧；民族歌剧《白毛女》，用音乐和戏剧的形式，控诉了封建社会的罪恶，歌颂了人民的解放；民歌《东方红》《翻身道情》等，更是唱出了人民的心声，成为时代的强音。这些红色文学经典，不仅在当时产生了广泛的影响，直到今天，仍然具有深刻的启示意义。它们告诉我们，文艺只有深深扎根于人民之中，才能焕发出强大的生命力；只有紧密地联系人民的生活和情感，才能创作出真正有价值的作品。

在延安文艺座谈会讲话精神的影响下，茅盾、贺敬之、何其芳、刘白羽、吴伯箫、陈学昭、韦君宜、草明等一大批优秀的作家和艺术家，都在陕西这片热土上留下了他们的足迹和作品。他们的创作，不仅丰富了中国文艺的宝库，更为我们提供了宝贵的精神财富。茅盾，这位文学巨匠，在延安鲁迅艺术学院讲授中国市民文学史，他的散文《白杨礼赞》成为经典之作。他的作品，总是能够深入人心，触动人的灵魂。贺敬之，这位年轻的诗人，在延安时期就展现出了卓越的才华。他的歌词《南泥湾》脍炙人口，唱出了人民对美好生活的向往和追求。而他的诗歌《回延安》更是深情地表达了对母亲延安的眷恋和思念。何其芳、刘白羽等作家，也都用自己的笔触记录下了延安时期的生活和斗争。他们的作品，既有对历史的回顾和反思，也有对未来的憧憬和展望。这些优秀的作家和艺术家，用他们的才华和智慧，为中国文艺事业做出了杰出的贡献。他们的作品，不仅是中国文艺的瑰宝，更是我们民族精神的象征。

回顾延安文艺座谈会的讲话精神，我们不禁感其深远影响。它告诉我们，文艺工作者要始终坚持以人民为中心的创作导向，要深入人民、扎根人民、服务人民。只有这样，我们才能创作出真正有价值的作品，才能为人民的精神文化生活贡献自己的力量。

延安鲁艺，全称鲁迅艺术文学院，是中国近现代历史上一座极具标志

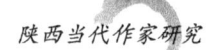

性的艺术殿堂。1938年4月10日，在中国共产党的抗日根据地——延安，这所艺术的摇篮应运而生。它不仅是一个艺术教育机构，更是抗日战争时期中国文艺工作者的精神家园和创作基地。

位于延安的鲁迅艺术文学院

在鲁艺成立之初，文学系的主任职务由周扬担任，随后沙汀、陈荒煤、何其芳、舒群等杰出文学家相继执掌该职位。他们不仅为学院的发展倾注了极大的热情与智慧，也培养了一批批优秀的文学艺术人才。

鲁艺汇聚了众多著名的文学艺术家，如茅盾、冼星海、艾青、光未然、齐燕铭、张庚、吕骥、周立波、王朝闻、严文井、孙犁、马烽、穆青、贺敬之、冯牧、李焕之、郑律成、刘炽、莫耶、王昆、成荫、罗工柳、李波、时乐蒙、于蓝、秦兆阳、黄钢、康濯、欧阳山等。这些文艺界的巨匠在这里交流思想，激发灵感，共同创作出了一大批富有深刻时代意义和强烈爱国主义情感的艺术作品。

鲁艺的艺术家们在艰苦的环境中，以饱满的热情投身于文艺创作，他们的作品如同战斗的号角，鼓舞着中国人民抗击侵略者的勇气和决心。最为人所熟知的歌剧《白毛女》便是在这样的背景下诞生的。这部作品通过强烈的戏剧冲突和深刻的社会内涵，揭露了旧社会的黑暗和腐败，表达了人民对美好生活的向往和追求。除了《白毛女》，鲁艺还创作了一系列具有巨大影响力的歌曲，如《南泥湾》《黄河大合唱》等。这些歌曲以其雄壮的旋律和深情的歌词，传唱于千家万户，成为激励中国人民抗战到底的强大力量。

胡采与陕西作家合影

鲁艺及其艺术家们的创作活动，对中国现代文化艺术产生了深远的历史影响。他们在战争年代用笔作枪，不仅以艺术的形式参与了抗争，也为后世留下了珍贵的文化遗产。鲁艺的精神和作品，至今仍然激励着一代又一代的文艺工作者，继续在中国乃至世界文化的舞台上发光发热，传承着那份对真理、善良和美好的不懈追求。

延安文艺座谈会，给陕西文学带来了生机。参加座谈会的诗人柯仲平、文学评论家胡采，相继进入了创作和评论的活跃期，分别创作了长诗《刘志丹》，完成了评论集《从生活到艺术》。柳青、杜鹏程、王汶石等作家，分别投身于西北野战军及长安、渭南农村火热的斗争生活中，观察、体验、研究、分析。新中国成立以后，他们在20世纪五六十年代，相继创作出长篇小说《创业史》《保卫延安》和短篇小说集《风雪之夜》等，在中国文坛上领一代风骚。

延安革命传统是距离我们最近，也是最现实的一个影响，当代陕西文学的一些开创性作家就是从这个传统的源头一路走来，并为当代陕西文学奠定了基石。延安，不仅是中国革命的圣地，也是现代陕西文学的精神发源地。在抗日战争和中国革命时期，延安成为中国共产党的重要根据地，无数知识分子和文艺工作者汇聚于此，他们深入农村、工厂、部队，体验生活，汲取灵感，创作出了一批批反映时代精神和社会变革的优秀作品。这一历史阶段孕育了独特的延安革命传统，它以鲜明的现实主义色彩和深刻的社会责任感为标志，对后来的陕西文学产生了深远的影响。

当代陕西文学的一些开创性作家，正是在延安文艺传统的熏陶下成长起来的。他们继承并发扬了延安时期的文艺精神，将关注的目光投向普通民众的生活，用笔尖描绘出一幅幅生动的社会画卷。这些作家不仅关注现实，更致力通过文学探求民族前进的道路，寻找光明的未来。在他们看来，文学不仅仅是艺术创作，更是记录时代、引领社会进步的重要工具。

陕西作家的创作，往往深深植根于丰厚的历史文化土壤之中。古代的传统与现代的传统在这里实现了有机融合，共同构成了陕西作家独特的历史文化背景。无论是对于历史的回望，还是对于现实的反思，陕西作家都能够从中找到丰富的素材和深刻的主题。他们的作品往往蕴含着对于传统文化的传承与发扬，同时也不断吸收现代文明的成果，展现出一种时代的进步性和前瞻性。这种深入生活、贴近现实的创作态度，使得陕西文学作品具有强烈的现实感和历史感。陕西作家们以其独特的视角和敏锐的洞察力，捕捉到了社会发展的脉动，反映了普通人的生活状态和心理变化。他们的作品因此深受读者的喜爱和赞誉，成为中国当代文学的重要组成部分。

在艺术理想的追求上，陕西作家们也表现出了不同于其他地区作家的特色。他们坚守文学的社会责任，努力通过作品传递正能量，鼓舞人心。在他们笔下，无论是大山深处的农民，还是城市里的工人，抑或是改革开放中的创业者，都有着鲜活的个性和不屈的精神。这些形象的塑造，不仅展示了人物的独特性格，更折射出了时代的风貌和社会的发展。

总之，延安革命传统对当代陕西文学的影响是深远而持久的。它不仅为陕西文学奠定了坚实的基石，更指引着一代又一代的作家，去深入生活、贴近现实，以艺术之笔描绘普通民众的生活，探求民族前进的光明之路。在这一传统的滋养下，陕西文学继续繁荣发展，为中国乃至世界文学宝库贡献更多独具特色和深刻内涵的文学作品。

第三节 "十七年"文学

在新中国成立前后的那段岁月，一批批怀揣文学梦想的作家从革命的摇篮——延安，走向了祖国的四面八方。他们带着延安时代文学的火种，走进了东北的林海雪原，踏入了北京这座文化古都，也深入全国各地的山山水水。其中，有一批作家更是选择了古都西安作为他们新的文学征程的起点。

　　1954年11月，一个标志着西北地区文学发展新征程的重要时刻到来了，中国作家协会西安分会应运而生，成为统领西北地区文学队伍的核心力量。在这批作家中，有一位名叫柯仲平的云南籍作家，他在1937年就毅然踏上了前往延安的征程。在延安，他担任了陕甘宁边区文化协会主任的重任，为边区的文化事业倾注了满腔热忱。新中国成立后，他更是身兼数职，担任了全国文学艺术联合会副主席、作家协会副主席、西北文学艺术联合会主席、作家协会西安分会主席等重要职务。他的代表作有诗集《边区自卫军》和《从延安到北京》，这些作品不仅反映了革命战争年代的艰苦卓绝，也展现了新中国成立后人民的幸福生活。

　　除柯仲平之外，这一时期的陕西作家群体还涌现出了许多杰出的作品和人才。在"中国左翼作家联盟"时期，郑伯奇的《忆创造社及其他》以其深刻的思考和对历史的回顾赢得了广大读者的喜爱。胡征的《大进军》则以其磅礴的气势和生动的描绘，再现了革命战争的壮丽画卷。而王宗元在电影领域的贡献也不容忽视，他执导的电影《昆仑山上一棵草》和《智取华山》都成为中国电影史上的经典之作。

　　李小巴的中篇小说《啊，故土》以其对故乡的眷恋和对人性的深刻剖析，打动了无数读者的心。毛锜的诗作《司马祠漫想》和报告文学《世界第八奇迹发现记》《昆虫学家传奇》则以其独特的视角和深刻的见解，展现了他对历史和科学的热爱与追求。而农民诗人王老九的诗作则以质朴的语言和真挚的情感，表达了广大农民对新生活的向往和热爱。

　　在这一时期，陕西作家深入现实生活，反映现实斗争，创作出大量弘扬主旋律的作

作家李小巴

品。其中最为著名的莫过于"三红一创"了。"三红"指的是《红日》《红岩》《红旗谱》这三部红色经典小说，它们以不同的角度和背景，生动地再现了中国共产党领导人民进行革命斗争的英勇事迹。"一创"则是指柳青的《创业史》，这部小说以农村为背景，通过描写农民在社会主义建设中的奋斗历程，展现了新中国成立后农村发生的翻天覆地的变化。

柳青的《创业史》无疑是陕西这一时期的代表作之一。柳青为了创作这部小说，深入长安王曲地区生活了14年之久，他用自己的笔触生动地描绘了农村生活的点点滴滴，展现了农民在社会主义建设中的精神风貌。而他的旧居、写作时住过的房子以及逝世后的墓地，都成为文学青年心目中的文学圣地，吸引了无数人来此瞻仰和缅怀。

除柳青之外，杜鹏程和王汶石也是陕西文学界的杰出代表。杜鹏程的《保卫延安》以其激昂的文字和强烈的爱国主义情感，成为反映革命战争年代英雄事迹的经典之作。而王汶石的《风雪之夜》则以其细腻的情感和深刻的社会洞察，展现了新中国成立后社会生活的变迁和人性的复杂。

可以说，早在"文化大革命"前的"十七年"文学时期，陕西就已经成为全国文学的重镇。这一时期，陕西作家以饱满的热情和坚定的信念，创作了一大批优秀的文学作品，代表了当时中国文学的水平和高度。他们的作品不仅丰富了人民群众的精神文化生活，也为后来的文学创作提供了宝贵的经验和启示。

第四节　新时期文学

党的十一届三中全会召开之后，我国迎来了一个崭新的历史时期。随着党的文艺政策的深入落实，文学界也迎来了新的春天，进入了一个充满生机与活力的新时期。

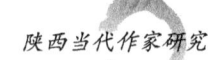

陕西作家聚会（1988年）。白描（右前一，侧背影），以下顺时针方向：王愚、刘成章、和谷、杨韦昕、邹志安、京夫、汪炎、路遥

早在1973年，那个特殊的历史时期，《陕西文艺》杂志就如同一颗璀璨的明珠，在陕西的大地上熠熠生辉。这本双月刊杂志，不仅成为陕西文艺界的一股清流，更在国内文学界引起了广泛的关注。在1977年1月，它更是改为月刊，并于同年7月恢复了《延河》这一历史悠久的刊名，继续承载着陕西文艺的繁荣与发展。在那个特殊时期，国内的文学刊物数量稀少，而《陕西文艺》无疑是其中的佼佼者。它的创刊，不仅为陕西的文艺工作者提供了一个展示才华的舞台，更为国内的文学爱好者带来了一股清新的风。杂志的编辑部成员，都是《延河》的精英骨干，他们凭借着对文学的热爱和执着，共同为这本杂志倾注了心血与智慧。值得一提的是，《陕西文艺》编辑部在人才培养方面做出了大量努力。他们以"工农兵掺沙子"的名义，将一些有培养前途的青年作者借调到编辑部。这些青年作者，在参与编辑工作的同时，也接受了文学的基本训练和熏陶，他们的写作水平得到了极大的提高。其中，路遥便是一个典型的例子。1974年的冬天，这位正在延安大学求学的青年才俊，被《陕西文艺》借调到编辑部。在小说组，他协助编辑们处理稿件，与众多文学前辈交

流学习。这段经历，不仅让路遥更加深入地了解了文学创作的奥秘，也为他日后的文学创作积累了宝贵的经验。除路遥之外，还有白描、叶延滨、叶咏梅、牛垦、徐岳、王晓新、沈奇、刘路等众多青年才俊，都先后被借调到《陕西文艺》编辑部。他们在这里接受锻炼和健康成长，逐渐成为陕西乃至全国文学界的中坚力量。《陕西文艺》的存在，不仅为陕西的文艺工作者提供了一个展示才华的平台，更为他们提供了一个相互学习、共同进步的机会。这本杂志，成为陕西文艺界的一面旗帜，引领着陕西文学不断向前发展。

1978年，中国迎来了历史性的转折点——改革开放。这一重大举措不仅引领了国家经济的飞速发展，也为中国的文化和艺术带来了前所未有的活力与机遇。在这样的背景下，陕西省内唯一的文学杂志《延河》杂志便承担起了振兴陕西文学、挖掘和培育文学新星的重要使命。当时的中国正处在文化复苏的前夜，人们对于精神食粮的需求日益强烈。《延河》杂志作为陕西乃至西北地区重要的文学阵地，其责任和担当不言而喻。时任《延河》杂志的编辑李星，是一位具有远见和慧眼的评论家，他深知要使杂志在新时期的文学地图上占据一席之地，就必须寻找并培养一批有才华的作家。为此，《延河》杂志的编辑团队不畏艰辛，深入生活、扎根人民，足迹遍布整个陕西大地。他们走访乡村、工厂、学校，与各行各业的人们交流，聆听他们的故事，发现那些蕴含着丰富情感和深厚文化底蕴的创作素材。编辑们还积极组织各种文学活动，鼓励和激发作者们的创作热情，从而为杂志输送了一批又一批高质量的文学作品。经过数年的辛勤耕耘和精心筹备，终于在1981年1月，《延河》杂志推出了两期具有里程碑意义的陕西作家专号。这两期刊物不仅集中展示了陈忠实、贾平凹、叶广芩、京夫、邹志安等一批杰出的陕西籍作家和小说家的优秀作品，而且在全国首次打出了地域性的作家群概念，标志着陕西文学的一次集体亮相和飞跃。这批作家的作品风格各异，既

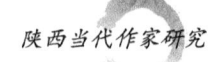

有反映农村改革的深刻变化，也有描绘都市生活的复杂面貌；既有对传统文化的继承和发扬，也有对现实问题的思考和批判。他们以独特的视角和鲜明的个性，讲述了一个个鲜活的故事，折射出时代的变迁和社会的进步。这些作品一经发表，便在读者中引起了强烈的共鸣，也为《延河》杂志赢得了极高的声誉。1988年第5期，《延河》杂志社编辑了"陕西作家农村题材小说专号"。这一期专号，由贾平凹、邹志安、陈忠实、王宝成、京夫、王蓬等15人组成强大阵容，集中展示了陕西优秀作家和他们的作品。随着时间的推移，这些被《延河》杂志推向前台的作家逐渐成为中国文坛的中坚力量，他们的名字和作品也成为中国现代文学史上不可磨灭的篇章。而《延河》杂志本身，也因为其在改革开放初期对陕西乃至中国的文学所做出的贡献，被后人所铭记。如今，回望那段波澜壮阔的历史，我们发现，正是《延河》杂志及其背后的编辑们的智慧和努力，才为陕西乃至中国的文学发展注入了源源不断的活力。这不仅是对文学的一次伟大振兴，更是对中国精神的一次深刻觉醒。

1979年2月，一个标志性的文化时刻在中国文学史上悄然诞生。中国作家协会西安分会（后经历更名，成为人们熟知的中国作家协会陕西分会、陕西省作家协会）在经历了一段时间的沉寂之后，迎来了重生和复苏。这一事件不仅意味着一个地方性文学组织的复兴，更是宣告了一股新的文艺思潮和创作力量的崛起。随着时间的推移，一系列杰出的文学人才陆续加入这个团体。路遥、陈忠实、邹志安、王晓新、京夫、白描、晓雷、李天芳、李小巴、赵熙等人，他们的名字如同璀璨的星辰，汇聚成文学天空中耀眼的星座。这些作家，以其独特的生活体验、深厚的文化底蕴和敏锐的时代触觉，撰写出一部部感人至深、思想深邃、艺术精湛的文学作品。他们的作品多聚焦于社会转型期普通人的生活变迁，以及个体命运与社会历史的交织，深刻揭示了中国社会在改革开放大潮中的复杂面貌。在那个充满变革与希望的年代，陕西省作家协会勇于创新，用笔尖绘制出一幅幅生动的社会图景，记录了一个时代的脉动。他们的作品至今仍被无数读者传诵，其文学价值和社会意义历久弥新，激励着一代又一代的人去思考、去感悟、去超越。

20世纪80年代陕西省作家协会同志合影

在20世纪80年代前后，陕西形成了一个全国瞩目的中青年作家群，路遥、贾平凹、陈忠实、邹志安、莫伸、京夫、王蓬、王宝成、红柯、冯积岐、叶广芩、李天芳、晓雷、赵熙、杨争光、高建群、王观胜等。其中尤以路遥、陈忠实、贾平凹、红柯、冯积岐、杨争光、叶广芩、高建群等人为代表。这一时期，陕西作家的创作活跃而丰富，他们的作品不仅数量众多而且质量上乘，涉及的主题广泛，从农村生活到城市变迁，从传统习俗到现代文明，从个体命运到社会矛盾，几乎涵盖了当时中国社会的方方面面。他们的笔触细腻入微，语言质朴深沉，塑造的人物形象鲜活生动，故事情节跌宕起伏，不仅赢得了读者的广泛赞誉，也引起

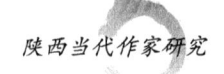

了评论界的高度重视，使得陕西成为全国文学创作的高地和焦点。陕西中青年作家群的崛起，不仅是地方文学的一次繁荣，更是中国文学史上的一个重要篇章。他们的作品，至今仍被广大读者所传诵，成为中国当代文学不可磨灭的印记。

路遥、陈忠实、贾平凹等人在毛乌素沙漠

路遥的《平凡的世界》以其宏大的叙事格局和深刻的社会洞察力，展现了普通人在社会大潮中奋斗的历程，成为中国当代文学的经典之作。贾平凹的《废都》等作品则以其独特的语言风格和深邃的文化内涵，探索了中国传统文化与现代文学冲突融合的复杂性。陈忠实的《白鹿原》则以一段跨越半个世纪的家族史，揭示了中国社会的巨大变迁和人性的深层次挣扎。这些作家的作品不仅丰富了中国当代文学的宝库，也为研究中国社会和文化提供了宝贵的素材。他们的创作实践和文学成就，对后来的作家产生了深远的影响，为中国文学的发展注入了新的活力和灵感。

"文学陕军东征"作者

　　1993年，对于中国当代文学来说，是一个值得铭记的年份。这一年，陕西省的五位著名作家几乎在同一时期出版了各自的长篇小说。这些作品分别是陈忠实的《白鹿原》、贾平凹的《废都》、京夫的《八里情仇》、高建群的《最后一个匈奴》和程海的《热爱命运》。这五部小说以其深刻的主题、精湛的文笔和鲜明的地域特色，迅速在文学界乃至整个社会中引起了广泛的关注与讨论。当年，陕西作家群体以前所未有的规模和质量向文坛进军，被文学评论家形象地称为"陕军东征"。这一称谓源于作家出版社为《最后一个匈奴》举行的一次座谈会。在会上，一位评论家感慨地说："陕西人要来个挥马东征啊。"随后，这一概念由《光明日报》记者韩小蕙在一篇题为《"陕军东征"火爆京城》的报道中进一步推广，从而使得"陕军东征"这个词语迅速流传开来，并成为当年文化界的一个热门话题。

"陕军东征"之所以能引起如此巨大的轰动效应，不仅仅因为这五部作品集中问世，更在于它们各自所展现出的深厚的艺术魅力和强烈的社会影响力。陈忠实的《白鹿原》以宏大的史诗气概描绘了一段跨越半个世纪的家族恩怨和社会变迁；贾平凹的《废都》则以细腻的笔触刻画了都市人的精神困境和生存状态；京夫的《八里情仇》讲述了一个关于爱恨交织的乡村故事；高建群的《最后一个匈奴》则通过对一个少数民族英雄人物的塑造，反映了民族融合的历史进程；程海的《热爱命运》展现了个体在历史洪流中的挣扎与抗争。这些作品不仅在文学上取得了成功，而且在商业上也获得了不俗的成绩。它们的出版，标志着中国当代长篇小说创作进入了一个新的高潮期。全国的作家仿佛受到了启发和鼓舞，纷纷投入长篇小说的创作，从而形成了一股强大的文学创作热潮。

　　文学评论家们普遍认为，"陕军东征"不仅是一个值得关注的文学现象，更是一个文化现象。它不仅展示了陕西作家群体的整体实力，也反映了中国当代文学的发展趋势和时代精神。陕西作家被统称为"文学陕军"，这个名字从此在中国文坛上响亮起来，成为一个代表高水平文学创作的标志。"陕军东征"的意义还在于，它推动了中国文学的多元化和地域化发展。陕西作家在作品中融入了丰富的陕西本土文化元素，使得读者能够通过他们的作品感受到不同地域的文化风貌和社会变迁。这种对地域文化的深入挖掘和艺术再现，为中国文学的发展注入了新的活力，也为世界文学的多样性贡献了中国的声音。"陕军东征"是中国当代文学史上的一个重要事件，它不仅极大地丰富了中国的文学宝库，也为中国文学的发展开辟了新的道路，影响深远。这一现象的出现，是陕西乃至整个中国文坛的一次集体发力，它不仅展示了陕西作家的风采，也为中国文学的繁荣和发展做出了不可磨灭的贡献。

陕西的四位茅盾文学奖得主：路遥、陈忠实、贾平凹、陈彦

在中国当代文学的璀璨星空中，陕西文学犹如一颗明亮的星，以其独特的地域特色、深厚的文化底蕴和丰富的艺术内涵，赢得了广泛的赞誉和高度的评价。其中，路遥的《平凡的世界》、陈忠实的《白鹿原》、贾平凹的《秦腔》和陈彦的《主角》等作品，先后荣获"茅盾文学奖"，为陕西文学赢得了巨大的声誉，使得陕西成为名副其实的中国当代文学"重镇"。

路遥的《平凡的世界》，是一部描绘普通人生活的长篇小说。全书以陕北农村为背景，讲述了一个普通农民家庭在新中国成立后几十年间所经历的种种磨难与变迁。作者通过细腻的笔触，展现了普通人在平凡生活中所展现出的坚韧与执着，以及在困境中所迸发出的顽强生命力。这部作品以其真挚的情感、深刻的思考和独特的叙事手法，赢得了广大读者的喜爱，被誉为"陕北史诗"。

陈忠实的《白鹿原》，则是一部以陕西关中平原为背景的长篇小说。全书以白鹿原上两个家族的恩怨情仇为主线，展现了从清末民初到新中

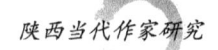

国成立这一历史时期，关中平原上的农民在宗法家庭制的压迫下，如何进行艰苦的斗争，最终走向新生活。这部作品以其宏大的历史视野、丰富的人物群像和深沉的人文关怀，成为陕西文学的又一经典之作。

贾平凹的《秦腔》，则是一部以陕西地方戏曲秦腔为题材的长篇小说。全书通过讲述一个秦腔演员的命运沉浮，展现了陕西地方文化的魅力和韵味。作者以其独特的叙事风格和丰富的想象力，将秦腔这一古老艺术形式与现代人的生活紧密相连，为我们呈现了一幅生动的陕西民俗画卷。这部作品以其独特的艺术魅力和深刻的思想内涵，成为陕西文学的又一瑰宝。

陈彦的《主角》是一部动人心魄的命运之书。作者以扎实细腻的笔触，叙述了秦腔名伶忆秦娥近半个世纪人生的兴衰际遇，及其与秦腔及大历史的起起落落之间的复杂关系，其间各色人等于转型时代的命运、遭际无不穷形尽相、跃然纸上，既发人深省，又让人叹惋。

以上四部作品，以其独特的艺术风格和深刻的思想内涵，为陕西文学赢得了巨大的声誉。它们不仅展示了陕西文学的独特魅力，也为中国当代文学的发展做出了重要贡献。在这些作品的影响下，越来越多的作家开始关注陕西这片土地，关注这里的人民，关注这里的故事。

回顾新时期陕西文学的发展历程，我们不禁为那些为文学事业付出辛勤努力的作家们感到由衷的敬佩。他们用自己的才华和热情，创作出了一部部优秀的作品，为陕西文学的发展做出了重要贡献。同时，我们也期待着新时代的陕西作家能够继续发扬光荣传统，创作出更多反映时代精神、体现人民心声的优秀作品，为陕西文学的繁荣发展贡献新的力量。

第五节　新世纪文学

进入 21 世纪，陕西文学的版图呈现出前所未有的多元化和复杂性。

在这个时代背景下，传统的现实主义依然坚守着它的阵地，以其深刻的社会意义和丰富的人文关怀，继续为读者提供思想的滋养和精神的慰藉。然而，随着时代的变迁和文化的发展，陕西的作家开始探索更加多样化的文学样式，采用更加前卫的写作技巧，使得文学作品在内容和形式上都展现出了新的活力。

在这一时期，陕西文学界涌现出了一大批优秀的作品，它们不仅在艺术上追求创新，在思想上也深刻反映了时代的脉动。刘成章的《羊想云彩》以其独特的视角和深刻的内涵，探讨了人与自然的和谐共生；冷梦的《黄河大移民》则以宏大的历史背景，展现了人民在国家重大决策面前的坚韧与不屈；叶广芩的《梦也何曾到谢桥》用细腻的笔触描绘了女性的内心世界；红柯的《吹牛》以幽默诙谐的方式讽刺了社会现象；弋舟的《出警》紧张刺激，展现了警察的职业精神；阎安的《整理石头》则以其深邃的思考，探讨了人生的意义；穆涛的《先前的风气》回顾了历史的变迁，引发人们对传统与现代的思考；吴克敬的《手铐上的兰花花》则以其悲壮的情感，讲述了人性的光辉与悲剧。

在这些作品中，第八届鲁迅文学奖的获奖作品尤为引人注目。军旅作家钟法权的报告文学作品《张富清传》荣获了该奖项的报告文学奖。这部作品以其真挚的情感和深刻的洞察力，讲述了一位普通共产党员的不平凡事迹，展现了他不变的初心和无私的奉献精神，被誉为"一座人格和精神的丰碑"。

同时，陕西作家陈仓的散文集《月光不是光》在同一届评选中获得了鲁迅文学奖散文杂文奖。这部作品以其细腻的笔触和深邃的思考，记录了普通人在社会变迁中的流动和生活，展现了乡愁与热望的共存，以及裂变与奋进的交织，被誉为"普通人迁徙流变的生活信史，乡愁与热望同在，裂变与奋进交织"。

这些作品的获奖，不仅为作者本人带来了荣誉，也为陕西文学的发展增添了光彩。它们的存在，证明了在新世纪陕西文学的活力和创新能力，也展示了陕西作家对时代、对社会、对人民的深刻关注和思考。

陕西几代作家，前赴后继、薪火相传，尽管他们的思想侧重点不同，艺术透视的焦点迥异，但就总体来说，还是可以概括出一些共同的艺术特征：农村生活，现实主义，史诗意识，厚重大气。这些作家也有一些共同的特点：一是重视生活体验对于创作的重要作用；二是既有现实关怀更有历史眼光；三是目光聚焦于农村，重点研究中国社会的最大群体——农民；四是看重作家思想的力量；五是探寻北方大地的乡土美学；六是重视作家自身人格的修为。

陕西文学是光荣与梦想并存，危机与出路共生，作家断代和后继乏力是一个"伪命题"。文坛希望在年青一代身上这是毫无疑问的。目前"七〇"前后的作家已逐渐成为陕西文坛的主力军，以周瑄璞、杜文娟、王妹英、杨则纬等人为代表的第四代作家正在兴起，与前几代作家（"生活型""经验型"作家）相比，他们所受的教育更高，视野更开阔，站得高，看得远，文学观念更开放，创作手法更新颖，代表着陕西文学的未来。今天社会已进入一个"泛文学化的时代"，文学的样式发生了巨大的变化。各种新问题不断呈现，空前地考验着作家和评论家。

放眼未来，陕西文学将继续在传统与现代、本土与国际之间寻找平衡，不断探索和创新，以更加丰富多样的文学形式，回应时代的召唤，满足读者的需求。在新的历史时期，陕西文学必将继续以其独特的魅力和深厚的底蕴，为中国乃至世界的文学宝库贡献更多的精品力作。

第六节　文体视野下的陕西当代作家

在中国当代文学的璀璨星空中，陕西作家以其独具魅力的艺术风格和深邃的思想内涵,为中国文学的发展做出了不可磨灭的贡献。他们的作品,无论是小说、散文还是诗歌,都呈现出一种鲜明的地域特色和深刻的文化内涵,构成了陕西文学独有的文体特征。

一、小说创作

陕西作家的小说创作,以其深厚的历史底蕴和浓郁的地方色彩,展现出独特的叙事风格。以路遥、陈忠实、贾平凹、陈彦等人为代表的小说家,他们的作品深深植根于陕西这片古老的土地,通过对乡土生活的细腻描绘和对人物命运的深刻挖掘,展现了陕西人民的生活状态和精神面貌。在他们的笔下,陕西的自然风光、民俗风情、历史变迁和社会现实交织成一幅幅生动的画卷,让读者仿佛置身于那片土地,感受着那里的风土人情。在小说方面,陕西作家善于运用复杂的叙事手法和丰富的情节安排,使故事情节跌宕起伏、引人入胜。他们善于捕捉社会生活的各种矛盾和冲突,通过细腻的描绘和深入的剖析,揭示人性的复杂和社会的矛盾。同时,他们也注重语言的精练和表现力,通过生动的比喻和形象的描写,使作品具有更强的艺术感染力和思想深度。

提到陕西小说文体的杰出代表,柳青无疑是其中的佼佼者。他的创作生涯贯穿了生命的全过程,从早期的《牺牲者》《地雷》到后来的《狠透铁》《种谷记》《铜墙铁壁》,再到被誉为"史诗"的《创业史》,每一部作品都倾注了他的满腔热情。柳青的小说以深刻的社会洞察力和细腻的人物刻画著称,他通过对农村生活的深入描绘,展现了社会主义革命的风云变幻,为陕西文学树立了一座丰碑。除柳青之外,杜鹏程也是一位倾其一生心血于小说创作的作家。他的作品以铁路工人奋斗史的中篇系列和人民解放战争的"英雄史诗"《保卫延安》为代表,展现了工人阶级的英勇无畏和革命精神的伟大。杜鹏程的小说以生动的情节和鲜活的人物形象,让读者感受到了时代的脉搏和历史的厚重。在陕西文学史上,还有一位作家,即被誉为"短篇小说家"的王汶石。他的小说以渭河两岸的风情为背景，融合了幽默清新的风格，形成了独特的艺术特色。王汶石的作品在短篇小说领域堪称一绝，他精细美妙的笔触和深刻的社会洞察力，让读者在欣赏故事的同时，也能感受到生活的美好和真谛。

以上三位作家的小说文体营造，为陕西文学中小说文体范式奠定了基础。在他们的引领下，一代又一代的陕西作家继续发扬小说文体的优良传统。路遥、陈忠实、贾平凹等作家，以其独特的创作风格和深刻的社会洞察力，创作出了《平凡的世界》《白鹿原》《浮躁》等一部部力作。这些作品不仅展现了陕西文学的风采，也为中国当代文学的发展做出了重要贡献。

到了第三代作家，如高建群、杨争光、红柯、程海、叶广芩、王观胜等，他们的创作趋势更具现代小说文体意识。他们的作品，如《美丽奴羊》《最后一个匈奴》《越活越明白》《热爱生命》《放马天山》等，都充满了对生活的深入思考和时代的敏锐洞察。

如今，新一代的作家，在继承前辈优良传统的同时，也在不断探索新的创作手法和艺术风格。他们的作品更加注重人性探索和情感表达，更加关注社会的现实问题和人类的生存状态。这些新的创作趋势，为陕西文学注入了新的活力和生机。

新时期以来，陕西文学形成一个传统，即写长篇、写史诗、写大部头。柳青、杜鹏程是这样，路遥、陈忠实、贾平凹是这样，年青一代的作家吴文莉、周瑄璞亦是如此。在中国当代文坛，陕西作家以其空前的勤奋与努力，始终占据着重要而突出的位置，被世人誉为"文学陕军"。陕西的作家大多属于生活资源型作家，他们的吃苦精神在全国都是出了名的。路遥、陈忠实、邹志安、王晓新、赵熙等一些陕西作家，都有一种文学圣徒的"殉道"精神，他们视文学为神圣之事业，甘愿为文学"虽九死而犹未悔"。路遥为文学拼命而英年早逝。陈忠实蛰居乡村50年，忍受清贫，甘于寂寞，认为不弄下一个死后可以垫棺做枕的作品就是白活。邹志安贫病交加，在罹患绝症之时犹写《不悔》以明志。王晓新数十年沉潜民间。赵熙多年居于秦岭深山之中，为的是体验真实的生活，感受大地的脉动，写出接地气、真生活的作品。回顾中国当代文学史，陕西作家像夸父追日一般，前赴后继，路遥、邹志安、京夫、红柯、霍忠义，一个又一个地倒在了文学的征途中。这种精神固然可敬，但同时也不能不引人思考。秦中自古帝王州。历经周秦汉唐至今仍赓续不断的"三秦文脉"形成了陕西文学的精神传统。沉郁顿挫，苍劲浑厚。陕西的文化积淀太厚重了，给人一种崇高感、神圣感和使命感，舍我其谁？凡事有利必有弊！文化积淀太沉重有时反倒不利于创作。1823年9月18日，世界文学大师歌德在同爱克曼谈到诗歌创作时这样说："你得当心，不要写大部头作品。许多既有才智而又认真努力的作家正是在贪图写大部头作品上吃亏受苦，我在这一点上也吃过苦头，认识到它对我有多大害处。"接下来歌德详细地剖析了写大部头作品的危害"如果你脑子里老在想着写一部大部头的作品，那么别的一切都得靠边站，一切思虑都得推开，这样就要丧失掉生活本身的乐趣。为着把各部分安排成为融贯完美的巨大整体，就得使用和消耗巨大精力；为着把作品表达于妥当的流利语言，又要费大力而且还要有安静的生活环境。倘若你在整体安排上不妥当，你的精力就白费了。还不仅如此，倘若你在处理那样庞大的题材时没有完全掌握住细节，整体也就会有瑕疵，会受到指责。这样，作者尽管付出了辛勤的劳动和牺牲，结果所获的也不过是困倦和精力的瘫痪。反之，如果作者每天都抓住现实生活，经常以新鲜的心情来处理眼前的事物，他就总可以写出一点好作品，即使偶尔不成功，也不会有多大损失。"最后，歌德警告爱克曼："写小题材是最好的途径。"试想，以歌德那样的文学大师尚且苦于结构的安排、细节的处理，并一再声称大部头让他吃过苦头，遑论我们了。纵观文学史，的确有不少名著是大部头，但文学史上同样也有不少短小的东西跻身经典。《论语》全篇11000字，

《老子》总共不过5000字,可它们却是中华民族数千年连绵不断的文化基因。鲁迅一生没有写过一部长篇小说,可丝毫不影响他作为"中国现代文学之父"的光辉地位。由此可见,经典的构成,是不能单从字数、篇幅和部头上来做判断的。当年,柳青在皇甫村一住就是14年,创作出具有史诗性质的《创业史》,从而被尊为"陕西文学的教父"。从那以后,陕西的作家便形成一个传统,一窝蜂地搞长篇小说创作。过分地追求大部头写作,直接后果有两个:一是重视小说,尤其是长篇小说创作而轻视其他文学种类,从而造成文学样式和生态的失衡;二是容易使作家形成一种沉重感、使命感,甚至是无谓的牺牲,容易造成"出师未捷身先死,长使英雄泪满襟"的悲剧。对此,陕西作家当引以为戒。

在陕西文学中,小说文体的一体高位,是守命文体范式的重要体现。它不仅是作家表达情感、展现才华的重要载体,也是读者感受生活、理解世界的重要窗口。缺了它,陕西文学便会失色,文坛也会失去一份辉煌。随着时代的变迁和社会的发展,陕西文学中的小说文体也在不断发展和创新。

二、散文创作

陕西文学创作历来以小说和散文为人们所称道,二者犹如双璧,璀璨夺目,在中华文坛上具有不可撼动的地位。经过几代作家的辛勤耕耘与精神传承,陕西的散文不仅记录了这片土地的变迁,也映照出作家们丰富多彩的内心世界。

20世纪五六十年代,正值新中国建设之初,李若冰等从红色延安走出的文人,用他们的笔触细腻地描绘了大西北的自然风光、民俗风情以及那个时代热火朝天的生产建设景象。他们的作品,如李若冰那富有诗意美的篇章,魏钢焰那充满激情的报告文学,都成为时代的声音,振奋人心,传唱一时。这些作品不仅记录了一个时代的风貌,更体现了作家对国家和民族的深厚情感。

进入20世纪80年代，随着社会的进一步开放和文化的多元化发展，陕西的散文创作呈现出更加多样化的面貌。这一时期的散文家开始更多地探索个人的情感世界和主体意识，他们的作品更加注重个性化的表达和内心世界的挖掘。李若冰、贺抒玉、戈壁舟、魏钢焰等人的创作继续推动着陕西散文的繁荣发展，而如贾平凹、刘成章等后辈作家的加入，则给陕西散文带来了新的活力和视角。

贾平凹以其独特的文笔和深邃的思考，创作了《爱的踪迹》等多部深受读者喜爱的优秀散文作品，获得了全国优秀散文奖的殊荣。他的文字细腻而深刻，能够触及人心最柔软的部分，让读者在字里行间感受到生活的温暖和人性的光辉。和谷的《无忧树》同样以其独到的见解和精致的文字获得了全国优秀散文奖，其作品常常展现出对传统文化的深刻理解和现代生活的敏锐观察。

此外，白描的《一颗散落在黄土高原的种子》以报告文学的形式，深刻揭示了社会现实和个体命运的交织关系。这部作品不仅荣获全国优秀报告文学奖，更以其深刻的社会意义引起了广泛的关注。冷梦的《黄河大移民》则以其宏大的叙事视野和深刻的历史洞察力，摘得首届鲁迅文学奖报告文学奖，其作品不仅是一部优秀的文学作品，也是一部具有重要历史价值的社会文献。

陕西散文的辉煌不仅仅体现在获奖作品上，更体现在每一位作家对于文字的敬畏和对于真实的追求上。他们的作品，无论是对于自然的描绘，还是对于社会的反思，都透露出一种对于生活本质的探索和对于人性深处的关怀。这种关怀不仅体现在对于外在世界的观察上，更体现在对于自我内心的审视上。在散文方面，陕西作家的作品往往具有一种自由、随意和抒情的风格。他们善于从自己的生活经历和感受出发，通过对自然景色、社会现象和人文历史的描绘和议论，表达出对生活和世界的独特理解和感悟。他们的散文语言优美、意境深远，既具有思想性又具有艺术性，而且有独到的审美追求和艺术风格。他们的散文作品，既有对自然景观的赞美，也有对人文历史的思考，更有对生活哲理的感悟。这些散文语言质朴而不失典雅，情感真挚而不乏深沉，触动人心的同时，也引人深思。如朱鸿的地域文化散文，不仅仅是对中国传统文化的寻根之旅，更是对人性、历史和文化的深刻反思。

陕西文学历来以小说见长，但实际上陕西也是一个当之无愧的散文大省。无论是从写作的人数、作品的数量、作家的水平，还是从专业机构、学术研究等角度来衡量，陕西都堪称"散文大镇"。新时期以来，在全国产生重大影响的散文作家先后有：柳青、杜鹏程、王汶石、魏钢焰、李若冰、刘成章、贾平凹、和谷等，其中李若冰的《柴达木手记》《酒泉盆地巡礼》《勘探者的足迹》等散文集，在中国文坛引起轰动；李若冰被誉为"西部文学的垦荒者"。路遥、陈忠实、贾平凹、红柯、高建群、叶广芩等人既是享誉全国的小说大家，也是驰名散文界的散文高手。另外陕西还拥有一支数量庞大、影响广泛的散文作家：侯雁北、贺抒玉、毛锜、李佩芝、李天芳、朱鸿、方英文、陈长吟、史小溪、李汉荣、王蓬、邢小利、周养俊、刘炜评、仵埂、穆涛、孙见喜、孔明、柏峰、杜爱民、第广龙、庞进、赵丰、祁玉江、吕向阳、刘云、史飞翔、袁国燕、孙亚玲等。如今，新生代的一批散文作家更是破土而出。目前，陕西省的散文作家创作热情高，作品数量多，题材广泛。据不完全统计，全省每年都有近百部散文集出版面世，从各个方面反映了火热的社会主义建设生活，助推了陕西省文学事业的发展。

《美文》杂志作为中国西部地区发行量最大的文学期刊，在当代文学界扮演着极为重要的角色。由贾平凹担任主编，无疑增添了该杂志的权威性。《美文》不仅是西安市文联、西北大学联合主办的学术期刊，更是西安市委宣传部主管的重要学术平台，其影响力遍及全国乃至海外。自1992年创刊以来，这本杂志一直致力提供高质量的文学作品与深度评论，成为学者、作家和广大文学爱好者交流思想、展示研究成果的重要媒介。《美文》以其独特的视角、丰富的内容和专业的编辑水平，为读者带来了一场场精神上的盛宴。散文，作为一种表达个人情感和思考的文体，在中国文学史上占据着举足轻重的地位。《美文》杂志不仅重视传统散文的研究和创作，更鼓励和支持创新文体的发展。杂志中的文章不拘一格，既有深情的随笔，又有贴近现实的报告文学，以及充满哲理的思考性文字。这种多样性确保了不同口味的读者都能从中找到心灵的共鸣。《美文》杂志的一大特色是其对艺术与生活结合的重视。杂志中的作品往往以细腻的笔触触及人生的各个角落，无论是对日常生活的描绘，还是对人性深层次的探索，都显得格外真实和动人。这些作品通过展现生活的点滴，引发读者对自身生活状态、人生意义和价值观的反思。在内容的选择上，《美文》杂志坚持高标准和高质量，它所发表的文章不仅要求原创性强，而且要有深入的研究和新颖的视角。这样严格的选稿标准保证了杂志的学术性和权威性，使其成为文学领域内不可忽视的力量。除了优秀的散文作品，杂志还定期邀请知名学者、艺术家撰写专栏文章，这些文章往往具有很高的学术价值和艺术鉴赏价值。通过这些大家之言，读者能够获得更多关于艺术和文化的知识，开阔视野，提高审美能力。互动性是《美文》杂志另一个显著特点。它通过各种渠道与读者进行沟通和交流，比如举办文学沙龙、征文比赛等活动，既活跃了文学氛围，又拉近了与读者的距离。这种双向互动的模式极大地提升了杂志的影响力和亲和力。《美文》杂志对于推广和繁荣中国当代文学做出了巨大贡献。它不仅为广大作者提供了一个展示才华的平台，也为读者提供了认识和接触优秀文学作品的机会。通过这些作品，人们可以感受到时代脉动，了解社会变迁，体验个体情感，从而获得精神层面的滋养和启迪。

说到陕西的散文，不能不提陕西省散文学会。陕西省散文学会是由陕西省社会科学联合会（以下简称"省社科联"）主管，省委宣传部批准成立，省民政厅注册备案的省一级文学专业团体，旨在研究散文理论，探讨散文现象，开展散文创作活动，以促进陕西散文事业的繁荣和发展。陕西省散文学会的成立填补了陕西省级散文社团的空白，也成为西北地区第一个省级散文社团。

这样的起点，不仅彰显了散文在陕西文化中的地位，更体现了对这一古老文体的现代重视和推广。陕西省散文学会不仅拥有了1000余名会员，还建立了包括秘书处、创联部、创研部在内的工作机构，以及青年文学、乡土文学、纪实文学、旅游文学、文艺评论、朗读、教育、创意写作等专业委员会。这些机构的设立，为散文的创作、研究和交流提供了更为广阔的平台。陕西省散文学会的影响力不仅限于省内，它还通过与西北大学现代学院联合主办中国"丝路散文奖"，进一步将陕西的散文推向全国乃至世界。这一奖项每两年评选一次，旨在表彰全国出版的优秀散文集，至今已经评选出包括王宗仁、肖云儒、马步升、朱鸿、杨海蒂等在内的数十位作家。这不仅是对个体作家才华的认可，更是对陕西乃至西部散文创作的整体肯定。除了定期的评奖活动，陕西省散文学会还发起组织了"中国西部散文家论坛"。这一论坛每年一届，由西部各省、市散文学会轮流主办，至今已连续10届。论坛不仅为散文家们提供了一个交流思想、分享经验的平台，也为西部地区的文化发展和文学交流注入了新的活力。陕西省散文学会的工作还体现在对基层的支持和培养上。它在长安、蓝田、安康、旬阳、城固、乾县、泾阳、礼泉、延安等地设立了基层创作研究基地，这些基地成为联系散文爱好者的桥梁，也使得陕西省从事散文写作的人数达到了千名以上。学会经常开展的散文研讨及采风创作活动，不仅丰富了地方文化生活，也为散文创作提供了源源不断的灵感和素材。陕西省散文学会的成功，在于它能够以开阔的胸襟和包容的心态，最大限度地团结基层散文作家。这种开放和包容的精神，不仅吸引了众多散文创作者的加入，也使得学会能够汇聚多样的声音和风格，推动了陕西乃至中国西部散文的多元化发展。

在探讨中国现代散文的理论发展时，我们不得不提到两个具有时代价值的观点：一是肖云儒先生提出的"形散神不散"，二是贾平凹先生所倡导的"大散文"概念。这两种理论不仅丰富了散文的内涵，也为文学创作和批评提供了新的视角和思考空间。肖云儒先生的"形散神不散"理论，是对散文这一文体特征的深刻把握。在他看来，散文之所以能够成为一种独特的文学形式，正是因为它在形式上的松散与自由。这种形式上的宽松，并不意味着内容的空洞或精神的离散，恰恰相反，它要求作者在看似随意的叙述中，贯穿一种不变的精神主线，即"神不散"。这种观点强调了散文创作中"形"与"神"的关系，即外在形式与内在精神的统一。这一理论的提出，对于后来的散文创作产生了深远的影响，成为许多作家在创作实践中追求的目标。肖云儒先生的这一观点，至今仍然被广泛引用，其地位在散文理论界无人能出其右。它不仅指导了一代又一代作家的写作实践，也成为评价散文作品的重要标准之一。在这个意义上，肖云儒先生的"形散神不散"不仅是一个理论观点，更是一种文学创作的精神指南，它鼓励作家们在自由的形式中寻找和表达不变的精神追求。而贾平凹先生所提出的"大散文"观念，则是对传统散文理念的一次大胆拓展。在贾平凹看来，散文不应局限于个人情感的抒发或琐碎生活的记录，它应该具有更为广阔的视野和更深刻的内涵。所谓的"大散文"，就是要打破传统散文的小格局，将散文的笔触延伸到社会、历史、文化乃至人类命运的广阔领域。这种观

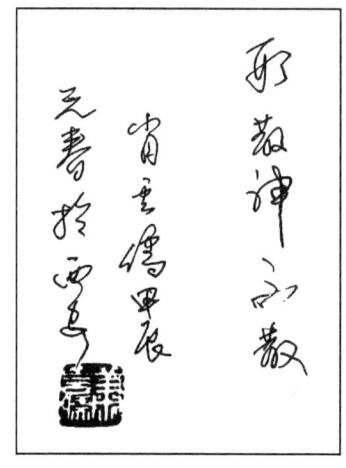

肖云儒先生为本书作者史飞翔亲书"形散神不散"

念的提出，无疑为散文的创作打开了一扇新的大门，使得散文能够承载更加丰富的内容和更加深邃的思想。"大散文"观念的提出，引发了散文界的一场新的文学思潮。许多作家开始尝试跳出传统的框架，探索散文的新可能。他们不再满足于对日常生活的简单描绘，而是试图通过散文这一形式，去触摸时代的脉搏，去反映社会的变迁，去探讨人性的复杂。这种探索和尝试，使得散文这一文体变得更加多元和丰富，也使得散文在文学领域中的地位得到了新的提升。当然，任何一种文学理论的提出都不可能得到所有人的一致认同。对于"大散文"这一观念也有批评的声音，认为它可能导致散文失去其特有的韵味和魅力，变得过于宏大和沉重。然而，不可否认的是，贾平凹先生的这一观念确实为散文的发展注入了新的活力，激发了众多作家的创作热情，为中国现代散文的发展开辟了新的天地。肖云儒先生的"形散神不散"和贾平凹先生的"大散文"观念的提出，在中国现代散文理论发展中具有里程碑式的意义。它们不仅丰富了散文的内涵，也为散文的创作和批评提供了新的理论支撑。在这两位先生的引领下，中国现代散文无疑将继续保持其独特的魅力，不断探索和发展，为读者带来更多的思考和享受。我们有理由相信，随着社会的不断进步和文化的多元发展，散文这一文体将会继续演变和创新，产生更多优秀的作品。同时，散文理论也将继续深化和发展，为我们提供更加丰富的文学资源和批评工具。无论是"形散神不散"还是"大散文"，它们都将成为我们理解和欣赏散文的重要钥匙，帮助我们更好地把握这一文体的精神内核，感受文学的力量和美。

以上这些都表明，在中国文学的版图上，陕西的确是一个"散文大省"，是当代散文创作和研究的重镇。与此同时，陕西的散文创作也面临着一定的局限与不足。为此陕西作家或转型，或突破，大胆地进行着各种尝试，终于在近年取得了重大的突破和进展，其中一个重要的动向就是——文化散文粉墨登场、轮廓初显。

文化散文诞生于20世纪80年代末90年代初。但是作为一种概念明确提出则是在1990年前后。当时佘树森教授在《中国当代散文报告文学发展史》一书中对文化散文这样界定："贴近生活的又一表现，就是世俗化倾向。人情种种，世俗百态，成为一些散文家观照的热点。由于这种观照常取文化视角，伴以历史文化反思，故又称之'文化散文'；由于这种观照多以非凡的机智，集中透视矛盾诸相，故行文常含幽默，还由于作者故作'超脱'与'旷达'，所以常有苦涩掩藏于闲适中。"这可能是学界对"文化散文"一词最早的理论描述。

　　文化散文生逢其时。文化散文的诞生有两个重要的背景：一个是20世纪80年代末90年代初兴起的"文化热"。在这种热潮的感召下，文化散文应运而生，并很快成为一种重要的文化现象。再就是，就散文界本身来说，当时人们已经厌倦了"杨朔体"的传统抒情散文，内心急切渴望一种更新的散文文体和样式，恰在此时文化散文如一缕清风，迎面吹来。文化散文的诞生大大地开拓了散文的疆域和境界，是散文创作的一次革命。

　　与传统的抒情散文相比，文化散文具有以下特征：

　　一是取材上具有文化视野。一般散文可以写身边琐事，花花草草，风花雪月，个人哀乐，一己悲欢，但文化散文所写对象在内容上侧重思考一些严肃且有较大文化包容量的主题，突出文化意味和文化底蕴，有些甚至具有一种精神意向。

　　二是写作立场上具有强烈的文化意识。文化散文明确地从文化角度，以文化意识来表现描写对象，它的文本魅力在于作者对文化客体的生命投入，充分显示出作者的文化态度、文化观念和文化审美。

　　三是内容上具有深刻的思想性。文化散文在思想意蕴上具有一种文化穿透力，比抒情散文更具深度和厚度，具有一种终极的、理性的、哲学的思辨色彩。

四是艺术表现上具有文化韵味。文化散文不仅具有文化的品格和文化内涵,通过文化的历史脉动昭示个体大起大落、大开大合的人生际遇,更重要的在于,文化散文具有一种文化批评的价值立场,集文化叙事和文化批评于一体。

总之,文化散文表现出了鲜明的文化意识、强烈的精神反思和终极的理性回归色彩,它将理性的凝重与诗意的激情浑然融为一体,既充满了思考的理智,又具有很强的文化关怀。它用恢宏大气的历史文化、凝重刚健的理性精神、内敛深沉的主体情感,架构出了文化与散文和谐共融的空间,彰显出文化散文中所特有的文化意蕴和厚重的思想情怀。

陕西虽地处内陆,相对于沿海地区文学观念可能会滞后一些,但陕西文化拥有极强的包容性和开放性,极大地影响了陕西的作家。当余秋雨以大红大紫的姿态在中华大地上为文化散文开疆拓土的时候,陕西同样也有一批作家暗自进行着痛苦的思想裂变,以期"化蛹为蝶"。

朱鸿,作为陕西地域文化散文的代表之一,他的文学创作之路也是从传统散文开始的。但他并没有满足于此,随着身份的转变和对文化的深度思考,他很快调整了自己的创作方向。从历史文化散文的写作,到专注于陕西地域文化散文的创作,朱鸿的作品不仅仅是对家乡文化的深度挖掘,更是对文化资源的学术性研究。朱鸿早期的散文创作属于传统散文,随着调入高校,个人身份的转变,朱鸿很快调整了自己的创作方向,从历史文化散文的写作,转向陕西地域文化散文的写作,先后出版了数部集子。他深耕于自己的家园,耕出了丰富的文化资源,又具有学术内涵。这也拓宽了散文体裁的形制,给原本注重知识性、趣味性和审美性的文化散文,增加了学术性这个特质。

吕向阳,这位"后起之秀",在民俗文化上的探索尤为引人注目。他的长篇系列散文《小人图》不仅获得了第三届中国报人散文奖,还被文坛大家贾平凹誉为"大散文的经典作品"。这不仅是对吕向阳才华的认可，也是对他在民俗文化挖掘上努力的肯定。《神态度》和《老关中》等作品，都是他对关中文化的深入挖掘和传承，他的文字中充满了对家乡的深情和对生命的思考。而《陕西八大怪》更是近年来民俗文化散文的佳作，它展现了作者对陕西文化的深厚情感和独特见解。

作为陕西新生代散文作家中的一员，史飞翔最初也是坚持传统散文的写作路子，出版了两部散文集子后，他开始思考一个问题：怎样才能实现自身的可持续发展。无意中他看到作家韩石山的演讲《一个写作者的一生该怎样安排》。韩石山先生说，一个作家的一生应该是"青春作赋、中年治学、晚年修志"，这话就像闪电划过夜空，让人惊醒。从此，史飞翔开始从事以秦岭终南山为载体的陕西地域文化研究，转向文化散文写作，先后出版了《终南隐士》《终南守望》《关学与陕西书院》《关中地域与关中人物》等20部作品，其中《终南隐士》一书系"国内第一本系统研究终南山隐士的学术专著"，填补了该领域的学术空白，并被翻译成英文出版；《关学与陕西书院》一书是国内第一本研究关学与陕西书院互动关系的学术专著；《关中地域与关中人物》一书被陕西省孔子学会评为"首届儒学学术研究与普及推广优秀成果"三等奖；《陕西作家研究》一书被中国全民阅读媒体联盟誉为一本带你读懂"文学陕军"的书；《终南守望》一书入选全国"农家书屋"工程；《民国大先生》一书参展"全国图书交易博览会"，流通海内外。

此外，陕西年青一代的散文作家正如雨后春笋般不断涌现。目前，陕西的散文作家无论是年龄结构，还是学历层次都发生着巨大变化。与前辈作家不同的是，随着高等教育的普及，年轻人学历层次逐渐提高，那种仅凭个人生活积累而写作的传统生活型作家越来越少，学者型作家正大量出现。对于一个作家来说，写什么样的散文、走什么样的路子，完全因人而异，与这个人的先天禀赋、人生阅历、知识结构、阅读喜好等休戚相关，是"性分所至"。但在散文创作中融于文化因素，融进思想学问却是一个作家走向成熟的标志。从这个意义上讲，文化散文的出现无疑是陕西散文创作迈向成熟的一个重要标志，是陕西散文创作的一大进步。

随着时间的推移，陕西散文逐渐形成了自己独特的风格和传统。这种传统不是一成不变的，而是在不断的创新中继承和发展。新一代的散文家在前辈的基础上，不断探索和尝试，使得陕西的散文创作始终保持着旺盛的生命力和时代感。

三、诗歌创作

在诗歌方面，陕西作家的作品往往具有一种豪放、奔放的风格。他们善于运用各种修辞手法和音韵节奏，将内心的情感和思想表达得淋漓尽致。他们的诗歌作品既具有地域特色又具有时代精神，既具有思想性又具有艺术性。如陕西诗人雷抒雁、秦巴子等人，他们的诗歌作品充满了对土地的眷恋和对生活的热爱。他们的诗篇中，常常流露出对自然的崇敬、对生命的敬畏和对时光的感慨。这些诗歌在形式上追求新颖独特，在内容上追求深邃广阔，在情感上追求真挚热烈，展现了陕西诗人对诗歌艺术的不懈追求和对生命本质的深刻理解。

在20世纪80年代的中国，诗歌作为文学的一个重要分支，在社会变革和文化复苏的大背景下，呈现出了前所未有的活力和多样性。陕西这个文化底蕴深厚的地区，涌现出了一批在全国具有重要影响力的诗人。他们不仅在现实主义、浪漫主义、现代主义和新古典等多个流派上有所建树，而且形成了多元共生互竞的创作态势，为中华诗歌的宝库增添了浓墨重彩的一笔。

老一辈的诗人中，沙陵的名字不得不提。他的诗歌创作跨越了几个时代，艺术品质持续上升，可以说是终生致力诗歌创作的典范。沙陵的诗作以其深沉的历史感和对人生哲理的深刻洞察而著称，他的作品往往能够触动读者的心灵，引发人们对生命意义的深层次思考。

中年一代的诗人则以闻频、晓雷、谷溪、马林帆、刁永泉、王德芳、渭水、商子秦等为代表。他们大体上以现实主义的创作理念为导向，以其坚实、大气、贴近现实和富有黄土地生活气息的抒情诗风，在20世纪80年代形成了一方重镇，对后世的影响深远。这些诗人的作品通常关注社会现实，反映了那个时代人们的生活状态和精神追求，他们的语言质朴而有力，情感真挚而深沉，具有很强的感染力和广泛的群众基础。

进入20世纪90年代，陕西诗歌界又迎来了一批新的诗人，如朱文杰、耿翔、刘亚丽、尚飞鹏、李汉荣、秦巴子、沈奇、阎安、远村等。这些诗人的价值取向和艺术追求各不相同，他们个性鲜明，风格各异，为陕西乃至中国的诗歌界带来了新的生机和活力。他们中的一些人倾向于探索诗歌的形式和语言的新颖性，而另一些人则更加注重内容的深度和思想的广度。他们的作品不仅丰富了诗歌的表现手法，也拓宽了诗歌的主题和视野。

在这个多元化的创作环境中，陕西的诗人不断地探索和创新，他们的诗歌作品不仅反映了个人的情感和思想，也折射出一个时代的风貌和社会的变迁。他们的诗歌既有对传统文化的继承和发扬，也有对现代文明的批判和反思。这种深刻的文化自觉和历史责任感，使得陕西的诗歌在全国乃至世界范围内都产生了广泛的影响。

总的来说，20世纪80年代和90年代的陕西诗歌，是中国文学史上一个不可忽视的重要篇章。它不仅见证了一个时代的文化发展和诗人个体的成长，也展现了诗歌作为一种艺术形式，对于表达人类情感、传递思想信息、反映社会现实的无限可能性。这一时期的诗人，以其独特的创作风格和深刻的艺术追求，为我们留下了宝贵的文化遗产，他们的作品将继续激励着后来的诗人，为中国诗歌的未来发展注入新的活力。

陕西作家文体特征的形成，与其所处的地域文化、历史传统和个人经历密切相关。陕西是一个历史悠久、文化底蕴深厚的地区，这里有着丰富的历史文化遗产和独特的地域风貌。这些地域文化和历史传统为陕西作家提供了丰富的创作素材和灵感来源，使他们的作品具有浓郁的地域特色和历史文化内涵。与此同时，陕西作家的个人经历也对其文体特征的形成产生了重要影响。他们大多来自农村或基层，对人民生活和社会现实有着深刻的了解和体验。这种生活经历和体验使他们的作品更加贴近人民、贴近生活，具有更强的现实感和人民性。

陕西作家的文体特征首先体现在他们对传统文化的继承和创新上。他们在作品中融入了大量的陕西方言、民间故事和地方传说，使得作品具有浓厚的地域特色和民族风情。其次，他们也不断吸收现代文学的营养，尝试各种新的表现形式和技巧，使得作品在传统与现代之间找到了一个完美的平衡点。陕西作家的文体特征还体现在他们对现实主义精神的坚持上。无论是对社会现实的直面，还是对人物心理的深入剖析，陕西作家都展现出了对现实生活的高度关注和对人性的深刻洞察。他们的作品不仅反映了社会的现实状况，更揭示了人性的复杂性和多样性，具有很强的现实意义和深远的思想价值。

总之，陕西作家以其独特的艺术风格和深刻的思想内涵，在当代文学史上留下了浓墨重彩的一笔。他们的作品，无论是小说、散文还是诗歌，都以其独特的文体特征和深刻的文化内涵，成为中国文学宝库中的瑰宝。陕西作家的文体特征，不仅是对陕西这片土地的文化传承，更是对中国文学的一种丰富和发展。

第七节　陕西作家的代际划分

在中国文学的发展历程中，陕西作家一直占据着举足轻重的地位。他们以独特的地域文化为背景，创作出了许多具有鲜明个性和深刻内涵的作品。为了更好地梳理陕西作家的创作脉络，我们可以将其划分为四个代际。

第一代作家以柳青、杜鹏程、王汶石等为代表。他们生活在新中国成立前后，经历了社会的巨大变革。他们的创作受到了现实主义文学的影响，其作品关注社会现实，揭示社会矛盾，呼唤人性的觉醒。柳青是这一代作家中的杰出代表之一。他的作品《创业史》是一部描写中国农村改革历程的长篇小说。小说以主人公梁生宝互助组的发展为线索，表现了农业社会主义改造进程中的历史风貌和农民思想情感的转变。《创业史》以其深刻的思想内涵和鲜明的艺术特色，成为中国文学史上的经典之作。杜鹏程是另一位重要的第一代作家。他的代表作《保卫延安》取材于1947年3月到9月的陕北延安战事，反映了延安保卫战的战斗过程，并辐射到了整个解放战争的总体历史进程。小说通过展现延安军民在艰苦环境下坚持抗战的真实情景，表达了作者对革命事业的坚定信念和对人民的深厚感情。《保卫延安》以其真实感人的情节和生动的人物形象，赢得了广大读者的喜爱。王汶石是这一代作家中的重要人物之一。他的代表作《风雨之夜》是一部描写抗日战争时期中国军民抗击日本侵略者的短篇小说。小说通过展现战争中的残酷和英勇，表达了作者对战争的深刻思考和对英雄的赞美。《风雪之夜》以其简练的语言和紧张的情节，展示了中国人民在战争中的坚韧和勇敢。这一代作家的创作特点主要体现在以下几个方面。首先，他们关注社会现实，通过作品反映社会的矛盾和问题。他们以真实的生活为基础，通过对社会现象的观察和思考，揭示了社会的本质和人性的复杂性。其次，他们的作品具有鲜明的艺术特色。他们善于运用生动的语言和形象的比喻，使作品具有强烈的感染力和表现力。再次，他们的作品还具有深刻的思想内涵，通过对社会现实的揭示和对人性的思考，传达了作者对社会和人类的关怀和希望。这一代作家的创作对中国文学的发展产生了深远的影响。他们的作品不仅记录了社会的历史变迁，也反映了人民的生活和情感。他们的作品以其

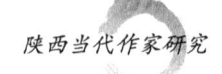

真实感人的情节和深刻的思想内涵,令广大读者关注和喜爱。他们的作品也为中国文学的发展提供了宝贵的经验和启示,为后来的作家树立了榜样和方向。

第二代作家以路遥、陈忠实、贾平凹等为代表。他们生活在改革开放时期,见证了国家从贫穷走向富强的历程。他们更加关注个体的命运,强调人性的复杂和多样。他们的作品不仅反映了中国改革开放时期的社会变迁,也深刻描绘了个体在这一时期的生活状态和心理变化。这些作家大多出生于20世纪五六十年代,成长于中国的农村或小城镇,经历了国家从计划经济向市场经济转型的全过程,他们的文学创作因此具有鲜明的时代特色和深刻的社会意义。路遥的《平凡的世界》是一部描写普通人生活的长篇小说,通过主人公孙少平的成长经历,展现了中国农村青年在社会大潮中奋斗求索的过程。小说中的人物形象鲜明,情节跌宕起伏,生动地反映了那个时代农村青年的生活状态和精神面貌。《平凡的世界》以其真实细腻的笔触,赢得了广泛读者的喜爱,成为中国现代文学的经典之作。陈忠实的《白鹿原》则是一幅宏伟的社会历史画卷,小说以陕西关中的白鹿原为背景,讲述了两个家族几代人的恩怨纠葛,反映了中国从封建社会到共和国成立再到改革开放的历史变迁。陈忠实在小说中巧妙地融合了地域文化、家族史和社会变革,展现了人性的复杂和多样。《白鹿原》以其宏大的叙事格局和深刻的历史视角,被视为中国当代文学的重要成就。贾平凹则以其独特的艺术风格和对生活深刻的洞察力著称。《废都》是贾平凹的代表作之一,小说通过对西安这座古老都市的描绘,展现了城市底层人民的生活状态和精神困境。贾平凹的笔触细腻而富有诗意,他对社会边缘人物的关注和对人性深层次挖掘,使他的作品具有强烈的现实感和深远的文学价值。这些作品不仅是对改革开放时期中国社会的记录,也是对个体命运和人性多样性的探索。它们以其丰富的情感表达和独特的艺术风格,展现了陕西作家对生活的深刻理解和对人性的深入挖掘。这些作家的创作，不仅丰富了中国现代文学的内涵，也为后世提供了了解那个时代中国社会和人民生活的重要窗口。在文学创作上，这些作家往往注重对人物内心世界的刻画，他们通过对个体经历的深入描绘，反映了社会变迁对人的影响。他们的作品常常带有一种悲悯的情怀，对人物的遭遇表现出深切的同情。这种对人性的关怀和对社会现实的深刻洞察，使得他们的作品具有强烈的感染力和持久的影响力。

第三代作家以红柯、高建群、叶广芩、冯积岐等为代表。他们生活在21世纪初，面临着全球化和文化多元化的挑战。他们的创作更加注重文化的传承和创新，强调民族文化的独特性和价值。红柯的《西去的骑手》、高建群的《最后一个匈奴》、叶广芩的《状元媒》、冯积岐的《村子》等作品，都是这一时期的代表之作。红柯的《西去的骑手》是一部深具史诗色彩的小说，讲述了在中国西部辽阔土地上，一个骑兵连的壮烈故事。这部作品通过细腻的人物刻画和宏大的历史背景，展现了西部民族的粗犷性格和坚韧不拔的生存意志。红柯在这部作品中巧妙地融合了地域文化特色和时代变迁，体现了对民族文化传承的尊重和思考。高建群的《最后一个匈奴》则将视角投向了中国北方的少数民族——蒙古族。小说通过对最后一个匈奴人的生活经历的叙述，探讨了民族身份、历史记忆与个人命运之间的关系。高建群在这部作品中展现了其深厚的历史功底和文化洞察力，同时也表达了对多元文化共存和谐的追求。叶广芩的《状元媒》则是一部聚焦于中国传统戏曲文化的小说，通过讲述一段发生在京剧舞台上的爱恨情仇，不仅揭示了戏曲艺术背后的人性光辉与黑暗，也反映了中国传统文化在现代社会中的状态。《状元媒》以其丰富的情节和深刻的主题，展现了作者对传统文化价值的坚守和对创新的追求。冯积岐的《村子》则是一部根植于中国农村土壤的小说。通过对一个普通农村家庭的日常生活进行描绘，展现了农村社会的变迁和农民的精神世界。《村子》以其质朴的语言和真挚的情感，体现了作者对农村文化的深刻理解和对农民生活的深切关怀。这些作品以其深厚的文化底蕴和独特的艺术手法，不仅丰富了中国文学的内涵，也为读者提供了理解和思考全球化时代中国文化自信和文化自觉的途径。它们展现了陕西作家在全球化进程中的文化自信，同时也表达了作家对传统文化的尊重和对创新的追求。在全球化的大背景下，第三代作家的创作显得尤为重要。他们不仅在文学作品中展现了对中国传统文化的传承和创新，还通过自己的笔触，向世界展示了中国文化的独特魅力。他们的作品在国际上也受到了广泛的关注和认可，成为中国文学走向世界的一张亮丽名片。

第四代作家，作为陕西文学的新生力量，在21世纪的大背景下逐渐崛起，以其独特的视角和鲜明的个性在中国文坛上占据了一席之地。以周瑄璞、吴文莉、王妹英、杨则纬等为代表的这批作家，他们的作品不仅反映了时代的变迁，也展现了新一代作家对于传统与现代、本土与国际、冲突与融合的深刻思考。周瑄璞的《芬芳》是一部情感细腻、风格独特的小说。它通过丰富的人物群像和错综的情节设计，展示了当代人在快速变化的社会环境中对爱与自我的探索。小说中的人物鲜活而具有代表性，他们在现实生活的压力下展现出不同的生存状态和心理轨迹，从而引起了读者的共鸣和深思。吴文莉的《叶落长安》则将笔触伸向了历史的深处，通过对一个古老城市的描绘，折射出个体命运与历史进程的交织。长安，这座见证了无数朝代兴衰更替的城市，成为作者探讨人性、历史和文化传承的载体。吴文莉以细腻的笔法和深邃的思考，为读者呈现了一个充满哲理和人文关怀的世界。王妹英的《山川记》则是一本融合了自然描写和人文思考的作品。作者通过对山川景观的生动描绘，抒发了对自然的热爱和对生命的敬畏。同时，她也将个人的情感经历与自然景观相融合，探讨了人与自然和谐共生的可能性，表达了对生态文明建设的期待。杨则纬的《首尔邮箱》则是一部具有国际化视野的小说。它以韩国首尔为背景，讲述了主人公在不同文化背景下的生活体验和心路历程。这部作品不仅展现了作者对跨文化交流的深刻理解，也体现了当代年轻人在全球范围内流动和寻找自我认同的趋势。王洁的《你好，朋友圈》则聚焦于现代社会中人与人的交流方式。在这个由数字技术主导的时代，人们越来越依赖社交媒体来建立和维护人际关系。王洁通过一系列生动的故事，揭示了虚拟社交背后的真实情感和社会问题，引发人们对现代交际方式的反思。这些作品以其前瞻性的思考和创新性的表达，不仅丰富了陕西文学的内涵，也为中国文学的发展注入了新的活力。它们代表了陕西乃至中国文学的未来，展现了新一代作家对于社会现实的敏感捕捉和对于文学传统的创新突破。在全球化的大潮中，这些作家用自己的笔触记录下了时代的脉动，用文学作品搭建起了沟通过去与未来、本土与世界的桥梁。随着时间的推移，第四代作家将继续成长，他们的作品将不断涌现，且以其独特的文学魅力和深刻的社会意义，吸引着越来越多的读者。他们的创作实践，不仅是对个人艺术追求的实现，更是对中华文化传承与发展的贡献。

目前，第四代作家已逐渐成为陕西文坛的主力军，与前几代作家（"生活型"和"经验型"作家）相比，第四代作家普遍接受过更高的教育，有高学历，具有更强的学者化倾向，视野更开阔，站得高，看得远，文学观念更开放，创作手法更新颖。他们在创作过程中，不仅关注文学的艺术价值，还关注文学的思想价值和社会价值。他们善于运用多种文学理论和创作手法，将传统文化与现代文化相结合，将地域文化与全球文化相融合，使作品具有更高的艺术境界和更广泛的传播力。第四代作家在创作中，更加注重个体的心灵探索和精神追求。他们关注人的内心世界，关注人的精神成长，关注人的价值实现。他们的作品具有很强的人文关怀和思想深度，能够引起读者的共鸣和思考。同时，他们还关注社会的发展和进步，关注民族的命运和未来，关注人类的共同课题。他们的作品具有很强的时代性和现实性，能够引导读者关注社会问题，

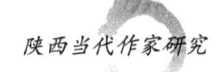

关注人类命运。第四代作家在创作中，更加注重文化的传承和创新。他们深入研究陕西地区的历史文化，挖掘陕西地区的文化资源，将传统文化与现代文化相结合，将地域文化与全球文化相融合。他们的作品具有很强的文化底蕴和独特的艺术风格，展现了陕西作家对文化的自信和自觉。同时，他们还关注文化的创新和发展，关注文化的多样性和包容性，关注文化的交流和互动。他们的作品具有很强的文化影响力和传播力，能够推动陕西文化的发展和传播。

陕西作家的代际划分，是一个动态而复杂的过程，每个时期的作家都以其独特的创作特点和历史地位，在文学史上留下了浓墨重彩的一笔。

第一代陕西作家他们大多成长于新中国成立之初，沐浴着新社会的阳光，怀揣着对美好未来的憧憬。他们的作品多以现实主义为主，通过生动的笔触和细腻的描写，展现了新中国成立后社会的巨大变革和人民生活的崭新面貌。他们的创作风格朴实自然，语言通俗易懂，深受广大人民群众的喜爱。他们的作品不仅记录了那个时代的风云变幻，更传递了一种积极向上的精神力量，为后来的陕西文学发展奠定了坚实的基础。

第二代陕西作家成长于改革开放的大潮中，思想更加开放，视野更加广阔。他们的作品不再局限于现实主义的框架，而是开始尝试各种新的文学形式和风格。他们的作品既有对历史的深刻反思，也有对现实的敏锐洞察，既有对人性的深入剖析，也有对社会的独到见解。他们的创作风格多样而独特，既有豪放不羁的激情，也有细腻入微的柔情，他们的作品为陕西文学注入了新的活力和元素。

第三代陕西作家他们成长于信息化、全球化的时代背景下，面临着前所未有的机遇和挑战。他们的作品更加注重对个体经验的表达和对内心世界的探索，他们的创作风格更加多元和包容，既有对传统文学的传承和创新，也有对现代文学的探索和突破。他们的作品不仅在国内文学界引起了广泛的关注，也在国际舞台上展现了中国文学的风采和魅力。

如今，第四代陕西作家已经崭露头角，成为陕西文坛的生力军。他们成长于一个更加开放、多元的时代，他们的作品也呈现出多样化、个性化的特点。他们不仅继承了前几代作家的优秀传统，更在创作理念、艺术手法等方面进行了大胆的创新和尝试。他们的作品既有对现实生活的深刻关注，也有对人性、情感、精神世界的深入挖掘；既有对传统文化的传承和弘扬，也有对现代文明的反思和批判。他们的创作风格独特而鲜明，既有浓厚的地域特色，也有强烈的时代感。作为陕西文坛的新生力量，第四代作家们正以其敏锐的洞察力、独特的艺术视角和深厚的文学素养，推动着陕西文学的创新和发展。

从第一代到第四代作家，陕西文学历经了一个不断发展和创新的过程。每一代作家都在前人的基础上，不断探索和创新，为陕西文学注入新的活力和生命力。正是这些作家的努力和付出，才使得陕西文学能够在中国文学舞台上占据一席之地。

第八节　陕西作家的作品翻译及海外传播

近年来，随着中国文化"走出去"战略的深入实施，陕西作家的作品也逐渐受到了海外读者的关注和喜爱。在翻译方面，陕西作家的作品已经陆续被翻译成多种语言，如英语、法语、德语、日语、韩语等，并通过多种渠道传播到海外。其中，一些陕西知名作家的作品更是被翻译成了多种语言，并在海外获得了广泛的关注和赞誉，例如，陈忠实的《白鹿原》、贾平凹的《废都》和《秦腔》、陈彦的《装台》等。

陈忠实的长篇小说《白鹿原》是陕西文学的一部巨著，也是中国当代文学的经典之作。该作品以陕西关中地区为背景，通过细腻的笔触展现了家族兴衰、恩怨情仇等社会历史画卷。自1993年首次出版以来，《白鹿原》就备受瞩目，不仅在国内获得多个文学奖项，还成功走出国门，被翻译成多种语言，并在海外引起广泛关注。《白鹿原》的海外传播得益于精湛的翻译工作。英文版的翻译者郝玉青在翻译过程中，不仅准确传达了原作的思想内涵，还充分考虑到海外读者的阅读习惯和文化背景，从而使这部作品在海外读者中产生了深远的影响。通过《白鹿原》的翻译与传播，海外读者得以一窥中国西北地区的风土人情和历史文化，对中国文学的兴趣也随之增强。

贾平凹是当代陕西文学的代表性作家之一，他的作品《废都》是其在国内外引起广泛关注的代表作之一。《废都》以古都西安为背景，通过对主人公庄之蝶的生活经历和所处社会现实的描绘，展示了当代社会的复杂性和幽微的人性。这部作品在国内获得了多项文学奖项，并被翻译成多种语言，在海外传播。《废都》的翻译对于其在海外的传播起到了关键作用。翻译者不仅要准确传达原作的思想内涵，还要考虑到海外读者的文化背景和阅读习惯。通过巧妙的翻译技巧和准确的语言表达，《废都》成功地在海外读者中引起了共鸣。海外读者通过这部作品了解了陕西的历史文化和当代社会现实，对中国文学产生了浓厚的兴趣。贾平凹的《秦腔》是另一部在海外产生广泛影响的作品。该小说以陕西农村为背景，通过讲述一个秦腔戏班的兴衰历程，展现了中国农村社会的变迁和人民的生活状态。《秦腔》在国内外多次获奖，并被翻译成多种语言，在海外引起了强烈反响。《秦腔》的翻译与传播同样面临着文化差异和语言习惯的挑战。然而，通过翻译者的努力，这部作品成功地在海外读者中引发了共鸣。海外读者通过《秦腔》了解到了中国农村的生活状态和文化传统，对中国文学的认识也更加深刻。

陈彦的《装台》是近年来备受关注的陕西作家作品之一。该小说以装台人的视角切入，通过细腻入微的笔触展现了底层人民的生活状态和情感世界。《装台》以其独特的叙事风格和深刻的社会洞察获得了国内外读者的高度评价，并被翻译成多种语言进行海外传播。《装台》的翻译工作同样面临着挑战和机遇。翻译者需要准确理解原作中的社会背景和文化内涵，同时要注重语言的流畅性和表达力。通过精心策划和翻译团队的共同努力，《装台》成功地在海外出版发行，并在海外读者中产生了较大影响。海外读者通过这部作品了解了中国底层人民的生活状态和情感体验，对中国文学的认识得到进一步加深。

美国查克斯出版社出版的阎安的诗集《自然主义者的庄园》英译版制作精良，该诗集入围美国文学翻译家协会举办的鲁西恩·斯特利克奖决赛名单，已经被32所以上的世界顶级图书馆（美国国会图书馆、哈佛大学图书馆、耶鲁大学图书馆、普林斯顿大学图书馆、斯坦福大学图书馆、宾夕法尼亚大学图书馆、哥伦比亚大学图书馆、约翰斯·霍普金斯大学图书馆、杜克大学图书馆等）主动收藏，多次参加美国重要书展，在全球122家以上的实体及网络书店销售，在亚马逊（澳大利亚）的中国诗集畅销书排行榜的最佳排名为第40位。

在翻译层面，陕西当代文学的独特魅力与深厚内涵为其带来了无数挑战。首先，翻译不仅是语言的转换，更是文化的传递。因此，对于译者而言，除了必须具备扎实的语言功底，还需要对陕西的文化、历史、社会背景等有深入的了解。只有这样，才能确保将原著的思想精髓与艺术特色完整地呈现给西方读者。此外，随着中国文学在国际文坛的地位逐步上升，陕西当代文学也受到了越来越多的关注。许多优秀作品被翻译成多种语言，在国际文学舞台上获得了广泛认可。例如，贾平凹的《浮躁》在经过精心翻译后，成功进入了西方读者的视野，成为一部备受赞誉的作品。这一成功案例为陕西当代文学的国际传播树立了良好的典范。尽管陕西当代文学在西方的影响力有所扩大，但仍面临着一些挑战。一方面，由于中西方文化差异巨大，一些具有浓厚地域特色和历史背景的作品可能难以被西方读者接受和理解。这需要译者在翻译过程中注重文化的传递与诠释。另一方面，由于高质量的翻译人才相对匮乏，导致一些优秀作品未能得到及时、准确的译介。为了进一步提升陕西当代文学在西方的影响力，未来的工作重点应放在提高翻译质量、加强文化交流和宣传推广上。通过与国际文学机构的合作、举办文学节、作家交流等活动，可以增加陕西当代文学在西方的曝光度，促进中西文化的深度交流。

陕西文学翻译和海外出版发表呈现出群雄割据的局面。有的翻译团队注重长篇著作的翻译及海外出版。有的翻译团队以在欧美发表单篇作品为主，同时兼顾长篇著作的翻译及海外出版。不同翻译团队的翻译理念和目标也略有不同。这两类团队的一个共同点是译文的初稿由陕西本土翻译家或者华人翻译家完成，译文的修改润色工作由英语母语专家或者在美国生活30余年的华人翻译家完成。文学翻译在很大程度上需要再创作，因而非常考验翻译家的文学创作能力以及英文写作水平。一些陕西文学作品的译著已经在欧美出版，其中不乏斩获国内大奖的精品力作，但是出版这些作品的大部分海外出版机构并没有良好的宣传推广渠道，有的出版机构甚至不是官方注册的出版社。

陕西当代文学的翻译与在西方世界的传播是一个充满机遇与挑战的领域。陕西作家的作品在翻译过程中面临着诸多困难，如方言的翻译、文化背景的传达等。为了克服这些挑战，翻译者需要深入研究原作的文化背景和语言特点，采用恰当的翻译策略，以确保原作的思想内涵和情感色彩被完整保留。同时，翻译者还需要充分考虑海外读者的阅读习惯和文化背景，使翻译作品更易于被接受和理解。未来，可以通过加强翻译质量、拓展传播渠道、加强文化交流合作等方式，进一步推动陕西作家的作品走向世界，让更多人了解和欣赏陕西文化的魅力。

在海外传播方面，陕西作家的作品主要通过以下几种方式传播到海外：一是通过海外出版机构出版翻译作品，如《陕西作家短篇小说集》（英文版）在海外发行；二是通过电影节等文化交流活动展示由陕西本土小说改编的电影作品，如《郎在对面唱山歌》和《白鹿原》改编的电影分别在上海国际电影节和柏林国际电影节上获得奖项；三是通过网络等新媒体平台推广陕西作家的作品，让更多海外读者了解和接触陕西文化。

陕西，这块历史悠久的土地，不仅孕育出了陈忠实、贾平凹、陈彦等著名作家，而且近年来，年青一代的文学创作者也开始在海外被广泛关注。史飞翔，作为其中的佼佼者，他的作品在多家海外报刊上连续发表，展现了陕西新生代作家的文学实力和独特魅力。

史飞翔的文学创作以散文随笔为主，他的作品具有深刻的思想性和鲜明的个人特色，既有对传统文化的深刻挖掘，又有对现代生活的独到见解。这种跨越时空的思考和表达，让他的文章具有丰富的内涵和魅力。近年来，史飞翔的作品在海外华文文学界引起了强烈反响。他先后在美国《世界华人周刊》《国际日报》《世界日报》《星岛日报》，加拿大《环球华报》，瑞典《北欧时报》等多家海外报刊连续发表各类散文随笔近百篇。这些作品不仅在海外华人社群中广为流传，也得到了非华裔读者的认同和好评。美国《世界华人周刊》总编张辉对史飞翔的散文给予了高度评价。他认为，史飞翔的作品具有鲜明的时代特色和地域色彩，同时又不失为普遍性的文学作品。他的文字简洁而深刻，能够触动人心，让读者在阅读中产生共鸣。加拿大华裔作家协会创会会长卢因也表示，史飞翔的散文随笔展现了中华文化的魅力，同时也体现了作者对于多元文化的理解和尊重。他的作品不仅仅为海外华人提供了一个了解当代中国社会的窗口，也为不同文化背景的读者提供了沟通和交流的平台。2009年，史飞翔与严歌苓等人一起荣获美国《世界华人周刊》颁发的"世界华文成就奖"，这是对他文学成就的肯定，也是对他在国际文学舞台上影响力的认可。这一奖项的获得，不仅为史飞翔个人的文学生涯增添了光彩，也为陕西乃至中国的当代文学创作树立了新的标杆。2010年，史飞翔入选"中国当代人物传播100家"，这进一步证明了他和他的作品在文

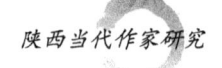

学界的影响力和传播力。他的文学作品《终南守望》《陕西人文旅游》等书被翻译成英文出版，不仅在国内受到推崇，在海外也逐渐成为传播中国文化的重要载体。

2024年4月18日，东京银座的单向街书店内灯光柔和，人声鼎沸，一场特别的新书发布分享会在此举行。聚集了来自世界各地的文学爱好者，他们的目光聚焦在一位中国作家——西安市碑林区作协主席萧迹身上，他的新作《闻道长安》受到了国际读者的热烈欢迎，这不仅是萧迹首部走向国际的小说，也是其作品正式跨入国际文学市场的重要里程碑。在发布会上，萧迹详细介绍了这部作品的创作背景和心路历程，分享了在创作过程中的挑战与收获。该小说的完成标志着他对人物深刻性格和命运的另一种探索的成功。喜爱中国文学的日本读者对《闻道长安》表达了浓厚的兴趣，特别是来自长安的故事。他们纷纷期待这本书能带给他们更多关于中国历史和文化的知识。《闻道长安》的成功，是对中国作家实力的一种肯定，也是对中国传统文化和现代文明结合的一种展示。它不仅为国外读者提供了一个了解中国历史和文化的窗口，也为中外文化交流搭建了一个新的平台。

史飞翔、萧迹等人的成功，是陕西新生代作家群体崛起的一个缩影。他们的创作，不仅继承了陕西乃至中国文学的优秀传统，而且在形式和内容上都进行了大胆的创新和尝试。这些作家的作品，无论是在主题的选择、叙事的技巧，还是在语言的运用上，都显示出了新的特点和趋势。我们有理由相信，陕西的年青一代作家会继续在国内外文学界发光发热，他们的作品将会吸引更多的目光，赢得更多读者的喜爱。同时，他们的成功也将激励更多的年轻作家投身文学创作，为世界文学的多样性和繁荣发展贡献中国智慧和中国力量。

第二章
陕西文学地域特征

文化是有个性的。文化的个性首先基于它所赖以生存的地域。中国是一个幅员辽阔、民族众多的国家，不同的地域塑造了不同的地域文化。中国的地域文化，从南到北、从东到西，有着明显的差异。东部沿海地区由于历史上开放较早以及外来文化的融入，形成了较为开放和包容的文化特性。这里的居民往往思想活跃，善于经商，具有较强的创新意识和海洋文化特色。而西部内陆地区，则因地理环境的限制，与外界交流较少，文化传统更为保守，但同时也保留了丰富的民族文化和历史遗迹。南方与北方的文化差异更是显而易见。南方文化，如江南文化、岭南文化等，以其细腻柔和、清新雅致著称。南方人的性格多被描述为聪明、灵活、细腻，这与其温暖湿润的气候条件和繁茂的水系分布不无关系。南方才子的形象，往往与诗词歌赋、琴棋书画紧密相连，反映了南方文化在文艺方面的卓越成就。相比之下，北方文化，如齐鲁文化、燕赵文化等，以豪放粗犷、质朴真诚闻名。北方人的性格通常被认为直率、豪爽、坚毅，这与北方严寒干燥的气候、广阔的平原和丰富的资源有着直接的联系。"北方的将"，意味着这里的人具有强烈的责任感和担当精神，历史上多次成为抵御外侮和维护国家统一的重要力量。在中国的历史长河中，文化传播呈现出"东西交流、南北并峙"的格局。东西之间的文化交流，促进了不同地域间的思想碰撞和文化融合，使得中国文化更加丰富多彩。南北文化虽然各具特色，但也并非完全独立，它们之间相互影响、相互借鉴，共同推动了中国文化的发展。

所谓地域文化，就是按照地域界定而出现的一种文化类型，是某一地域由于地理环境和经济发展而呈现出的一种有别于其他地区文化风貌的文化形态。地域文化是最能体现一个空间范围内人的特点的文化类型。一般来讲，地域文化是指特定区域源远流长、独具特色、传承至今，且仍发挥作用的文化传统，它包括在这一地域所产生的经济体系、社会组织、宗教信仰、民俗传统、价值观念等。地域文化是在一定的自然环境、特定的历史背景和独有的文化积淀等条件下形成的一种亚文化，具有很强的地域性、传统性和独特性。地域文化是以地域为基础，以历史为主线，以景观为载体，以现实为表象，在社会进程中发挥作用的人文精神。地域文化，并不单单指向场景和物体本身，其本质指向主要是景观背后的东西，即景观所固有的内涵、所传送的信息、所隐藏的秘密和所带来的意义。地域文化，从空间上看，从大范围讲有其独立性；从小范围讲有其主导性。从时间上看，在历史发展上有其持续性；在当下意义中有其现实性。人们常说："五里不同风，十里不同俗。"这是指因地域不同而导致风俗往往存在着一定的差异。

地域是一个空间概念，同时也是一个思想、精神概念。钱锺书先生说过："东学西学，学术未裂；南海北海，心理攸同。"常言道：一方水土养育一方人。同样，一方水土也养育一方文。我们经常说"越是民族的就越是世界的"，如果套用这句话，我们是否也可以说"越是地域的也就越是民族的"？

今天我们讨论地域文化的重要性主要是基于"全球化"和"城市化"两种历史背景和现实处境。目前随着经济一体化的加剧，整个地球正在变成一个"地球村"。经济可以一体化，但文化必须多元化。文化的价值就在于它的差异性和多样性。文化最忌讳的就是求同。在"全球化"浪潮下，如何保持本民族固有的风俗与传统已经上升为国家安全问题。正是在这种情况下，习近平总书记才高瞻远瞩地提出了"文化自信"，并反复强调弘扬中华优秀传统文化的重要性。

地域文化的另外一个威胁来自"工业化"和"城市化"。目前，随着"工业化""城市化"和"城镇化"进程的加剧，几千年来老祖先流传下来的村落、古镇、名胜、遗迹以及风俗传统遭遇了前所未有的危机。中华文明归根结底是一种农耕文明，它不同于西方的工业文明。在中华文明的历史进程中，文化融入百姓的一言一行之中，影响着他们的生活习惯和社会风俗。中华文化，特别是诞生于民间的地域文化对于历史的传承、社会的稳定、人心的维系都发挥着巨大且无法替代的作用。当代中国的地域文化在工业化和城市化的浪潮中受到巨大冲击时，许多地方的历史文化遗产，尤其是乡村、城市风俗的传承面临着十分严峻的考验，大量民间传统文化遭受破坏、走向消亡。一些珍贵的民间传统文化遗产，包括有形及无形文化遗产，如乡土建筑、街区遗产、农业遗产、农业生产劳作工艺、服饰、民间风俗礼仪、节庆习俗等，面临着瓦解、消亡。乡土文化和来自城市的市井文化体系一旦被毁坏，就会使世世代代传承的历史文化积淀和精神家园消失，这种巨大的文化损失是无法弥补的。

"一个时代的文化表达方式，往往显示了这个时代的文化特色"。当代中国，在城镇化建设和新农村建设过程中，如何保护地域文化，已成为当务之急。2013年12月12日至13日，习近平总书记在中央城镇化工作会议上指出："城市建设水平，是城市生命力所在。城镇建设，要实事求是确定城市定位，科学规划和务实行动，避免走弯路；要体现尊重自然、顺应自然、天人合一的理念，依托现有山水脉络等独特风光，让城市融入大自然，让居民望得见山、看得见水、记得住乡愁。"中国梦的实现无法脱离它的根系——文化建设。地域文化是对中华优秀传统文化的一种继承和创新，它既是对经典文化的通俗化表现，也是对经典文化民间传播

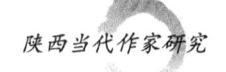

的再现。地域文化对于发现中国人内心的生活秩序,透视中国人的精神实质,对于中华民族风俗的传承,中华文化的复兴具有重要的历史和现实意义。

陕西省位于中国西北地区,地跨黄河与长江两大流域,是中国历史文化的重要发源地之一。从地图上看,陕西的版图形状独特,南北宽,东西窄,呈现出一种"金鸡独立"的形态。这种独特的地理形态,以及由此产生的多样化的自然景观和气候条件,孕育了丰富多彩的地域文化和文学传统。陕西的地形地貌大致可以分为三个区域:陕北的黄土高原、关中的渭河平原、陕南的秦巴山地。这三个区域不仅在地理上各有特色,而且在历史、文化、气候等方面也各具特点,这些因素共同影响了当地居民的生活方式和思想观念,进而形成了风格迥异的作家群体。

陕北黄土高原派的代表作家是路遥和高建群等。这一派的文学作品通常以陕北的粗犷豪放为背景,描绘了这片土地上人们的生活状态和精神追求。路遥的《平凡的世界》就是一个典型的例子,它通过一个普通农村家庭的故事,展现了改革开放初期中国社会的变迁和人物的命运。

关中平原派作家则以陈忠实和邹志安等人为代表。关中地区是中国古代文明的摇篮,这里的文学作品往往带有一种深沉厚重的历史感和文化积淀。陈忠实的《白鹿原》通过对一个村落几代人的描写,反映了中国近代史上的社会矛盾和农民生活的巨大变化。

陕南山地派的代表作家有贾平凹、京夫、王蓬、陈彦等。陕南地区的自然风光清新秀丽,这里的文学作品常常充满了对大自然的赞美和对乡土文化的深情怀念。贾平凹的《废都》等作品,以其独特的文学语言和深刻的社会洞察力,展现了陕南乃至中国乡村社会的复杂面貌。

陕西的这三个文学群体,虽然各自都有着鲜明的地域特色,但它们之间并非完全孤立。在全球化和信息化的今天,陕西的作家也在不断地吸收外来的文化元素,与全国各地甚至世界各地的文学家交流互鉴。同时,他们也在努力挖掘和传承本土文化，使得陕西文学在保持地域特色的同时，也具有了更加广泛的社会意义和时代价值。

陕西文学的这种地域性特征，不仅仅是地理环境的产物，更是历史沉淀和社会变迁的结果。从古至今，陕西一直是政治、经济、文化交流的重要枢纽，这使得陕西文学在继承传统的同时，也能够紧跟时代的步伐，反映出社会的最新动态和人民的真实心声。陕西的文学地图是多元而丰富的，它不仅展示了三大自然区域的风貌，更折射出了陕西人民的精神风貌和时代变迁。

陕西，这片古老而富饶的土地，不仅孕育了灿烂的历史文化，也赋予了文学创作以独特的地域色彩。从关中的厚重历史到陕北的豪迈风情，再到陕南的秀美山水，每一处都留下了深刻的文化烙印，塑造出独树一帜的文学景观。陕西文学可以说是中国现当代文学史上的一个缩影，其丰富性和多样性为研究者提供了广阔的视野和深远的思考。如果按照地域文化的角度以及作家代表作所呈现出的地域特色和写作风格进行划分，陕西文学三分天下，即关中文学、陕北文学、陕南文学。

关中文学以其深厚的历史底蕴和丰富的文化遗产为背景，展现了关中平原的历史变迁和社会生活。关中地区是中国古代文明的发源地之一，拥有着丰富的历史遗迹和文化传统。这里的文学作品往往以历史为题材，通过对历史事件和人物的描绘，反映了关中人民的生活态度和社会价值观。代表作家为陈忠实、邹志安等，他们的作品深入挖掘了关中地区的历史文化，展现了关中人民坚韧不拔的精神风貌。

陕北文学则以其豪放、粗犷的风格著称，反映了陕北高原的自然风光和人文特色。陕北地区虽地势险峻，自然环境恶劣，但这里的人民却以顽强的意志和不屈的精神在这片土地上生生不息。陕北文学作品多以农村生活为背景，描绘了陕北农民在艰苦环境中的生活状态和精神追求。代表作家为路遥、高建群等，他们的作品生动地展现了陕北人民的豪迈

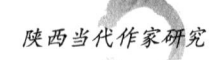

情怀和坚韧性格。

陕南文学则以其清新、秀丽的风格脱颖而出,展现了陕南山水的美丽和人文魅力。陕南地区地处秦岭以南,自然风光秀丽,文化底蕴深厚。这里的文学作品往往以自然景观为背景,通过对山水风光和乡村生活的描绘,传达了人与自然和谐共生的理念。代表作家为贾平凹、陈彦等,他们的作品充满了对大自然的热爱和对生活的向往。

陕西文学是中国现当代文学史上的一个重要组成部分,它以其独特的地域特色和丰富的创作风格,为我们展示了一个多姿多彩的文学世界。无论是关中文学、陕北文学还是陕南文学,它们都是陕西这片古老而富饶土地上的文化瑰宝,值得我们去细细品味和深入研究。

第一节　关中文学

关中之名,约出现于战国晚期,始见于《战国策·秦策四》,黄歇对秦昭王说:"王襟以山东之险,带以河曲之利,韩必为关中之候。"顾名思义,盖指其处于关隘之中,但所指关名不同,范围亦有大小之别。有二关、四关、五关之说。

二关说见于潘岳《关中记》:"秦,西以陇关为界,东以函谷为界。二关之间,是为关中。"另《三辅旧事》亦谓:"西以散关为界,东以函谷为界,二关之中谓之关中。"四关说见于《史记集解》注引徐广语:"东函谷,南武关,西散关,北萧关。四关之中为关中。"另《史记·汉兴以来将相名臣年表》司马贞《索隐》:"东函谷,南峣武,西散关,北萧关。在四关之中,故曰关中。"五关之说见于胡三省注《资治通鉴》卷八《秦纪三》:"秦地西有陇关,东有函谷关,南有武关,北有临晋关,西南有散关,秦地居其中,故谓之关中。"

历史上的关中地区，通常意义指的是秦岭以北，黄龙山、桥山以南，潼关以西，宝鸡市以东的渭河流域地区。此地西有大散关，东有函谷关，南有武关，北有萧关，位于四关之中（后增东方的潼关和北方的金锁关两座）。

综上所述，今日的关中地区，指东起潼关、西至宝鸡峡的渭河中下游平原地区，即所谓的八百里秦川。

关中地区，位于中国陕西省中部，是黄河中游的一个重要地理区域，自古以来就有着"天府之国"的美誉。这里是中华民族的重要发祥地之一，以其独特的地理位置和丰富的文化底蕴，在中国古代历史上占据了举足轻重的地位。从秦汉到隋唐，关中地区一直是中国古代黄河流域文化的中心，对中国封建社会的形成和发展产生了深远的影响。关中地区的地理优势主要体现在其得天独厚的自然条件和便利交通上。这里地势平坦，土地肥沃，渭河及其支流纵横交错，为农业生产提供了充足的水源。同时，关中地区还是古代丝绸之路的起点，连接了东西方的经济和文化，使得这里成为古代中国对外开放的前沿和文化交流的重要枢纽。

在中国封建社会早期，关中地区的西安（古称长安）因其地理位置的重要性和政治、经济、文化的优势，成为多个王朝建都的首选之地。据统计，共有13个王朝选择在这里建都，其中包括了如汉、唐等强盛的朝代。这些王朝的都城长安，不仅是全国政治的中心，也是经济、文化、教育的重镇，尤其是在唐代，长安更是世界闻名的国际大都市。

关中地区的文学成就也非常显著。这里孕育了许多著名的文学家和诗人，如唐代的杜甫、白居易等人，他们的诗歌作品至今仍被传诵。关中地区还是中国古代科举考试的发源地，许多文人墨客在这里通过科举步入仕途，进而影响了全国的文化发展。

关中地区不仅是中华民族的主要发祥地之一，也是中国古代文化的重要发源地。这里的历史文化遗产丰富，地理位置优越，为中国乃至世界的文明进步做出了不可磨灭的贡献。无论是在政治、经济、文化还是教育方面，关中地区都展现出了其独特的魅力和重要的历史地位。西安钟楼上的楹联"八百里秦川文武盛地　五千年历史古今名都"。正是对关中地区这一历史地位的生动概括。所谓的"八百里秦川"，指的是关中平原广阔的土地，这里稳定而充盈的粮食生产，为历史上的文武盛地提供了物质基础。而"五千年历史古今名都"则是对西安这座古城悠久历史和深厚文化积淀的赞美。

新中国成立后，关中地区依然是中国文学的重镇。20世纪五六十年代，柯仲平以其深情的诗歌创作活跃在文坛，他的诗作充满了对祖国山河的热爱和对人民生活的深切关怀，深受读者喜爱。同时，杜鹏程和王汶石的小说创作以其鲜明的现实主义特色和深刻的社会意义，描绘了当时社会生活的各个方面，引起了读者广泛的共鸣。李若冰和魏钢焰的散文则以其细腻的笔触和深邃的思考，展现了个人情感与时代变迁的交织，为读者提供了丰富的精神食粮。胡采的文学评论则以其独到的见解和深刻的分析，对文学作品进行了精辟的解读，对推动中国文学理论的发展起到了积极作用。

进入新时期，特别是改革开放以后，关中地区的文学创作迎来了新的春天。20世纪80年代末至90年代初，一批陕西籍作家的作品在全国范围内引起了广泛关注。这些作家以其独特的视角和细腻的笔触，描绘了中国社会在改革开放大潮中的深刻变化，以及普通人在这一过程中的生活状态和心理变化。陈忠实的《白鹿原》是一部以陕西关中平原为背景的长篇小说，它通过对两个家族几代人的纷争和时代变迁的描写，反映了中国社会从封建王朝末期到社会主义新时期的巨大转变。这部作品以其宏大的叙事格局和深邃的历史视角，荣获第四届茅盾文学奖，被誉为中国当代文学的里程碑。

如果不依作家的出生地，而是看其寓居地和代表作所呈现的地理区域的话，毫无疑问，关中无论是作家的人数还是作品的数量显然比陕北和陕南多。人多气盛，氛围浓厚，其创作实绩势必丰盈，冲向新高的合力就强，产生的社会效应就大。因而，也就责无旁贷地统领并昭示着陕西文学的主要业绩和基本创作流向。关中地区的文学创作，既有深厚的历史底蕴，又有鲜明的地域特色。这里的文学作品以现实主义为主，关注民生、反映社会，具有很强的现实意义和历史价值。关中文学的风骨气派，可以用"浑厚质朴、深邃庄重、严谨理性"来概括，这种风格深受儒家文化的影响，犹如西安城墙般方正敦实，给人一种稳重、沉着的感觉。

  关中文学的繁荣，离不开关中地区独特的地理环境和人文氛围。关中地区地势平坦，交通便利，自古以来就是政治、经济、文化的中心。这里的人们生活安定，文化底蕴深厚，为文学创作提供了丰富的素材和灵感。关中文学之所以能够成为陕西乃至中国文坛的重要力量，除了得益于这里丰富的文化底蕴和历史积淀外，还与这里的作家不懈的探索和努力分不开。他们不仅继承了传统文化的精髓，更在此基础上进行了创新和发展，使得关中文学始终充满活力，不断推陈出新。此外，关中文学的发展也与当地的文学氛围密切相关。关中地区历来重视教育，加之地理位置的中心性使其成为文化交流的枢纽，这些因素共同作用，形成了一个文学创作和批评都十分活跃的环境。在这里，作家们相互启发，共同进步，为陕西乃至中国文学贡献了无数经典之作。

  总之，关中文学以其浑厚质朴、深邃庄重、严谨理性的风骨气派，成为陕西文学的一面旗帜。关中地区的作家用自己的才华和智慧，书写了一幅幅生动的社会生活画卷，为世人呈现了一个真实、立体的关中。未来，关中文学将继续把其特质发扬光大，为陕西文学乃至中国文学的繁荣发展做出更大的贡献。

第二节　陕北文学

陕北，位于陕西省的北部，是中国西北地区一个充满历史与文化的地方。这里以其广袤无垠的黄土高坡而著名，成为中华文明的一个重要发源地。在这片皇天厚土上，延安市和榆林市犹如两颗璀璨的明珠，闪耀着历史的光辉。陕北不仅是一块土地，它更是一段传奇，一个承载着中华民族负重前行的高大背影。虽然这里的自然环境曾显得贫穷荒凉且艰苦，但正是这样的环境孕育了坚韧不拔、耐苦耐劳的陕北人。他们面对苦难不屈不挠，对于幸福生活充满了无限的渴望。倔强与坚韧是他们的性格标签，勇毅与忠诚则是他们的行事准则。这块土地上的人们以吃苦耐劳为荣，以宽宏大量与忍辱负重为德，形成了一种特有的民族性格，这种性格在中国乃至世界其他地方都是罕见的。

陕北历史悠久，文化底蕴深厚。战国时期，随着郡县制的兴起，陕北地区设立了上郡，秦汉两代沿袭此建制，并未做太大的改变。因此，"上郡"这个名称在很长一段时间内成为陕北榆林地区的代称。经过学者的考证，榆林也确实有着"上郡"的别称。在20世纪30年代，榆林因其繁华与美丽，一度被誉为"小北平"。延安，这座古老的城市在古时被称为延州，它是宋代名相范仲淹曾经镇守过的地方。然而，真正让延安名扬四海的，是20世纪30年代以后那段激昂的革命历史。这里是中国革命的圣地，无数革命先烈在这里留下了足迹。延安精神，为了理想不懈奋斗的精神，至今依然激励着每一位中华儿女。

陕北自古以来就有着"塞上江南"之称。然而，由于其独特的地理位置和自然环境，陕北地区自古便饱受风沙侵袭，加之远离中原王朝，中央政府的直接管束和礼教影响相对较弱，因此形成了一种粗犷而自由的地域性格。陕北人民在这片苍茫大地上，与艰苦的自然条件抗争，他们的生活充满了辛劳和不易。这种生存状态孕育了他们坚韧、豪放的性格，也造就了陕北文化中那种质朴而又强烈的生命意识。陕北民歌便是这种生命意识的生动体现，它们以高原风情为背景，通过《信天游》《走西口》《绣荷包》《兰花花》等一曲曲充满原始野性的歌曲，展现了陕北人对爱情、生活的渴望和对自由的向往。这些歌曲不仅具有浓郁的地方特色，更以其苍劲、深幽、豪放、高远的风格，成为陕北地域文化的一张亮丽名片。

陕北不仅是一块孕育了无数英雄豪杰的土地，更是中华文明的重要发源地之一。这里曾经诞生过李自成这样的古代革命领袖，他的起义动摇了明朝的统治，成为中国历史上不可磨灭的一部分。而在现代史上，陕北更是为中国革命提供了一片坚实的基地。长征后的毛泽东、党中央在这里找到了休养生息、发展壮大的天地，延安成为中国革命的圣地。在延安的13年间，党中央不仅在政治上发展壮大，在文化上也产生了深远的影响。陕北独特的地域民间文化信息得以传向全国，信天游、陕北说书、闹秧歌（包括腰鼓）等民间艺术形式被更多人所了解和喜爱。革命文艺工作者们在这片土地上汲取灵感，创作出了许多感人至深的作品。例如，从信天游中发现并改编的《兰花花》，表现了妇女对婚姻自主的强烈渴望；诗人李季借鉴信天游的形式创作的长诗《王贵与李香香》，以其悲欢离合的爱情感动了无数读者；而高原杜鹃山丹丹，这个象征着忠诚和爱情的植物，也成为红色革命的隐喻，激励着人们为理想而奋斗。

陕北文学，作为陕西文学的两翼之一，承载着丰富的历史内涵与深厚的文化底蕴。它的现行辖区涵盖了榆林、延安两区及其周边20余个县，这片土地，位于塞上，地势荒寒且相对闭塞，历史上长期处于边关战事的拉锯之间，因此成为历朝历代因犯、京官贬谪的发配之地。在这样的历史背景下，儒家思想的影响力在这里显得尤为薄弱，留下了"圣人布道此处偏遗漏"的文化空白。正是这片未经儒家思想深入浸染的净土，为20世纪的中国文学革命和文化革命提供了独特的土壤。毛泽东等中国的一批杰出领袖和精英人物，相继在这片土地上留下了他们深刻的足迹。他们不仅完成了史无前例的中国新一轮政治革命，更在这里孕育了伟大的文学史观和理论思想。延安文艺和解放区文艺运动便是在这样的背景下应运而生，它们不仅为中国的现代文学注入了新的活力，更在全球范围内引起了广泛的关注。

在这一时期，陕北文学涌现出了大批的现代文化巨子，他们以其卓越的才华和深刻的思考，创造了中国现代文学史上恢宏的篇章。他们的作品，充满了对民族奋进精神的赞美，对革命理想的追求，以及对社会现实的深刻反思。这些作品不仅在当时引起了巨大的反响，更对后世的文学创作也产生了深远的影响。

同时，陕北文学的兴盛也带动了该地区边缘文学和民俗艺术的勃兴。这些民俗艺术形式，如陕北民歌、秧歌、剪纸等，以其独特的艺术魅力和深刻的文化内涵，成为陕北文化的重要组成部分。它们不仅丰富了陕北人民的精神生活，更为中国的传统文化增添了新的色彩。

随着历史的车轮滚滚向前，如今，革命的火种早已从这片黄土高原蔓延至祖国的大江南北，中国革命中心的转移也伴随着一代又一代作家的有序流动，使得陕北文学在当代似乎显得有些低迷。但是，正是因为延安精神那不可磨灭的底蕴，文学在陕北始终保有其神圣不可侵犯的地位。

陕北，这片古老而又年轻的土地，孕育了路遥、高建群、曹谷溪、刘成章、史小溪、龙云、梁向阳等一批批杰出的作家。他们，或生于斯长于斯，或受到这片土地精神的滋养，用笔作犁，耕耘着属于自己的文学田地。路遥是一位与陕北深深绑定在一起的作家，他的作品深受这片土地的影响。一方面，路遥出生并成长在陕北，这里的自然环境、社会背景和文化传统对他的文学创作产生了深远的影响。他的文学作品中，无论是短篇小说还是长篇小说，都透露出对陕北这块古老而贫瘠的黄土地的深厚感情。例如，他在《平凡的世界》的扉页上写下了"谨以此书献给我生活过的土地和岁月"，表达了他对家乡的眷恋和感恩之情。另一方面，在路遥的笔下，陕北不仅是一个地理概念，更是一个充满生命力的文化符号。他的作品描绘了陕北人民的善良、质朴、勤劳和智慧，通过塑造鲜明的人物性格，展现了陕北的群众形象和文化特征。在《人生》这部作品中，路遥通过对陕北方言特色的人物对白描写，丰富了人物形象，增强了读者的画面感。路遥的创作不仅描绘了陕北的自然风貌和社会变迁，更深刻地展现了陕北人民的精神世界和生活状态。高建群以他那波澜壮阔的历史叙事，将陕北人民的苦难与梦想编织进民族的命运之中。曹谷溪则以细腻温婉的笔触，描绘出关中大地上的风土人情，让读者仿佛置身于那片肥沃而又厚重的土地之上。刘成章的笔下流淌着对于陕北人民坚韧不拔、顽强生存精神的赞歌，他的文字如同陕北的狂风暴雨，有着撼人心魄的力量。史小溪则以其锐利而又深邃的洞察力，剖析着社会变迁中的个体命运，他的作品如同陕北的深沟大壑，见证了时间的侵蚀与人性的沉浮。梁向阳则以诗意栖居于这片土地，他的文学创作充满了对自然的热爱和对生活的淳朴向往，让人在阅读中感受到一种超脱世俗的宁静与和谐。陕北作家们深入挖掘这片土地上的文化内涵，用真挚的情感描绘出人民生活的点滴细节。他们的作品，既有对历史的深入思考，又有对现实的深刻剖析；既有对民族精神的颂扬，又有对人性复杂性的探索。这些作品，不仅让读者感受到了陕北黄土地的厚重与博大，更让读者在心灵深处产生了强烈的震撼与共鸣。

　　同时，陕北文学还以其塞上独特个性而一分天下。在这片土地上，作家们不仅继承了传统的文学精神，还吸收了现代文学的创作理念与手法。他们敢于突破传统、勇于创新，在文学创作的道路上不断探索前行。这种独特的个性和创新精神，使得陕北文学在当代文坛上独树一帜、熠熠生辉。

在陕北这片土地上,既有黄土高原的苍茫辽阔,又有沟壑纵横的复杂地形;既有粗犷豪放的民族性格,又有深沉厚重的历史积淀。陕北黄土地文学,以其苍凉而不失温情,博大而充满力量,严峻却透着灵动,遒劲中带着柔和,酣畅淋漓又不失节制,构成了一幅幅生动的文学图景。这些元素相互交织、相互融合,共同构成了陕北黄土地文学的独特风貌。陕北文学之所以能够拥有如此独特的个性,是因为它深深扎根于这片土地和人民的生活实践之中。这里的山川河流、历史遗迹、民俗风情,以及人们的生活方式,都为文学创作提供了丰富的素材和灵感。陕北的作家们不仅仅是在书写一个个故事,更是在记录一段段历史,塑造一种精神,传递一种力量。

随着时代的发展和社会的变迁,陕北文学也在不断地进行着自我更新与蜕变。新一代的陕北作家,他们在继承传统的同时,也在探索更为多元和现代的表达方式。他们用更加开阔的视野和更加敏锐的触觉,去感知时代的脉搏,去把握社会的动态,去挖掘人性的深层次。

如今的陕北文学,虽然面临着种种挑战和困难,但它所蕴含的精神价值和文化内涵,却是任何时代都无法割舍的宝贵财富。它不仅是陕北人民的精神家园,更是中华民族文化宝库中不可或缺的一部分。在未来的岁月里,陕北文学定将继续以其塞上独特个性,占据着中国文学的一席之地,绽放出更加夺目的光芒。

陕北文学在中国革命史上的地位是神圣的。它不仅见证了中国革命的艰辛历程,更记录了中国人民在追求民族独立和解放过程中所付出的巨大努力。它的兴起,不仅为中国的现代文学注入了新的活力,更为中国的文化事业做出了巨大的贡献。

第三节　陕南文学

陕南是指陕西秦岭山脉以南，东起河南内乡，西至甘肃天水的南部地区。这里，汉江自西向东依次穿过汉中、安康、商洛三个地市。据《尚书·禹贡》记载，在上古划分的九州之中，秦岭以北的关中属于雍州，以南的商洛属于豫州，安康和汉中属于梁州。所以从地理位置上说，被秦岭阻隔着的陕南无论从气候、物产上，还是民风、民俗上都应该属于南方，且与四川接近，但在行政区划上却历来都被划到陕西。原因在于宋代以前中国的政治中心一直在长安，此后也都在北方，于是便将陕南置于中央王朝的直接管理之下，一旦西南有事，便可越过秦岭以陕南为前哨而给予其致命打击。如果将陕南划到四川，那里一旦有事，中央王朝隔着一座秦岭束手无策；而那里的割据政权将对中央王朝造成巨大的威胁，甚至会越过秦岭问鼎中原。战国时期，秦、楚激烈争夺汉中，秦国夺得汉中，扼住楚国咽喉；楚国失掉汉中而处处被动。秦末，项羽将陕南封给刘邦，刘邦很快暗度陈仓，打回关中。汉末三国时期，魏、蜀争夺汉中，曹操失败后退回关中，将陕南丢给蜀国。诸葛亮正是以汉中为根据地而六出祁山打到关中，给北方的曹魏政权构成极大的威胁。诸葛亮死后没有归葬成都而是葬于陕南勉县，表明陕南对蜀国的战略地位之重要。所以，古代都把陕南划到陕西进行统一管理。

早在上古时期，陕南就出现了人类生息劳作的身影。其人文历史可上溯到新石器时代，境内即有先民在月河川道及汉江两岸繁衍生息。据文物部门调查和考古发掘，在全区境内已发现新石器时代遗址40余处，出土的新石器文物，既有半坡文化类型的特点，也有庙底沟文化风格，同时也有李家村文化和屈家岭文化的类型，具有浓郁的地方文化特点。商、周时期，安康成为"群夷之国"庸国的封地。春秋战国时期，陕南处

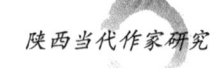

"秦头楚尾",地扼南北要冲。公元前611年,庸国被秦、巴、楚三分,陕南成为秦楚必争之地。秦惠王更元十三年(前312),秦在安康汉江北岸台地(今天的中渡台)设西城县,属汉中郡,郡治设在西城。秦统一六国(前221)后实施郡县制,划汉水上游为汉中郡,郡治设在西城县,领12县,辖今汉滨、汉阴、石泉、紫阳、岚皋、平利、镇坪等7县。西汉沿袭秦制,东汉建武元年至六年(25—30),刘秀派遣将军李通领兵,与巴蜀公孙述战于西城,取汉水上游之地,汉中郡治改迁南郑,隶益州刺史部。

此后,历代置州设府,陕南一直分为商洛、安康和汉中三个行政区。新中国成立以后,先是分为三个地区行政专署,后来即设置商洛、安康和汉中三市。

陕南由于地处"秦头楚尾",成为南北文化的交融之地,将北方与南国的游耕(渔猎)文明与农耕文明、史官文化与巫官文化紧密融合,形成独具人文特色的陕南文化。陕南地处秦巴山区,是秦巴文化、中原文化和楚文化的交汇地带。这种多元文化的交融,为陕南文学提供了丰富的土壤和养分。陕南人深受传统文化熏陶,以传统古俗古礼为行为规范,加之环境山清水秀,陕南人的性情自然趋于淡然、柔婉。这种独特的人文环境,为陕南文学注入了独特的生命力。

陕南文学,如同一位静谧而内敛的山中闺秀,深藏不露地掩映在商洛、汉中、安康的青山绿水间。这片神秘而美丽的土地,不仅孕育了丰富多彩的自然景观,更承载了深厚的历史文化积淀。在陕南文学的浸润下,我们得以窥见这片土地上独特的人文风情和深邃的文化内涵。

在陕南这片土地上,涌现出了一批优秀的作家,如贾平凹、陈彦、京夫、孙见喜、方英文、王蓬、陈长吟、王家民等。他们的创作个性深受巴蜀文化的影响,展现出娟秀、灵气、清朗和柔韧的特点。这些作家以其独特的文学风貌和民俗文化,为我们呈现了一个个鲜活而美丽的陕南世界。

在中国当代文学长河中，陕南地区的文学创作者以其独特的视角和深刻的洞察力，为我们呈现了一幅幅生动而真实的乡村画卷。其中，贾平凹、陈彦和京夫这三位作家，以其各自独特的创作风格和深刻的作品内涵，成为陕南文学的代表人物，受到了广泛的赞誉和关注。

贾平凹，这位出生于陕南的文学巨匠，以其细致的社会观察和细腻的笔触，为我们描绘了一个个鲜活的人物形象和生动的乡村场景。他的作品，无论是《浮躁》中对社会现象的深刻剖析，还是《秦腔》中对人性的深入探讨，都展现了他对陕南乡村生活的深入理解和真挚情感。他的文字中充满了对生活的热爱和对人性的关怀，让读者在阅读的过程中能够深刻感受到陕南乡村的质朴与真挚。

与贾平凹一样，陈彦也是一位深耕陕南乡村文学的作家。他的作品，以独特的叙事风格和细腻的笔触，为我们展现了陕南人民在历史变迁中的坚韧与不屈。无论是《装台》中对社会现象的敏锐捕捉，还是《主角》中对人物命运的深入剖析，都体现了他对社会生活的深入观察和理解。陈彦的作品中，既有对历史的深刻反思，也有对人性的深入探讨，使得他的作品充满了深刻的哲理思考和浓郁的地域特色。

京夫，这位陕南文学的杰出代表，以其深邃的哲理思考和独特的创作风格，为我们呈现了一个个引人入胜的故事。他的作品《八里情仇》和《新女》，都展现了他对陕南乡村生活的深刻理解和独特见解。京夫的文字中充满了对生活的热爱和对人性的关怀，他的作品不仅让我们感受到了陕南乡村的质朴与真挚，更让我们在思考中得到了深刻的启示。

这三位作家，虽然创作风格和主题各有不同，但他们都以陕南乡村为背景，以真实的生活为素材，用文字描绘出了一个个生动而真实的世界。他们的作品，不仅让我们感受到了陕南乡村的质朴与真挚，而且还让我们从中得到了深刻的启示和感悟。

在贾平凹的作品中，我们看到了他对陕南乡村生活的深入理解和真挚情感。他通过细腻的人物描绘和生动的场景再现，让我们仿佛置身于那个充满生机与活力的乡村世界。他的文字中充满了对生活的热爱和对人性的关怀，让我们在阅读的过程中能够深刻感受到乡村生活的美好与真实。陈彦的作品则以独特的叙事风格和细腻的笔触而备受关注。他善于捕捉生活中的细节和人物内心的微妙变化，通过细腻的描绘和深入的剖析，让我们对陕南乡村生活有了更加全面而深刻的认识。他的作品不仅让我们感受到了乡村生活的质朴与真挚，更让我们在品味中体会到了生活的复杂与丰富。京夫的作品则以深邃的哲理思考和浓郁的地域特色而备受赞誉。他善于从生活中提炼深刻的哲理和启示，通过生动的故事和独特的人物形象，让我们在思考中得到了深刻的启示和感悟。他的作品不仅让我们感受到了陕南的灵秀，更让我们领略到了生活的智慧与力量。

这三位作家以其各自独特的创作风格和深刻的作品内涵，不仅为陕南文学增添了浓墨重彩的一笔，更为中国文学的发展做出了重要的贡献。

陕南文学的艺术魅力在于其独特的文学风格和丰富的民俗文化。陕南作家以其敏锐的洞察力和深厚的文学功底，将陕南的自然风光、人文景观和民俗文化融入作品中，使得陕南文学呈现出一种独特的魅力。这种魅力不仅体现在作品的语言表达上，更体现在作品所传递的情感和价值观上。

陕南文学的语言表达往往朴实而生动，充满了地域特色和乡土气息。这种语言风格使得作品更加贴近读者，让读者能够更深入地了解和感受陕南的风土人情。同时，陕南作家还善于通过作品传递一种积极向上、乐观豁达的生活态度和价值观，这种价值观对于现代社会中人们的精神追求和心灵寄托具有重要意义。

陕南文学作为中国文学的一个重要组成部分，以其独特的文学风貌和丰富的民俗文化而备受关注。它以其独特的地域特色和人文环境为文学创作提供了广阔的空间和深厚的底蕴。同时，陕南作家们以其优秀的作品和独特的创作个性为中国文学注入了新的活力和魅力。

在当代中国文学界，陕南文学因其独特的艺术魅力和深刻的社会内涵而备受推崇。它不仅丰富了中国文学的内涵和外延，更为中国文学的发展注入了新的动力和活力。同时，陕南文学也为世界文学提供了独特的视角和声音，让世界能够更多地了解和欣赏中国文化的博大精深。

第三章
陕西当代作家及其代表作

郑伯奇

▶▶▶ 郑伯奇

  原名郑隆谨，字伯奇。笔名东山、郑君平、虚舟、何大伯、方钧等。陕西长安县瓜洲村人，1895年生于西安。中国电影剧作家，文艺理论家。1910年参加孙中山先生领导的同盟会，次年参加辛亥革命。1917年赴日留学，先后入东京第一高等学校留学生预备班、京都第三高等学校、京都帝国大学学习。1920年在《少年中国》1卷9期发表第一首诗作《别后》。1921年与郭沫若、郁达夫、田汉等在日组成"创造社"，参与创办《创造月刊》《洪水》《思想》等进步刊物。次年发表反帝爱国短篇小说《最初之课》。留日期间还担任上海《新闻报》通讯员。1926年从京都大学毕业，回国任广州中山大学教授，并经恽代英介绍，任陆军军官学校（黄埔军校）政治教官。大革命失败后，到上海从事文艺工作，任上海艺术大学教授，创作《抗争》等各种题材的舞台剧剧本。1929年任上海艺术剧社社长，先后编辑《创造月刊》《北斗》《文艺生活》《新小说》等期刊，编《中国新文学大系·小说三集》，发表过话剧、短篇小说、电影剧本和影评。1930年加入"中国自由运动大同盟"。与鲁迅、茅盾、冯雪峰、柔石等人在上海成立中国左翼作家联盟，并当选为左联常委。1932年任良友图书公司编辑，主编《世界画报》《电影画报》等刊物。后与夏衍、阿英一起进入明星影片公司任编剧顾问，并加入左翼电影家联盟。与阿英、夏衍等人合作编写电影剧本《盐潮》《时代的儿女》《泰山鸿毛》《华山艳史》《女儿经》《到西北去》等，并翻译苏联《电影脚本论》《电影结构论》等著作。抗日战争期间，郑伯奇在西安与八路军驻西安办事处的同志合编《救亡》周刊。1938年写了四幕话剧《哈尔滨的黑暗》。隔年到重庆，任职于郭沫若主持的文化工作委员会。1943年冬回西安，1944年应时任陕西省立师范专科学校校长郝耀东先生之邀，任该校首任国文科主任、教授，主要讲授"历代散文选""文学概论""各文体习作""读书指导"等课程。1945年任西北大学教授并兼任陕西省立师范专科学校教授，同时为主编副刊《每周文艺》。1947年，郑伯奇在西安进步青年举行的"五四"文艺晚会上，做了题为《"五四"新文学运动》的讲演。同年6月，因支持西安地区学生的反饥饿、反内战、反迫害斗争，于"六二"总罢课的前夜，同西北民青负责人武伯纶、张光远、郑竹逸及进步学生60多人，遭国民党反动当局逮捕，后被营救获释。1948年，复任陕西省立师范专科学校教授，直至西安解放。中华人民共和国成立后，历任西北军政委员会文教委员、西北大学教授、西北文联副主席、陕西省文联副主席、中国作家协会理事、作协西安分会副主席，陕西省第一、二、三届人民代表大会代表，陕西省人民委员会委员，陕西省政协委员等。写有评论和回忆录，其中回忆"创造社"的文章有重要的史料价值，后结集为《忆创造社及其他》出版。郑伯奇在20世纪30年代出版的著作有戏剧集《轨道》和短篇小说集《墙头小说集》《打火机》等，1946年出版了《参差集》。其主要著作均收入《郑伯奇文集》中。郑伯奇于1979年1月25日在西安逝世，享年85岁。

郑伯奇与《郑伯奇文集》

郑伯奇是一位在中国现代文学史上留下了深刻印记的文艺巨匠，其人生轨迹犹如一部波澜壮阔的史诗，充满了抗争与奋斗。他生于1895年的6月，那是一个风云变幻的年代，他的家乡陕西长安县，虽地处内陆，却也难逃时代的浪潮。他的父亲拥有丰饶的田产，并经营商业，为他提供了稳定的生活环境。然而，他并未因此满足，而是从8岁开始便入学读书，渴望探索更广阔的世界。

13岁那年，郑伯奇进入了陕西省会农业学堂。那时的清王朝已经风雨飘摇，日暮途穷。郑伯奇作为一名热血青年，心怀天下，加入各类反对清政府的学潮之中。在这些活动中，他结识了胡笠僧、张义安等志同道合的朋友，他们共同探讨国家的前途，寻求改变社会的道路。在他们的介绍下，郑伯奇加入了同盟会，成为革命的先行者。

1910年，郑伯奇参加了同盟会和辛亥革命，为推翻清政府的统治贡献了自己的力量。然而，革命的胜利并未带来他期望的和平与繁荣，中国反而陷入了更加混乱的局面。为了寻求真理和救国之道，他决定赴日留学。

1917年，郑伯奇抵达日本，先后进入了东京第一高等学校、京都第三高等学校和帝国大学深造。在异国他乡，他更加刻苦地学习，汲取各种先进的知识和思想。他在日本的求学经历不仅为他打下了坚实的学术基础，也让他更加深刻地认识到了国家的落后和民族的危机。

1920年，郑伯奇在《少年中国》上发表了他的第一首诗作《别后》。这首诗充满了离别的感伤和对未来的期许，展现了他作为诗人的

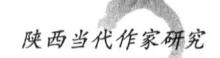

才华和情感。次年，他加入了创造社，与一群志同道合的艺术家和作家共同探讨文学和艺术的创新之路。

1926年，郑伯奇毕业回国，担任了广州中山大学教授和黄埔军校政治教官。然而，随着大革命的失败，他不得不离开广州，前往上海从事文艺工作。在上海期间，他创作了独幕剧《抗争》，并担任了上海艺术大学教授和艺术剧社社长。他的作品充满了对社会的批判和对人性的探索，引起了广泛的关注和讨论。

随后，郑伯奇加入了"左联"，并先后编辑了《创造月刊》《北斗》《文艺生活》《电影画报》《新小说》等期刊。他还编写了《中国新文学大系·小说三集》，为推广和发展中国的新文学做出了巨大的贡献。在这一时期，他与鲁迅、成仿吾、阳翰笙、夏衍、冯乃超、蒋光慈等一大批左联作家、艺术家成为以文学艺术拯救国家的风云人物。他们共同致力通过文学和艺术的力量来唤醒民众的意识，推动社会

《郑伯奇文集》封面

的进步和发展。然而，随着抗日战争的爆发，郑伯奇不得不离开上海，转赴西安与重庆两地继续他的文学活动。在战争期间，他始终坚守着自己的信念和追求，通过文学作品来表达对战争的控诉和对和平的渴望。他的作品充满了对生命的珍视和对人性的关怀，成为那个特殊时期人们心灵的慰藉和力量的源泉。

1944年，郑伯奇回到陕西定居西安甜水井，从事讲学和文艺活动，并加入了民盟。作为当时中国文艺界的著名人物，他受到了主政陕西的胡宗南等国民党政客的礼遇，但他始终保持着自己的独立性和批判精神。他在西安任陕西师范专科学校教授期间，继续致力文学和艺术的创作和研究，为培养新一代的文化人才做出了贡献。

1945年，郑伯奇为《秦风日报·工商日报联合版》主编副刊《每周文艺》。他通过这个平台发表了大量的文学作品和评论文章，为推广和发展中国的文艺事业做出了重要的贡献。此外，他还出版了《参差集》等作品集，展现了他作为文学家和诗人的深厚功底和独特风格。

抗战后期，郑伯奇怀揣为桑梓文化服务的心愿回陕。尽管受到当局的监视，客观形势十分不利，但凭借文学教育、文学写作及编辑活动，他为陕西文艺活动的发展与抗日救亡事业做出了不可磨灭的贡献。

1947年6月的牢狱之灾，对郑伯奇来说无疑是一次沉重的打击。这场牢狱之灾不仅让他的身心受到了巨大的摧残，也让他的文学处境变得更加不乐观。在牢狱的日子里，他无法继续从事文学写作和编辑活动，这对于一个热爱文学的人来说无疑是一种巨大的痛苦和折磨。

牢狱之灾结束后，郑伯奇虽然重获自由，但他的文学写作却受到了诸多拘囿和限制。他不能再像以前那样自由地表达自己的思想和情感，也不能再像以前那样无拘无束地创作和发表作品。这导致他其后两年的著述变得稀少起来，让人们对他的文学成就和贡献产生了更多的关注和期待。然而，即便在这样的困境中，郑伯奇依然没有放弃对文学的热爱和追求。他通过检索和整理自己的作品，发现了一些以前未曾发表的佚文。这些佚文的发现不仅让人们对他的文学成就有了更深刻的认识和理解，也让人们看到了他在困境中依然坚持文学创作的执着和勇气。其中最引人注目的三篇佚文分别是《五四运动与中国文艺复兴》《戏剧论发凡》和《什么是新文学》。这三篇文章从不同的角度和层面探讨了文学和戏剧的诸多问题，展示了郑伯奇对文学和戏剧的深刻理解和独到见解。

《五四运动与中国文艺复兴》一文首先回顾了五四运动的简要经过和意义，然后阐述了文学革命的过程和五四运动与文学革命的关系。郑伯奇认为五四运动和文学革命虽然性质不同、时间也有先后，但它们在本质上是相互关联的。它们都是中国民族解放史上一个时代的不同运动而已，都倾注着近代中国人民反封建反殖民的强烈需求。这篇文章不仅让人们更加深入地了解了五四运动和文学革命的历史背景和意义，也让人们看到了郑伯奇对历史的深刻洞察和思考。

《戏剧论发凡》一文则是对戏剧艺术的全面探讨和阐述。郑伯奇从戏剧与文学、戏剧的种类、戏剧的本质、戏剧的定义、戏剧的因素、戏剧的形式（体裁）、中国戏剧的起源及其发展、西洋戏剧的起源及其发展、中国的新剧、戏剧的前途等10个方面进行了深入的分析和阐述。这篇文章不仅展示了郑伯奇对戏剧艺术的深刻理解和戏剧方面的造诣，也为人们研究戏剧艺术提供了重要资料和参考。

《什么是新文学》一文则是对新文学的定义和特征的探讨。郑伯奇首先辨析了有关新文学的四种观点：新文学是白话文学、新文学是欧化的文学、新文学是明末小品文的继续发展（周作人）、旧文学是贵族文学而新文学是平民文学。他认为这四种说法都不够全面和准确，需要另寻标准。最后他阐述了自己的新文学观，将新文学定义为适应新环境而产生的、完全用活生生的现代语言来表现现代人的生活情感和思想的文学。这一定义不仅准确地概括了新文学的特征和内涵，也为人们提供了理解和认识新文学的重要视角和思路。

这三篇佚文的发现不仅让人们更加深入地了解了郑伯奇的文学成就和贡献，也让人们看到了他在困境中依然坚持文学创作的执着和勇气。它们不仅是郑伯奇文学创作的重要组成部分，也是中国现代文学史上的宝贵财富。

郑伯奇的一生充满了坎坷和挫折，但他始终坚守着自己的信念和追求。他通过文学和艺术的力量来唤醒民众的意识，推动社会的进步和发展。他的作品充满了对生命的珍视和对人性的关怀，成为中国现代文学史上的瑰宝。他的一生是中国现代文艺界的一个缩影，见证了中国从封建社会走向现代化的历史进程。

1996年，山东大学出版社推出了王延晞、王利编著的《郑伯奇研究资料》，成为研究郑伯奇不可不读的文献资料。2009年，此书复由知识产权出版社重版。

柯仲平

▶▶▶ 柯仲平

　　原名柯维翰，是现代著名革命诗人，云南省文山州广南县人。1921年12月，柯仲平前往北平求学并积极参加学生运动。1925年，他结识新文化运动的先驱鲁迅和进步作家郁达夫等，并得到他们的热情关怀与帮助。1926年4月，他在上海加入郭沫若领导的"创造社"，并参加地下党组织领导的秘密活动。1928年9月，柯仲平回到北平，着手创作长篇诗剧《风火山》。这部鸿篇巨制，标志着柯仲平创作道路进入新的成熟阶段。1929年春，柯仲平又来到上海，参加高长虹等人组织的"狂飙"出版部工作。

　　1930年3月，经潘汉年、陈为人介绍，柯仲平加入中国共产党，并任党中央机关报《红旗日报》记者。11月，他参加党领导的上海工人武装斗争，担任上海工人纠察队总部及上海总工会联合会纠察部秘书，12月被捕入狱，1933年8月经党组织营救出狱。1935年，柯仲平只身东渡日本留学。1937年8月秘密回到武汉,在董必武领导下积极从事抗日救亡运动。1937年11月,柯仲平经组织批准转到延安,先在中央宣传部文化工作训练班学习并担任班长,受到了毛泽东亲切接见。同年12月,陕甘宁边区文艺界救亡协会成立,柯仲平当选为文协副主任。1938年,边区文协遵照毛泽东主席要把诗歌推向街头的指示,成立了"战歌社",柯仲平任社长,与著名诗人田间一起发起延安街头诗运动。这期间,他创作了富有中国民族特色的两部长篇叙事诗《边区自卫军》和《平汉路工人破坏大队》,这是解放区诗坛上较早出现的描写工农斗争生活的著名长篇诗作。毛泽东主席听了柯仲平朗诵的《平汉路工人破坏大队》后,索阅全稿并批示:"此诗甚好,赶快发表。"随即,此诗在《解放》周刊上连载。柯仲平所创作的诗歌、戏剧作品,被毛泽东主席称为"既是大众性的,又是文艺性的,体现中国气魄和中国作风"。1938年根据毛泽东的指示,由他组织创建了陕甘宁边区民众剧团,并担任团长。从此擎起了中国地方戏曲改革的大旗,为"新秦腔""新眉户"的形成与发展做出了重大贡献。在他的组织领导下,民众剧团编演了大量秦腔、眉户、秧歌剧、话剧等现代剧目,反映了火热的革命斗争生活,宣传了党的政策。他具有可贵的胆识与勇气,提出了"利用旧的民族形式,创造新的民族形式"的观点,并写了许多论文,如《谈"中国气派"》《生长着的民众剧团》《介绍〈查路条〉并论创造新的民族歌剧》《论文艺上的中国民族形式》等等。他坚决执行党的干部政策,团结了民间艺人、三请眉户艺人李卜参加民众剧团;培养了大批新文艺工作者,他们中的许多人在当时的战争年代和以后的社会主义建设中发挥了积极的作用,如马健翎、黄俊耀、史雷、张云、毕雨、张力、米晞、李文宇、姚伶、任国保等。他不仅给西北人民喜闻乐见的地方戏曲开创了一条新路,还为当时的平剧(京剧)的推陈出新做了有益的工作,写有《献给我们的平剧院》《平剧工作者应欢迎批评》等文。1940年12月8日,延安新诗歌会成立,柯仲平当选为执委。1941年6月,柯仲平被聘为延安"星期文艺学园"报告讲师,演讲了《狂飙社的历史》。柯仲平在延安创作的大量短诗,紧密结合时代,反映人民要求,情感真挚动人,语言朴素简明,豪迈粗犷而富有号召力和战斗性,是他重要的创作成就之一。这些短诗,大部分收录在诗集《从延安到北京》中。1942年5月,在延安文艺座谈会上,柯仲平针对忽视大众化文艺的倾向做了发言。9月15日,毛泽东提名他为《解放日报》第四版特邀撰稿人。1947年夏,他奉命到河北平山县西柏坡党中央所在地,主持编辑《中国人民文艺丛书》。1949年5月,他率领西北地区文艺工作者到京,筹备并参加了第一次全国文代会,当选为中国文联委员和中国文学工作者协会副主席。9月,他在西北文代会上当选为西北文联主席。

新中国成立后,柯仲平先后任全国第一、二、三届人民代表大会代表,中国文联常务委员、西北文教委员会副主任、西北文联主席、作协西安分会主席、西北艺术学院院长等职。主要作品有诗集《海夜歌声》《边区自卫军》《平汉路工人破坏大队》《从延安到北京》等,并出版有《柯仲平诗文集》。1964年10月20日,他在作协西安分会的党员干部大会的演讲中,因病突然不幸离世,终年62岁。

柯仲平与《不到黄河心不甘》

在浩瀚的中国现代文学史上，柯仲平的名字如同一颗璀璨的星辰，以其独特的文学实践和革命精神，照亮了前行的道路。他不仅是一位才华横溢的诗人、剧作家，更是一位全身心投入革命的文艺战士。在他的众多作品中，《不到黄河心不甘》尤为突出，不仅因其独特的艺术魅力，更因其所蕴含的革命精神与文艺大众化的理念。

柯仲平是一位生于战火年代的文学巨匠，自幼便饱经战乱之苦。他的文学作品，无论是叙事诗还是政治抒情诗，都充满了对革命事业的热爱和对人民大众的关怀。他的代表作《边区自卫军》和《平汉路工人破坏大队》，不仅展现了抗战时期边区和铁路工人的英勇斗争，更深刻揭示了革命战士的坚定信念和伟大精神。

《边区自卫军》中，柯仲平塑造了两个鲜明的人物形象——李排长和韩娃。李排长成熟干练，善于斗争，做事冷静沉着，胸有成竹。他深知敌我力量悬殊，因此在捉拿匪特的斗争中，他做了周密的侦察和全面的部署，并巧妙地将"奇才"韩娃安排在关键岗位上。韩娃则是一个勇敢机智、刚柔并具的自卫军战士，他乐于接受艰巨任务，善于在复杂条件下斗争。两人的默契配合，最终成功捉拿了狡猾凶恶的敌人。这部作品不仅反映了抗战时期边区的斗争生活和自卫军战士的伟大精神面貌，更展现了柯仲平对革命事业的坚定信念和对人民大众的深厚感情。

《平汉路工人破坏大队》则主要描写了共产党员李阿根在斗争中的原则精神。他按照党的路线和政策，团结和教育工人群众，组成坚强的斗争队伍，同敌人展开生死的斗争。这部作品展示了工人阶级在斗争中的成长和壮大，是正面描写工人集体行动的最早诗作。通过这部作品，柯仲平表达了对工人阶级的深深敬意和对革命事业的坚定信念。

《不到黄河心不甘》是柯仲平众多政治抒情诗中的一首佳作。这首诗以生动的形象和深刻的寓意，表达了革命战士的坚定信念和顽强精神。诗中描绘了一个河流历经艰难险阻、不屈不挠地向黄河奔去的情景。河流在前进的过程中，不断遇到山峦的阻挡和石壁的阻碍，但它从未放弃过前进的信念。它一次次地碰壁、转弯，却始终不改方向，坚定地向着黄河前进。这种精神正是革命战士所具备的坚定信念和顽强精神。

《柯仲平文集》封面

在柯仲平看来，革命就像这条河流一样，虽然会遇到各种困难和挫折，但只要我们坚定信念、勇往直前，就一定能够战胜一切困难，实现革命的胜利。这种精神不仅体现在他的诗歌中，更贯穿他的整个文学生涯。无论是在战争年代还是和平时期，柯仲平都始终坚持文艺为人民服务的宗旨，用自己的笔杆子为革命事业呐喊助威。

柯仲平的文学实践在很大程度上开启了中国文艺家自觉走向大众、自觉与民间艺术相融合的实践。他深知文艺作品只有贴近人民大众、反映人民大众的生活和情感，才能真正具有生命力。因此，在他的作品中，无论是叙事诗还是政治抒情诗，都充满了浓郁的民间气息和地方特色。他善于从人民大众中汲取营养，用人民的语言去书写人民、服务人民。这种文艺大众化的理念不仅体现在他的作品中，更贯穿他的整个文学生涯。

柯仲平还积极倡导文艺工作者要深入人民大众中去体验生活、了解民情。他认为只有真正了解人民大众的生活和情感才能创作出具有生命力的文艺作品。这种理念在当时的中国文艺界产生了深远的影响，并促进了文艺工作者与人民大众之间的紧密联系和相互了解。柯仲平的一生是献身革命的一生，也是追求文艺大众化的一生。他用自己的笔为革命事业呐喊助威，用自己的作品反映人民大众的生活和情感。他的文学作品不仅具有独特的艺术魅力，更蕴含着深刻的革命精神和文艺大众化的理念。

柳 青

▶▶▶ 柳 青（1916—1978）

  原名刘蕴华，陕西省吴堡县人，当代著名小说家。中学期间便阅读了许多进步书刊和中外文学名著。1936年，柳青在开明书店出版的《中学生文艺季刊》秋季号上发表了散文《待车》，首次使用"柳青"这一名字，这标志着他文学生涯的开始。同年，柳青加入中国共产党，开始了他的革命生涯。1938年5月，在陕甘宁边区文化协会任海燕诗歌社秘书，翻译西班牙小说《此路不通》。1939年春，赴晋西北前线采访后回延安，去陕甘宁边区9个县体验生活，写了两篇小说。8月，到晋西南前线部队任文化教员。1940年10月回延安，写出《牺牲者》《地雷》《被侮辱的女人》《在故乡》《喜事》《土地的儿子》等多篇小说，描绘了抗日军民的英雄形象，结集为短篇小说集《地雷》。1942年5月，延安文艺座谈会召开后，柳青认真学习了毛泽东的《在延安文艺座谈会上的讲话》。在《永远听党的话》一文中，柳青表达了毛泽东思想对他文学创作的影响："不要以为到生活中去，就自然而然地解决了一个现代中国作家所面临的一切问题了。不，远远不是这样！还要努力学习马克思列宁主义和毛泽东思想，特别是毛泽东同志的一切著作。一个作家面对着中国社会、中国革命和中国伟大的群众运动，来施展他的文学技巧本领，如果不好好学习毛主席的著作，就不要想写得准确和深刻，我们力争上游，就应该从这里争起。"

为了贯彻文艺为工农兵服务的指导思想，柳青曾先后三次"下乡"，深入基层、扎根人民。第一次是1943年，深入陕北米脂。1945年10月，带着未完成《种谷记》手稿随军奔赴东北。柳青根据这一时期的生活体验写成了长篇小说《种谷记》。1946年2月到大连，第一部长篇小说《种谷记》印行。人民文学出版社于1951年10月出版，印刷7次、发行70万册。第二次是1947年。这一年柳青从大连回到解放战争的前线陕北，此行的收获是写出了《铜墙铁壁》。1948年10月，回到陕北米脂县，征集沙家店战役中粮店支援前线的故事，为写长篇小说做准备。1949年，在秦皇岛写完《铜墙铁壁》。1951年9月，《铜墙铁壁》由人民文学出版社出版。新中国成立初期，任《中国青年报》副刊主编。第三次是1952年。1952年8月回到陕西，任中国作家协会西安分会副主席、长安县委副书记，定居在皇甫村一个破庙里，生活在农民中间，专事文学写作。这一年柳青从北京来到陕西省长安县皇甫村，参加当时正在进行的农村合作化运动。在皇甫村，柳青一住就是14年，创作出了具有史诗性质的《创业史》。在柳青的计划里，《创业史》共分为四部，在出版说明里柳青写道："全书共四部：第一部写互助组阶段；第二部写农业生产合作社的巩固和发展阶段；第三部写合作化运动高潮；第四部写全民整风和大跃进，至人民公社建立。"《创业史》第一部在《延河》1959年第4—11期连载，中国青年出版社1960年第1版；第二部上卷中国青年出版社1977年6月出版，下卷1979年6月出版。《创业史》人民文学出版社于1951年、1958年、1976年13次印刷，发行百万余册。

柳青在"文化大革命"期间遭受残酷迫害，十年动乱夺去了柳青创作的权利，导致他的《创业史》未能按计划完成。"让我再活两年吧！""哪怕两年，我也满足了。"病危中，柳青多次向医生恳求让他写完《创业史》。《创业史》的全部创作计划未能如愿完成，这是当代文学史上的一大憾事。《创业史》与《红日》《红岩》《红旗谱》并称为"三红一创"，成为20世纪五六十年代中国文学的经典之作。1978年6月13日，柳青带着巨大的遗憾离开了人世，享年62岁。

柳青与《创业史》

柳青是一个巨大的存在。在柳青的影响下，陈忠实、路遥等一代作家逐渐成长。他们通过反复阅读、揣摩柳青《创业史》等经典作品，学习柳青的创作方法和精神。他们深受柳青的影响，不仅在创作上取得了显著的成就，更在思想上得到了深刻的启示。他们领会了文学创作的真谛，也找到了自己的创作方向和风格。可以说，没有柳青，就不会有陈忠实、路遥这一代作家。至少，在后来的成长过程中，他们肯定要花费更多的时间，要经过更多的摸索。柳青的存在，就像一盏明灯，为他们照亮了前行的道路。他的影响，已经深深地烙印在了陕西文坛上，成为一代作家的共同记忆和宝贵财富。柳青的影响不仅仅局限于陕西文坛，在全国范围内也产生了广泛的影响。他的创作经验和精神，对于所有有志于文学创作的青年来说，都是一笔宝贵的财富。他告诉我们，只有深入生活、观察生活、思考生活，才能创作出真正有生命的作品。这种精神，永远激励着后来的作家不断前行。

对于这个被路遥称之为"文学教父"和"人生导师"的人，是对陕西文学和中国当代文学都产生过重大影响的人物，笔者一度和当下的一些年轻人一样，对柳青本能地保持着一种距离和警惕，甚至不无些许的轻视和鄙夷。直到最近阅读了柳青女儿刘可风写的《柳青传》之后才发现，我们以往对柳青是多么误解，以往教科书中的那个柳青是多么呆板和脸谱化。

从1970年到1978年，柳青长女刘可风陪伴柳青走完他人生最后的九年，其间，她记录下了柳青晚年的许多谈话和言论；此后，她又走访

《创业史》中"梁生宝"的原型王家斌等许多当事人、见证人,搜集了大量的第一手资料。然后又花了15年时间,全力写作,从而为我们呈现出一个不同于文学史叙述的、丰富的柳青,进而呈现出一个时代的历史记录。阅读之余,我不禁感慨,我们亟须还原一个真实的柳青,更为迫切的是,我们需要认真梳理并反省柳青精神及其所蕴含的时代价值。

由于历史的原因,如今柳青在一些人,尤其是年青一代人的眼里已失去了往日的光辉,甚至是逐渐淡出了人们的视野,以至于有人将他和那个发明了"滴滴打车"的柳传志的女儿混为一谈。如今,尽管人们对合作化运动的历史评价变了,但《创业史》所记录的那个特定历史时期中国农村社会的整体情绪和那个时代人的思想和心理变迁却有恒久的审美价值。柳青的《种谷记》《铜墙铁壁》《恨透铁》《创业史》等作品展现了不同

《创业史》(第一部)封面

时期的社会面貌与思想历程,塑造了一批鲜活丰满的农民形象,丰富了当代文学的人物画廊。可以说柳青的作品已经成为一个时代的经典。柳青对待文学的态度,比如:"文学是愚人的事业""文学是六十年一单元""三个学校"等,以及他长期扎根农村基层,跟劳动人民同吃同住,俯下身子,关心民瘼的精神与习近平总书记在文艺工作座谈会上的重要讲话所号召的"广大作家和文学工作者要深入生活、扎根人民,潜心创作出更多无愧于伟大民族、伟大时代的精品力作,为人民立言,为时代放歌,为繁荣发展社会主义文学事业、实现中华民族伟大复兴中国梦做出更大贡献的要求"是遥相呼应、一脉相承的。柳青精神没有过时,在新的时代里它依然熠熠生辉。

柳青,这位伟大的作家,他的笔下流淌着深厚的农村生活气息,仿佛

每一字每一句都浸润着泥土的芬芳与农民的汗水。他的作品,大多聚焦于农村,描绘出了一幅幅生动而真实的农村生活画卷,让读者仿佛身临其境,感受到了那浓厚的生活气息。

柳青的作品,不是对农民生活的简单记录,而是对近几十年来历次重大历史时期农民现实生活和精神面貌的真实反映。他笔下的人物,或坚韧不拔,或朴实无华,或勇敢前行,都充满了对生活的热爱和对未来的憧憬。他们在历史的洪流中,或喜或悲,或笑或泪,但都展现出了农村人民特有的坚韧和毅力。

《创业史》作为柳青的代表作,早已超越了一部普通小说的范畴,它成为一个时代的象征,一个民族精神的写照。这部小说以农村为背景,以主人公梁生宝的成长历程为主线,深入而生动地展现了农民在新中国成立后,面对重重困难和挑战,如何坚定信念、奋发图强,最终实现自己梦想的伟大历程。这部作品不仅是一部农村题材的小说,更是一部具有深刻历史内涵和时代意义的鸿篇巨制。

在《创业史》中,柳青用细腻的笔触和深邃的洞察力,描绘了一个充满生机与活力的农村世界。他笔下的农村,既有传统的农耕文化和乡土气息,又有新中国成立后带来的新气象和新变化。农民们在新政策的指引下,开始摆脱旧有的束缚,勇敢地追求自己的梦想。面对土地改革、合作化运动等一系列重大历史事件,他们不仅没有被吓倒,反而更加坚定了自己的信念,更加积极地投身改革的大潮中去。

主人公梁生宝是这部作品中最具代表性的人物之一。他是一个普通而又平凡的农民,却有着非凡的毅力和勇气。他出身贫寒,却心怀梦想,渴望改变自己的命运。在新中国成立后,他积极响应党的号召,投身土地改革和合作化运动。他不怕困难,不怕挫折,始终坚守着自己的信念和追求。在创业的道路上,他遇到了许多困难和挑战,但他从未放弃自己的梦想。他用汗水和智慧,最终实现了自己的梦想,成为一个成功的农民企业家。

梁生宝的成长历程，是整部小说的核心。柳青通过他的故事，生动地展现了农民在新中国成立后所经历的种种变革和挑战。他们不仅要面对自然灾害的侵袭，还要应对政策调整带来的冲击。但是，他们并没有被吓倒，反而更加坚定了自己的信念和追求。他们用勤劳和智慧，克服了种种困难，最终实现了自己的梦想。这种精神，正是《创业史》所要传达的核心价值观。

除梁生宝之外，小说中还有许多其他鲜明的人物形象。他们或勇敢、或坚韧、或善良、或机智，每个人都有着自己独特的性格和故事。这些人物形象的塑造，不仅丰富了小说的情节和内涵，也增强了作品的艺术感染力和社会影响力。

在《创业史》中，柳青还深入探讨了农村社会的种种问题和矛盾。他关注农民的生活状态和精神面貌，关注农村经济的发展和变革。他通过小说中的故事情节和人物形象，生动地展现了农村社会的复杂性和多样性。他揭示了农村社会中存在的种种不公和矛盾，呼吁人们关注农村问题，以推动农村的发展和进步。

今天，《创业史》所传达的价值观和精神内涵仍然具有重要的现实意义。它告诉我们，无论面对多大的困难和挑战，只要我们坚定信念、奋发图强，就一定能够实现自己的梦想。这种精神不仅适用于农村的发展，也适用于整个国家和民族的发展。因此，《创业史》不仅是一部文学作品，更是一部具有深刻历史内涵和时代意义的时代经典。

《创业史》在2019年9月23日，荣幸地入选了"新中国70年70部长篇小说典藏"。这是对柳青文学成就的极高肯定，也是对他深入农村、扎根生活的创作态度的认可。

更值得一提的是，柳青在陕西长安县落户了整整14年。这段时间里，他与农民同吃同住同劳动。他用心感受农村的生活气息，用心聆听农民的心声，用心捕捉农村的变化。正是这种深入生活的创作态度，让他的作品充满了真实感和生动感。

柳青的这种创作态度，正是对延安文艺座谈会上的讲话精神的忠实实践。他深知文艺要为人民服务、为社会主义服务的宗旨，始终坚持从人民群众中来、到人民群众中去的创作原则。他的这种创作态度，不仅赢得了人民群众的喜爱和认可，也为后来的作家树立了深入生活、扎根人民的典范。

如今，柳青虽然已经离我们远去，但他的作品和创作精神将永远留在了我们心中。他的《创业史》等作品，不仅是我们了解那个时代的重要窗口，更是我们学习如何深入生活、扎根人民的重要教材。

杜鹏程

▶▶▶ 杜鹏程（1921—1991）

陕西韩城人，三岁丧父，幼年上过私塾和基督教学校，后到县城一家店铺当学徒，半工半读。1938年初夏，他17岁前往延安中国人民抗日红军大学、鲁迅师范学校学习。延安时期，他在延川当小学教员、报纸编辑。1947年初，被调到陕甘宁边区《群众文艺》社工作，随后担任新华社战地记者，转战在西北战场上，后随军西进，任新华社新疆分社社长。1949年底，到达新疆喀什噶尔城后，着手创作《保卫延安》，他整理了战场日记，写了100万字的报道文学稿件，装了两麻袋，用毛驴驮着回到内地。回到陕西后任中国作协西安分会副主席。《保卫延安》自1950年动笔，相继完成上百万字的长篇报告文学初稿。几经修改，1954年，长篇小说《保卫延安》由人民文学出版社出版，是新中国第一部大规模正面描写解放战争的优秀作品，成功塑造了彭德怀的感人形象，是他精心创制的一部力作。1956年2月4日，他在中南海受到毛泽东主席的亲切接见。之后,在宝成铁路深入生活,从事文学写作,中篇小说《在和平的日子里》,通过铁路建设工地的一个横断面,描绘了经过战争洗礼的人们在和平建设事业中所经受的新的严峻的考验,是新中国成立初,工业题材创作中的优秀之作。著有短篇小说集《年青的朋友》等。散文《夜走灵官峡》选入语文课本。中短篇小说集《光辉的里程》由人民文学出版社1977年出版。"文化大革命"中受到迫害,后恢复名誉,在病中坚持写作。1979年,随着彭德怀冤案的平反,《保卫延安》第4次重新出版,并被译成多种外文。1991年10月26日下午,彭德怀传记组到陕西省人民医院了解情况,杜鹏程的夫人问彬正陪着说话的时候,杜鹏程心脏病突发不幸逝世,享年70岁。长篇小说《太平年月》遗稿,未能问世。《战争日记》由解放军文艺出版社1998年出版。杜鹏程的小说多为重大题材,从严峻的斗争与考验中,描写时代特征和人物的精神面貌。杜鹏程逝世两年之后的1993年6月,陕西人民出版社出版了《杜鹏程文集》,杜鹏程的夫人问彬女士写了编后记,煌煌四卷本。

杜鹏程与《保卫延安》

杜鹏程,这个名字,在无数人的心中,留下了不可磨灭的印记。这个名字的广泛传播,始于我们的中学语文课本中那篇脍炙人口的《夜走灵官峡》。正是这篇文章,将杜鹏程的文学才华展现得淋漓尽致,影响了一代又一代的读者。

杜鹏程是一位勤奋、多产且近乎"全才"的伟大作家。他的文学创作,横跨小说、散文、杂文、诗歌、剧本等多个领域,不仅如此,他的创作谈、文论也同样深入人心。更为难得的是,他还涉猎了通讯、新闻报道、报告文学、日记、随感等多个领域,留下了丰富的文化遗产。

杜鹏程的勤奋,从他的日记中可见一斑。自1938年起,他开始了记日记的习惯,直至1966年"文化大革命"开始,期间从未间断一天。这些日记,不仅记录了他个人的生活点滴,更是时代的真实写照。目前收入《杜鹏程文集》中的40余万字的战争日记,只是他全部日记的一小部分。这些日记,像一部历史的长卷,让我们能够更深入地了解那个时代,感受那个时代的氛围。

杜鹏程的文学造诣,不仅仅体现在他的文学创作上,更体现在他的文学思考上。他从小便勤奋好学,阅读了大量进步书籍,积累了丰厚的文学底蕴。他懂英语等多国语言,知识视野开阔,因此他的文学作品更具深度和广度。读杜鹏程的文论、创作谈,那真是一种巨大的精神享受。他的思考之深邃、见解之深刻,已经达到了思想家的高度。他的文字,既有诗人的浪漫,又有哲学家的深邃,更有历史学家的严谨。

杜鹏程的小说,更是他文学才华的集中体现。他的小说,总能站在时

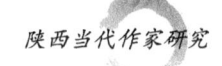

代的前列，以充沛的革命热情，提出一些发人深思的人生课题。比如他的中篇小说《在和平的日子里》，我们可以看到他对人生、对时代的深刻思考。这部小说，以铁路建设工地为背景，描绘了经过战争洗礼的人们在和平建设事业中所经受的新的严峻的考验。他通过生动的笔触，将那个时代的风貌、人们的情感、社会的矛盾展现得淋漓尽致。这部小说，不仅是新中国成立五十年来工业题材的优秀之作，而且是对那个时代人们精神面貌的真实写照。

杜鹏程的文学作品，不仅具有高度的文学价值，更具有深刻的思想内涵。他的文字，像一把锋利的剑，直指人心；他的思考，像一盏明灯，照亮我们前行的道路。他用自己的笔，为我们描绘了一个丰富多彩、真实感人的世界。他是一位伟大的作家，更是一位时代的见证者。

在新中国文学史上，杜鹏程的《保卫延安》无疑是一部具有深远影响和里程碑意义的作品。1954年，这部长篇小说一经问世便引起了广泛关注，它不仅标志着新中国成立后文学创作的一个重要起点，而且因其独特的艺术魅力和历史价值而被视为一部不朽的英雄史诗。

《保卫延安》以1947年3月至9月的陕北延安战事为背景，作者以细腻入微的笔触，将那段波澜壮阔的历史画卷生动地展现在读者面前。小说不仅聚焦于延安保卫战这一具体事件，而且通过这场战役辐射出整个解放战争时期的历史风云和时代变迁。

《保卫延安》封面

在小说中，杜鹏程巧妙地构建了一幅由众多英雄人物组成的群像画。其中，周大勇等人物以其坚定的信念、顽强的斗志、深厚的感情和丰富的人性，成为小说中最耀眼的亮点。他们在硝烟弥漫的战场上，为了保卫革命圣地延安，为了新中国的诞生和人民的解放，展现出惊人的勇气和牺牲精神。这些英雄的形象深刻地触动读者的心灵，让人们不仅感受到战争的残酷和生命的脆弱，更体会到那个时代人民的伟大和崇高。

冯雪峰在其评论文章《论〈保卫延安〉的成就及其重要性》中对这部小说给予了极高的评价。他指出，《保卫延安》不仅是一部文学作品，而且还是一部能够称得上英雄史诗的历史文献。这部小说所描绘的英雄战争，具有伟大的历史意义，而其作为英雄史诗的基础已经坚不可摧。冯雪峰的这番话，不仅肯定了《保卫延安》的艺术成就和历史地位，而且还深刻地揭示了杜鹏程创作这部作品的初衷和追求。

杜鹏程在《保卫延安》中展现了深厚的文学功底和对历史的深刻理解。他通过对战争场面的宏大描写和对人物心理的细腻刻画，成功地将一段段血与火的历史转化为一幅幅感人至深的画面。这些画面不仅仅记录了历史，而且还激发了读者对和平、自由和正义的深刻思考。

此外，小说对战略战术的精确描述和对军事指挥艺术的高度概括，也使得《保卫延安》成为研究当时战争历史的重要文献。它不仅为后人提供了宝贵的历史资料，而且为军事学和战争学的研究提供了丰富的实践案例。

在文学技巧上，杜鹏程运用了多种叙事手法和文学修辞，使得小说在艺术表现上层次分明、情感丰富。他巧妙地使用了倒叙、插叙等叙事技巧，使得故事的叙述既紧凑又跌宕起伏，引人入胜。同时，他在语言运用上也极为讲究，既有豪迈磅礴的战争场景描写，也有细腻入微的人物心理刻画，使得整部小说读来如同一部波澜壮阔的交响乐。

总的来说，《保卫延安》不仅是一部优秀的文学作品，而且还是一部具有重要历史价值的英雄史诗。它以其独特的艺术魅力和深刻的历史内涵，成为新中国文学史上的一座丰碑，激励着一代又一代的读者去追寻那段伟大历史的脚步，去思考和平与战争、生命与死亡、信念与牺牲的

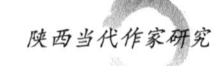

深刻主题。

　　杜鹏程在创作《保卫延安》的过程中，经历了九易其稿、反复修改的艰辛历程。他在回忆当时的创作情景时提到，每当遇到难以跨越的困难，他都会不断反悔，埋怨自己不自量力。然而，当他想起中国人民苦难的过去，想起那些死去和活着的战友，抚摸烈士遗物时，他从他们身上汲取了力量，重新鼓起勇气来继续创作。

　　在1979年的《保卫延安》重印后记中，杜鹏程自述道："这一场战争，太伟大太壮烈了。随便写一点儿东西来记述它，我觉得对不起烈士和战争中流血流汗的人们。"对于他来说，这场旷日持久的创作也是一场艰苦的文学征战。

　　1949年末，杜鹏程随部队进军至帕米尔高原，解放战争的战火还没有完全熄灭，他就着手写这部作品了。他先以《战争日记》为基础，大约9个多月的时间，利用工作的间隙写出近百万字的长篇报告文学作品，"从延安撤退写起，直到进军帕米尔高原为止，记述西北解放军战争的整个过程"。内容"全是真人真事，按时间顺序把战争中所见、所闻、所感记录下来"。

　　在修改这部稿子的过程中，杜鹏程愈来愈清楚愈来愈坚定地认识到："眼前的这部长篇报告文学稿子，虽说也有闪光发亮的片段，但它远不能满足我内心愿望。又何况从整体来看，它又显得冗长、杂乱而枯燥。我，焦灼不安，苦苦思索，终于下了决心：要在这个基础上重新搞；一定要写出一部对得起死者和生者的艺术作品。要在其中记载：战士们在旧世界的苦难和创立新时代的英雄气概，以及他们动天地而泣鬼神的丰功伟绩。是的，也许写不出无愧这伟大时代的伟大作品，但是我一定要把那忠诚质朴、视死如归的人民战士的令人永远难忘的精神传达出来，使同时代人和后来者永远怀念他们，把他们当作自己做人的楷模。这不仅是创作的需要，也是我内心波涛汹涌般的思想感情的需要。"

经过无数次的修改、润色，杜鹏程最终完成了这部30万字的长篇小说《保卫延安》。这部作品以真实的战争事件为背景，通过虚构的人物和情节展现了战争中的人性光辉和英雄气概。它不仅是一部优秀的文学作品，更是具有深刻历史意义和教育意义的文化遗产。

杜鹏程是党和军队培养出的一位人民作家，是社会文艺的一个典型代表，就文艺创作而言，他为我们留下了宝贵的精神遗产。概括起来主要有如下几点：

首先，杜鹏程能与时代同行，因时而起，乘势而为。习近平总书记在中国文联十大、中国作协九大开幕式的讲话中指出，"一个时代有一个时代的文艺，一个时代有一个时代的精神。任何一个时代的经典文艺作品，都是那个时代社会生活和精神的写照，都具有那个时代的烙印和特征。任何一个时代的文艺，只有同国家和民族紧紧维系、休戚与共，才能发出振聋发聩的声音。"杜鹏程正是因为能准确把握时代脉搏，敢于承担时代使命，善于聆听时代声音，勇于回答时代课题，将个人融入时代，这才创作出经典作品《保卫延安》。

其次，杜鹏程始终能坚持以人民为中心的创作导向。杜鹏程出身贫寒，三岁丧父，幼年读私塾，进教会孤儿院，在店铺当学徒，当校工半工半读。这种出身和经历决定了他永远和人民大众有着割舍不断的血肉联系。杜鹏程年纪轻轻即投身革命，长期生活在农村、工厂和部队，和工农兵打成一片，这为他的创作提供了丰富的经验与素材。马克思说："人民历来就是作家'够资格'和'不够资格'的唯一判断者。"习近平总书记也明确指出，"文艺创作方法有一百条、一千条，但最根本的方法是扎根人民。只有永远同人民在一起，艺术之树才能常青。"杜鹏程生前脚踩大地、心系人民，始终坚持以人民为中心，深入生活、扎根人民，为人民抒写、为人民抒情。杜鹏程有一个固执的信念，他认为一个人只要真正投入生活中，扎扎实实地给人民做点儿事情，是不会错的。杜鹏程喜欢深入生活，他曾在日记中写道："我一回到生活中，似乎呼吸也格外舒畅，满身的细胞都活跃起来。"路遥生前曾这样评价杜鹏程："二十多年相处的日子里，他的人民性，他的自我折磨式的伟大劳动精神，都曾强烈地影响了我。我曾默默地思考过他，默默地学习过他。"

王汶石

▶▶▶ 王汶石（1921—1999）

  又名王礼曾、王仲斌、王蕴石，山西荣河（今万荣）人。1939年加入中国共产党。1942年6月至陕甘宁边区西北文艺工作团工作，先后任副科长、研究员、团长等职。在此期间，创作了秧歌剧《抓壮丁》《边境上》等早期作品。1942年赴延安，历任西北文艺工作团二团团长，陕甘宁边区文化协会《群众文艺》副主编，《西北文艺》副主编，中国作家协会西安分会第一届秘书长，陕西省作家协会副主席、名誉主席，陕西省文学艺术界联合会副主席。著有中篇小说《黑凤》《阿爸的愤怒》，短篇小说集《风雪之夜》等。王汶石在延安时期的戏剧和新中国成立后的短篇小说，曾在文坛上产生广泛影响，在中国当代文学中占有重要地位。延安时期，王汶石的作品多为配合当时的革命形势与战争需要之作，其《望北桥》《黑牛坡农会》等剧本、《慰问伤员》等歌词都曾对革命起到积极宣传和鼓动作用。1958年，他迎来了创作的丰收年，先后有近10篇小说相继问世，到了20世纪60年代初，短篇小说《沙滩上》和长篇小说《黑凤》相继问世，塑造了陈大年、黑凤等深入人心的人物形象。此外，还有中篇小说《阿爸的愤怒》，短篇小说集《风雪之夜》等。他的小说作品，描写了处于重大历史转折时期的农民群众和农村基层干部，具有鲜明的时代特征和审美价值。他的小说数量虽不是很多，但几乎每篇都受到广大读者的喜爱，以及评论家、学者们的关注和赞赏。其作品还多次被翻译为英、日、俄等多国语言。"文化大革命"后至1999年去世前，王汶石一直笔耕不辍，创作了大量诗作、散文和评论性文章。

王汶石与《风雪之夜》

王汶石以其精湛的短篇小说在20世纪五六十年代赢得了"中国短篇小说之王"的美誉。他的作品不仅艺术成就高，更在文学史上留下了深刻的印记，激发了一代又一代人对文学的热爱和追求。

王汶石的创作生涯在"十七年"文学时期达到巅峰。他的文学作品，尤其是短篇小说，以独特的戏剧化倾向、深刻的时代感和高度的艺术创新，成为那个时代的标志性文学现象。王汶石的小说不仅反映了新时代、新人物、新事物，而且在艺术形式上也展现出了创新和突破，为中国文学的现代化进程提供了重要的实践和理论支持。

王汶石的文学理想是与时代的脉搏同步的。他深刻地认识到，文学不仅是对社会生活的反映，更是推动社会发展的力量。因此，他在作品中描绘了新时代的农村生活，塑造了一系列具有时代精神的新人物。这些人物不再是传统意义上的农民形象，而是积极参与社会主义建设的新人，他们的形象充满了活力和希望，体现了新时代的精神面貌。

在思想上，王汶石创作出"十七年"文学时期有代表性的具有"戏剧化"倾向的小说形态，不但继承了中国民间文学的戏剧化特征，而且吸纳了西方文学的戏剧化特征，从而生成了具有高度融合特征的"新小说"。王汶石短篇小说的戏剧化倾向既符合"十七年"文学时期主流意识形态对文学的规范性要求，又将时代性与艺术性巧妙融合在一起，使得短篇小说在艺术形式发展上具有极强的创新性，对文学"现代化"路径在20世纪延续提供了重要的阐释环节。

在内容上，王汶石的小说紧密围绕"十七年"文学时期的主流意识形态

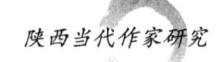

展开。他的小说不仅描绘了农村生活的新变化，还反映了社会主义建设的伟大成就。这些作品在当时起到了宣传和教育的作用，激励人们为共同的理想和目标而奋斗。

在形式上，王汶石的小说采取了戏剧化的叙事手法，这在中国民间文学中有着悠久的传统。他将这种叙事方式与西方文学中的戏剧化技巧相结合，创造出一种既有中国特色又具有普遍意义的新的小说形态。这种小说形态以其紧凑的情节、鲜明的冲突和深刻的主题，吸引了广大读者的注意，成为"十七年"文学时期短篇小说的一大亮点。

王汶石的文学理想和创作实践，为中国文学的现代化进程，提供了一个重要的参考和启示。他的小说不仅是对那个时代的真实记录，也是对未来的深切展望。

《风雪之夜》封面

《风雪之夜》作为王汶石的成名作，其影响不容小觑。这篇小说首次发表于1956年《人民文学》第三期，并集结同名短篇小说集，发行量高达20万册，成为当时文坛的一大现象级作品。它以农业合作化运动为历史背景，讲述了1955年一个风雪交加的除夕夜，区委书记严克勤在县里开完会后，没有选择回家与家人团聚，而是毅然决然地顶风冒雪前往渭河平原的一个小村庄。在那里，他与农业社的干部们一起通宵达旦地讨论制定生产计划。

王汶石在构思这部作品时，巧妙地从一个全新的视角切入，通过几个生动的生活镜头，展现了农村生活正在发生的深刻变革。他将严克勤的"例行公事"放在风雪除夕这一特殊环境中进行描绘，使得漫天飞舞的雪花和干部、群众火热的社会主义建设热情形成鲜明对比，节假日本应休息的氛围与他们为了追赶更好的生活而彻夜不眠的努力劲头也形成了对照。

这样的设置，使得一件看似寻常的事件蕴含了不寻常的意义。

小说中的严克勤形象生动鲜明，他的责任心和使命感深深打动了读者。他不仅仅是一个区委书记，更是那个时代的缩影，代表了无数为国家和民族的未来奋斗着的共产党员。他的形象成为一种精神的象征，激励着人们为了共同的理想和目标而不懈努力。

《风雪之夜》的语言朴实而富有力量，情感真挚而深沉。全文激情洋溢，格调高昂，既有对人物内心世界的深入挖掘，也有对外部环境的细腻描绘。王汶石通过对渭河平原的自然风光和农村生活的描写，散发出浓郁的乡土气息，让读者仿佛置身于那个风雪交加的夜晚，感受到那个时代的气息和温度。

此外，王汶石在作品中还展现了人与人之间的深厚情感。在共同的目标面前，人们团结协作，相互支持，共同克服困难。这种集体主义精神是那个时代的鲜明特色，也是小说能够引起广泛共鸣的重要原因之一。

总之，《风雪之夜》不仅是一篇优秀的文学作品，更是一段历史的缩影，它记录了一个时代的风貌，反映了那个时代人们的生活状态和精神面貌。王汶石通过这篇小说，不仅展现了自己的文学才华，更为后人留下了一份宝贵的文化遗产，让人们得以窥见那个时代的风貌，感受那个时代的精神。

著名文学评论家、中国当代文学研究会原会长白烨先生说，王汶石专心致志地观察和感知农村新生活，细针密线地描画和塑造农民新人物，力求反映新生活的新气象，表现出新人物的精气神。这样一个高度自觉的文学追求，使得他的小说创作，实现了对某些桎梏的突破，对某些局限的超越，并成为体现那个时代农村生活现状的典型文本。王汶石夫人高彬说，时代是要过去的，可描绘时代的生活，塑造推动时代前进的新人、讴歌具有时代精神的作品是不会过时的。王汶石的小说对后来的文学发展产生了深远的影响。他的作品不仅在当时受到广泛的欢迎，而且在今天仍然具有很高的研究价值。他的小说创作实践，为探索中国文学的现代化路径，提供了一个成功的案例。

李若冰

▶▶▶ 李若冰（1926—2005）

  陕西泾阳人，中国当代著名作家、西部散文的代表人物、西部文学的拓荒者、"石油文学"奠基人之一。1938年，他12岁时，逃亡延安参加抗战剧团，后调西北文工团和中央党校工作。1944年，进入鲁迅艺术文学院学习时，考官是孙犁。1945年，调中央宣传部任助理秘书，后主办《群力报》，1948年，在西北军区政治部任秘书。1950年转业，入北京中央文学研究所进修，开始发表作品。1953年，调入中国作家协会西安分会从事专业创作，兼任酒泉地质勘探大队副大队长，先后多次进柴达木，在塔里木油田、大庆油田和礼泉农村深入生活。1956年，出版第一本散文集《在勘探的道路上》，1959年起，出版《柴达木手记》《旅途集》《山·湖·草原》等。1971年重返陕北，写出多篇反映党中央转战陕北生活的散文，结集为《神泉日出》。其后出版了《高原语丝》《爱的渴望》《塔里木书简》《满目绿树鲜花》等十余部。历任中国作家协会陕西分会副主席兼秘书长、省文化文物厅厅长、陕西省文学艺术界联合会(简称"陕西省文联")主席。1999年,荣获中国石油铁人文学特殊贡献奖,被称为"石油文学"的奠基人和开拓者。2002年10月,76岁高龄的李若冰第七次到西部油田采访写作。2005年3月24日,李若冰因病逝世,享年79岁。

李若冰与《柴达木手记》

在中国现代文学史上,李若冰先生以其深厚的文学功底和独特的创作视角,成为石油文学和西部文学领域的一位重要代表性作家。他的散文作品《柴达木手记》等,不仅是当代散文史上的艺术佳作,更是中国文学宝库中的瑰宝。李若冰先生的一生,是深入基层、扎根生活、奋战在石油勘探第一线的光辉历程。他的"行走精神",对于我们今天从事文学创作依然具有极为重要的借鉴意义。

李若冰先生生于一个普通家庭,却对文学怀有浓厚的兴趣和执着的追求。他早年便涉足文坛,以其独特的创作风格和深邃的文学内涵,赢得了广大读者的喜爱和尊敬。在长期的文学创作生涯中,李若冰先生不断探寻文学的真谛,深入挖掘生活的本质,以真挚的情感和细腻的笔触,创作出一系列具有深刻思想内涵和艺术价值的作品。

《柴达木手记》封面

其中,《柴达木手记》是李若冰先生的代表作之一。这部作品以柴达木盆地为背景,通过对当地自然环境、风土人情和石油勘探工作的生动描写,展现了石油工人们的艰辛付出和无私奉献精神。作品中,李若冰先生以独特的视角和深刻的感悟,将石油勘探工作的艰辛与壮美、人与自然的和谐共生等主题巧妙地融合在一起,形成了一幅幅震撼人心的画面。这部作品不仅具有很高的艺术价值,还具有很强的时代意义和社会价值。

在中国当代文学史上，李若冰先生的《柴达木手记》无疑是一部具有里程碑意义的作品。这部散文集不仅以其独特的视角和深刻的情感描绘了大西北的风情和地质工作者的生活，更以其激昂的笔触和真挚的情感，向读者展现了建设者们排除万难、驰骋在西部大漠上的豪迈气魄。通过对《柴达木手记》的深入解析，我们可以更好地理解李若冰先生的文学追求和思想情感，以及这部作品在中国当代文学史上的重要地位。

《柴达木手记》是李若冰先生深入柴达木盆地，与地质工作者们共同生活的真实记录。这部作品不仅是对西部地质工作者艰辛生活的真实写照，更是对建设者们无私奉献、艰苦奋斗精神的热情歌颂。他通过对日常生活的观察和思考，将读者带入一个充满挑战和机遇的西部世界，让人们深刻感受到建设者们为祖国建设付出的艰辛和努力。

在主题思想上，《柴达木手记》体现了李若冰先生对祖国的深厚感情和对人民的深切关怀。他通过对西部地质工作者的描写，展现了他们为祖国建设做出的巨大贡献，同时也表达了自己对这片土地的热爱和对人民的敬意。在作品中，李若冰先生不仅赞美了建设者的英勇和坚韧，更表达了对他们无私奉献精神的敬意和感激。这种情感真挚而深沉，使得《柴达木手记》成为一部具有强烈感染力和深刻思想内涵的文学作品。

在艺术特色上，《柴达木手记》以其独特的视角和深刻的情感赢得了读者的喜爱和尊敬。李若冰先生以一位地质工作者的身份深入西部大漠，用自己的眼睛和心灵去感受和体验那里的生活。他通过细腻的笔触和真挚的情感，将西部大漠的荒凉与壮美、地质工作者的坚韧与乐观描绘得淋漓尽致。在作品中，李若冰先生不仅记录了建设者们的日常生活和工作情况，更深入挖掘了他们的内心世界和情感世界。他通过对建设者们的情感描写和心理刻画，使得读者能够更深刻地理解他们的精神世界和价值追求。

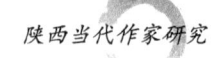

在表现手法上，《柴达木手记》采用了多种文学手法和技巧来增强作品的艺术效果。首先，李若冰先生善于运用生动的细节描写来展现西部大漠的荒凉与壮美。他通过对自然景观的细腻描绘，使得读者能够身临其境地感受到那里的自然风光和地质特点。其次，他善于运用对话和内心独白等手法来刻画人物性格和情感世界。通过人物之间的对话和内心独白，李若冰先生将建设者们的坚韧、乐观和无私奉献精神展现得淋漓尽致。最后，他还善于运用象征和隐喻等手法来深化作品的主题思想。例如，在作品中多次出现的"戈壁""骆驼"等意象，不仅象征着西部大漠的荒凉与壮美，更寓意着建设者们的坚韧和毅力。

《柴达木手记》自出版以来，就以其独特的魅力和深刻的内涵赢得广泛的好评和赞誉。这部作品不仅在中国当代文学史上留下浓墨重彩的一笔，更在广大读者中产生深远的社会影响。它鼓舞了一代又一代的柴达木人，激发了他们为祖国建设贡献力量的热情和信心。同时，《柴达木手记》也为中国当代文学的发展注入了新的活力和动力，推动了中国西部文学和石油文学的繁荣和发展。

在文学价值上，《柴达木手记》以其独特的艺术魅力和深刻的思想内涵，成为一部具有很高价值的文学作品。首先，它以其独特的视角和深刻的情感描绘了大西北的风情和地质工作者的生活，为读者提供了一个全新的认识和理解西部世界的窗口。其次，它通过对建设者们的无私奉献和艰苦奋斗精神的热情歌颂，传递了一种积极向上、乐观进取的精神力量，激励人们不断追求进步和超越自我。最后，它还以其独特的艺术风格和表现手法，为中国当代文学的发展提供新的思路和启示，推动中国文学的创新和发展。

除《柴达木手记》外，李若冰先生的其他散文作品也广受读者喜爱。他的散文作品语言优美、意境深远，能够引起读者的共鸣和思考。无论是描绘自然风光、记录生活琐事，还是抒写人生感悟、探讨社会现象，李若冰先生都能够以独特的艺术手法和深邃的文学内涵，将读者带入一个充满诗意和哲理的世界。

李若冰先生的一生与石油勘探事业紧密相连。他深入基层、扎根生活，长年奋战在石油勘探的第一线。他先后五次进入柴达木盆地，与石油工人们一起生活、一起工作。在那里，他亲身感受到石油勘探工作的艰辛和危险，也见证了石油工人们为国家和人民做出的巨大贡献。这些经历成为他创作的源泉和动力，也为他的文学作品注入丰富的内涵和深刻的情感。

除了柴达木盆地之外，李若冰先生还曾在大庆油田、关中农村、塔里木盆地和塔克拉玛干大沙漠等地生活和工作。他深入体验不同地域的风土人情和文化特色，将各地的自然风光和人文景观融入自己的创作中。这些丰富的生活经历和独特的创作视角，使得李若冰先生的作品具有广泛的代表性和深刻的思想内涵。

在李若冰先生的创作生涯中，"行走精神"始终贯穿其中。他不断行走于各地之间，深入基层、扎根生活，用心去感受和体验生活的点滴细节。他用自己的脚步丈量着祖国的大好河山，用自己的笔触记录着时代的发展和变迁。这种"行走精神"不仅是他个人品格的体现，也是他作为一位作家对文学的执着追求和深刻理解。

李若冰先生的"行走精神"对于我们今天从事文学创作依然具有极为重要的借鉴意义。在当今社会快速发展的背景下，文学创作面临越来越多的挑战和机遇。作为一位作家，我们应该时刻保持对生活的敏感和关注，不断挖掘和发现生活中的美好和深刻之处。同时，我们也应该勇于走出自己的舒适区，去体验不同的生活和文化，拓宽自己的视野和思维。只有这样，我们才能够创作出更多具有深刻思想内涵和艺术价值的作品，为文学事业的发展贡献自己的力量。

魏钢焰

▶▶▶ 魏钢焰（1922—1995）

　　山西繁峙人。1937年参加八路军，在野战军政治部做宣传工作。1953年，参加西北解放战争电影剧本创作组，开始文学创作，在《解放军文艺》上发表第一首诗《宣誓》。1956年转业，任《延河》杂志副主编，从事专业创作。他的主要作品有散文《船夫曲》《绿叶赞》，诗集《赤泥岭》《灯海曲》。1958年，发表散文《宝地、宝人、宝事》，取材于商洛地区农村见闻，洋溢着艰苦创业精神。《船夫曲》写于1961年，是一篇诗意浓烈的抒情作品。《你，浪花里的一滴水》是一首怀念雷锋的诗歌，选入中学语文课本。1963年，创作的《红桃是怎么开的》是中国报告文学的重要成果之一，同1977年发表的《忆铁人》是光彩相映的姊妹篇。

魏钢焰与《你，浪花里的一滴水》

魏钢焰是一位当代诗人、散文家。他的作品感情充沛、气势雄浑、文笔优美，深受读者喜爱。他的代表作品包括散文《船夫曲》《绿叶赞》《艳阳漫步》等，以及诗集《赤泥岭》《灯海曲》等。魏钢焰的创作风格独特，他善于用诗意的语言描绘生活，用深邃的思考挖掘人性的光辉。他的作品充满了对生活的热爱和对人性的关怀，给人以深刻的启示和感悟。

《你，浪花里的一滴水》是魏钢焰于1963年创作的一首现代诗，旨在歌颂雷锋精神。诗歌以深情的笔触和崇高的情感，将雷锋比作春雨、一滴水、刚展翅的鸟、才点亮的灯、刚敲响的鼓等形象，高度赞扬了雷锋平凡而伟大的无产阶级主义精神。这首诗歌不仅具有高度的艺术价值，更蕴含着深刻的思想内涵。诗歌中，魏钢焰以饱满的热情和崇高的敬意，歌颂了雷锋用平凡年轻的生命为祖国、为人民、为革命建设事业建立的不朽功勋。他写道："他啊，是一滴水，却能够反映整个太阳的光辉！"这句话生动地描绘了雷锋精神的伟大和崇高。雷锋虽然只是一名普通的中国人民解放军战士，但他却用自己的实际行动践行全心全意为人民服务的宗旨，成为全国人民学习的榜样。

此外，魏钢焰在诗歌中还以细腻的笔触和真挚的情感，展现了雷锋的精神风貌。他写道："你不为自己编歌曲，你不为自己织罗衣；你不为自己梳羽毛，你不为个人流一滴泪。"这些诗句生动地描绘了雷锋的无私奉献和乐于助人的精神风貌，让人感受到他的伟大和崇高。

魏钢焰的诗歌创作始终贯穿着一种对生活细节的敏感捕捉和对情感深

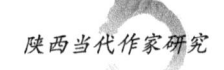

处的细腻描绘。他的诗风清新脱俗，语言简练而富有张力，善于通过具体的物象传递抽象的情感，使得读者能够在平凡的生活中发现不平凡的诗意。《你，浪花里的一滴水》正是这种风格的集中体现，它以一滴水为切入点，展开了对生命意义和人类情感的深刻思考，以其细腻的情感刻画和深邃的思想内涵，引起了广泛的关注和讨论。

《你，浪花里的一滴水》以水作为核心意象，水既是自然界的组成部分，也是生命的象征。在这里，水不仅是物质的存在，更是情感的载体。魏钢焰通过对水的多重含义的挖掘，构建了一个既具体又抽象的艺术世界。诗中的"你"既可以是具象的一滴水，也可以是每一个生命个体的隐

《你，浪花里的一滴水》封面（局部）

喻。这样的设定使得诗歌有了丰富的解读空间，每个人都可以在其中找到自己的影子。这首诗歌探讨了个体生命在宇宙中的位置和价值，表达了对生命本质的深刻认知和对人类情感的细腻把握。魏钢焰将个体比喻为浪花中的一滴水，既强调了个体的渺小，也彰显了其不可替代的独特性。在宏大的自然面前，人的生命或许只是沧海一粟，但在人的情感世界中，每一滴水都有其存在的意义和价值。这种对生命的尊重和对情感的颂扬，构成了诗歌的核心主题。

魏钢焰的语言简洁而不失深度，他善于运用比喻、象征等修辞手法，使得诗歌的语言层次丰富而富有表现力。在《你，浪花里的一滴水》中，他巧妙地使用了水的意象，将其转化为情感的象征，使得诗歌在表达深刻的主题时，依然保持了语言的清新和韵律的优美。这种语言的魅力，使得诗歌即使被反复阅读之后，仍能给人以新的启示和感动。

在当代文学的背景下，魏钢焰的《你，浪花里的一滴水》展现了一种

对于传统与现代的融合。它既继承了中国古典诗词的意境之美，又融入了现代诗歌的语言风格和思想深度。这首诗不仅为读者提供了审美的享受，也引发了对于生活、自然和人的深入思考。它鼓励人们在快节奏的现代生活中，不忘对美好事物的感悟和对深层次情感的探索。

《你，浪花里的一滴水》作为一首歌颂雷锋精神的现代诗，不仅在当时产生了广泛的社会影响，而且对后世产生了深远的影响。首先，这首诗歌激发了人们学习雷锋精神的热情和动力。通过歌颂雷锋的崇高精神，魏钢焰让更多的人了解了雷锋的事迹和精神内涵，激发了人们学习雷锋、争做雷锋的热情和动力。其次，这首诗歌推动了中国文学的发展和繁荣。作为一首具有鲜明时代特色和深刻思想内涵的文学作品，《你，浪花里的一滴水》为中国文学的发展注入了新的活力和动力，推动了中国文学的创新和发展。最后，这首诗歌传承了中华民族的优秀传统文化。通过歌颂雷锋的无私奉献和乐于助人的精神风貌，《你，浪花里的一滴水》传承了中华民族"仁爱""互助"等优秀传统文化精神，为中华民族的伟大复兴注入了强大的精神力量。

总之，《你，浪花里的一滴水》是魏钢焰创作的一首具有深刻思想内涵和鲜明艺术特色的现代诗。这首诗歌以深情的笔触和崇高的情感歌颂了雷锋精神，成为中国文学中一颗璀璨的明珠。它不仅在当时产生广泛的社会影响，而且对后世产生深远的影响。在今天这个快速发展的时代里，《你，浪花里的一滴水》依然具有重要的现实意义和文学价值。它提醒我们要珍惜今天来之不易的幸福生活，不断追求进步和超越自我；同时也启示我们要关注社会现实和人民生活，用文学的力量去反映和推动社会的进步和发展。

王老九

▶▶▶ 王老九（1894—1969）

  原名王建禄，因排行第九，人称老九，陕西省临潼县（今临潼区）人，现代农民诗人。王老九的重要诗作有《除了肚里大疙瘩》《张玉婵》《进西安》《进北京》《歌唱三户贫农》《年过六十能劳动》《伟大的手》等。出版的诗集有《王老九诗选》(1954)、《东方飞起一巨龙》(1958)、《带组入社》《进西安》(1956)、《王老九的诗》《儿童谜语》《谈谈我的创作生活》《和青年朋友谈诗选》《看稿杂谈》等。1951年，王老九应邀出席了西北文学艺术工作者代表大会，著名诗人柯仲平鼓励他多编快板多宣传。此后，他经常和西北文联以及后来的西安作家协会的同志们探讨诗歌创作问题，参加群众性的诗歌活动。王老九五次去北京参加会议，曾即兴和郭沫若对过诗，还受到毛泽东的接见。曾先后当选为中国文联第三届委员、中国民间文艺研究会第二届理事、中国作家协会第二届理事。他写的《进西安》一诗，在陕西省文艺创作会上被评为一等奖。王老九的诗，鲜明地反映了中国农民翻身做主的欢声笑貌，反映了亿万农民坚决跟着中国共产党、建设社会主义新中国的高涨热情。他喜欢民歌，熟悉民间故事、传说、谚语、谜语、对联，善于从中汲取养料。他的诗富有生活气息。在表现上通俗、生动、活泼、流畅，具有中国作风、中国气派，为人民群众喜闻乐见。

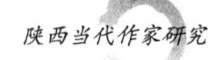

王老九与《进西安》

在中国广袤的农村大地上，有一位诗人，他生于斯，长于斯，他的诗歌深深扎根于这片土地，充满了对生活的热爱和对人民的关怀。他就是被誉为"农民诗人"的王老九，一个用诗歌咏唱社会底层人民、火热生活和共产党的伟大领袖。在中国现代文学史上，王老九以其独特的艺术风格和深厚的农民情怀，成为一位备受瞩目的农民诗人。

王老九的诗歌，大多以歌颂党、歌颂社会主义、歌颂劳动人民翻身解放为主要内容。他的诗歌充满了激情和力量，每一句都铿锵有力，每一首都振奋人心。他的诗歌不仅仅是文字的堆砌，更是他心灵的流露和情感的抒发。他用自己的诗歌，为那个伟大的时代留下了最真实、最生动的记录。

《王老九诗选》封面

王老九的诗歌作品中，最具代表性的当属《进西安》。这首诗以翻身农民代表者的姿态走进了解放门，同时又满怀着主人翁的自豪感登上诗坛。诗中通过描绘翻身农民进入西安的场景，展现了新生活的美好愿景。诗中写道："解放门，大敞开，翻身农民走进来。城里人，笑开颜，欢迎我们进西安。我们来，把福带，带来幸福大家享。"这些诗句充分表达了翻身农民对新生活的向往和信心。

首先，从主题上看，《进西安》以翻身农民为主角，展现了他们在新中国成立后的生活变化。诗中的"翻身农民"象征着广大劳动人民在共产党领导下，摆脱了旧社会的束缚，迎来了新生活。这种主题在当时的文学作品中具有很强的现实意义和历史价值，反映了人民群众对美好生活的向往和追求。

其次，从艺术手法上看，王老九运用了生动的描写和形象的比喻，使得诗歌具有很高的艺术价值。诗中的"解放门，大敞开，翻身农民走进来"一句，通过"大敞开"的形象，表现了新时代的宽广胸怀和包容精神。同时，"城里人，笑开颜，欢迎我们进西安"一句，则通过"笑开颜"的形象，展现了新社会人民的友好和谐。这些生动的描写和形象的比喻，使得诗歌具有很强的感染力和艺术魅力。

再次，从思想内涵上看，《进西安》表达了翻身农民对新生活的热爱和信心。诗中的"我们来，把福带，带来幸福大家享"一句，充分体现了翻身农民对新生活的美好愿景和信心。这种信心和愿景，不仅是对个人幸福生活的追求，更是对整个国家和民族未来的信心。这种信心和愿景，对于当时的中国社会来说，具有很强的鼓舞作用和启示意义。

此外，《进西安》还表达了对党和政府的感激之情。诗中的"翻身农民"是在共产党领导下，实现了翻身解放的目标。因此，这首诗也表达了翻身农民对党和政府的感激之情。这种感激之情，不仅是对党和政府的感恩，更是对党和政府的信任和支持。这种信任和支持，对于当时的中国社会来说，具有很强的凝聚力和向心力。

在《进西安》中，王老九用他独特的艺术风格，将农民翻身解放的喜悦和自豪表现得淋漓尽致。他通过生动的描写和形象的比喻，将农民走进解放门的场景展现得栩栩如生。同时，他也通过诗歌的形式，表达了对党和政府的感激之情和对新生活的热爱之情。这首诗在陕西省文艺创作会上被评为一等奖，成为王老九诗歌创作生涯中的一个重要里程碑。

王老九的诗歌创作受到了广泛的关注和认可。他曾即兴和郭沫若对过诗，还受到毛泽东的接见。1953年9月，他参加了中国文学艺术工作者第二次代表大会，再次受到毛泽东的接见。1958年，他参加了中国民间文学工作者会议，被选为理事。1960年，他先后出席全国教育和文化、卫生、体育、新闻方面社会主义建设先进单位和先进工作者代表会议（简称"全国文教群英会"）和中国文学艺术工作者第三次代表大会，并当选为中国作家协会理事。

王老九及其诗歌作品《进西安》在中国现代文学史上具有重要地位。他的诗歌作品以农民为主题，展现了新中国成立后农民的幸福生活和奋发向前的精神风貌，为中国农民诗歌的发展奠定了基础。王老九一生用独特的艺术风格，歌咏社会底层人民，歌咏火热的生活，歌咏共产党，以诗存史，开辟了中国农民诗歌一个崭新的时代，形成了以他为杰出代表的"庄稼汉"诗歌流派。他的诗歌作品不仅在当时受到了广泛的关注和认可，而且在今天仍然有着巨大的活力，对于农村、农业发展有着积极的推动作用。

路 遥

▶▶▶ 路 遥（1949—1992）

  本名王卫国，出生于陕北榆林清涧县贫困农民家庭，当代作家。7岁时因为家里困难被过继给延川县农村的伯父。曾在延川县立中学学习。1968年，路遥以群众代表身份被结合进延川县革命委员会，并且担任了副主任职务。1969年，中学毕业回乡务农，教过一年小学。在路遥回乡务农期间，路遥和当时在延川县梁家河大队插队的习近平总书记同住一个窑洞，两人成为朋友，曾彻夜长谈过。1970年，路遥在延川县文化馆编辑的油印小报《延川文化》上发表了《车过南京桥》的诗作。1972年秋天，路遥被调到延川县文艺宣传队当创作员。同年，在诗人曹谷溪的努力下，延川县成立了"文艺创作组"，创办了铅印的文学刊物《山花》，由几个在不同单位的文学青年共同编辑，路遥是其中之一。这期间路遥写了很多诗。1973年，路遥被推选到延安大学中文系读书。在延安大学期间，路遥在能够找到的欧洲文学史、俄国文学史和中国文学史的指导下系统阅读了大量中外文学名著。同年7月,《延河》杂志发表了他的短篇小说《优胜红旗》。这是他公开发表的第一篇小说。10月,路遥到西安,参加了《延河》杂志编辑部召集的创作座谈会。从这个时候开始,路遥有了接触柳青、杜鹏程、王汶石等作家的机会,有幸得到他们的直接教诲。接着,路遥相继发表了《姐姐》《雪中红梅》《月夜》等一批短篇小说。1976年8月大学毕业后,任《陕西文艺》(今为《延河》杂志)编辑。1980年发表《惊心动魄的一幕》,获得第一届全国优秀中篇小说奖。1982年发表中篇小说《人生》描写一个农村知识青年的人生追求和曲折经历,引起很大反响,获全国第二届优秀中篇小说奖,改编成同名电影后,获第八届大众电影百花奖最佳故事片奖,轰动全国。同年,《在困难的日子里》获1982年《当代》文学中长篇小说奖,加入中国作家协会。《人生》发表之后,路遥又接连写作发表了《在困难的日子里》《黄叶在秋风中飘落》《你怎么也想不到》等中篇小说。1984年,开始筹备创作《平凡的世界》。1985年秋天,路遥来到铜川的陈家山煤矿为创作寻找素材。1988年完成百万字的长篇巨著《平凡的世界》,该小说以其恢宏的气势和史诗般的品格,全景式地表现了改革时代中国城乡的社会生活和人们思想情感的巨大变迁,1991年获得茅盾文学奖,该书未完成时即在中央人民广播电台广播。1990年到1992年,路遥处在创作休整期。一方面要恢复一下严重透支的体力;另一方面,也好对创作进行一番思考。为了回答人们关于《平凡的世界》的诸多提问,路遥决定就《平凡的世界》创作问题写一篇随笔,这就是后来面世的《早晨从中午开始》。1992年8月1日,路遥离开西安返回延安,9月5日,路遥返回西安,亲友为他送行。1992年11月17日上午8时20分,路遥因肝硬化腹水医治无效在西安逝世,年仅42岁。11月21日,在西安三兆公墓举行告别仪式。曾任中国作家协会陕西分会党组成员、副主席。2018年12月18日,党中央、国务院授予路遥改革先锋称号,颁授改革先锋奖章,并获评鼓舞亿万农村青年投身改革开放的优秀作家。2019年被评选为最美奋斗者。

路遥与《平凡的世界》

路遥是新时期陕西文坛乃至中国文坛上一位精神突出、影响广泛的重要作家。他的作品《人生》《平凡的世界》作为畅销书和长销书至今仍占据着各大书店的显要位置。他通过对那些出身最底层的小人物力图改变自身命运的变迁和突围的描写，激励了一代又一代的有志青年。他给一切卑微的人物以勇气与光亮，让他们知道自己能够走多远。

路遥的一生，是扎根中国大地，与人民共命运、与时代共前行的一生。他出生在陕北山区一个贫困的农民家庭，在青年时代从事过许多不同的工作，在农村小学教过书、回故乡务过农、在延川县文艺宣传队里当过创作员。从青年时代起，路遥的胸中就燃烧着文学梦想，早在1970年他就在延川县的刊物《延川文化》上发表过诗歌。1973年，路遥进入延安大学中文系进修，这成为路遥一生中重要的转折点之一。就读延安大学期间，路遥广泛而系统地阅读了大量中外文学名著，并在文坛崭露头角。1973年7月，《延河》杂志发表了他的短篇小说《优胜红旗》，这是路遥公开发表的第一篇小说。随后，路遥参加了《延河》杂志编辑部召集的创作座谈会，接触到了柳青、杜鹏程、王汶石等一批优秀的人民作家。从延安大学毕业后，路遥进入陕西省作家协会《延河》杂志工作。1980年，路遥创作发表了小说《惊心动魄的一幕》，这篇小说后来获得了第一届全国优秀中篇小说奖。

1982年，路遥发表中篇小说《人生》。《人生》不仅展现了个人命运与社会变迁的交织，也反映了作者本人对于人生价值和意义的深刻思考。《人生》的故事聚焦于主人公高加林的成长经历，他在改革浪潮中经历了从农村到城市的迁移，以及在这一过程中遭遇的爱情、理想和挫折。高加林的形象是多面的，既有坚强的意志和不懈的追求，也有迷茫与挣扎。这个角色的复杂性恰恰体现了路遥对人物性格刻画的细腻与深刻。创作《人生》时，路遥深受自己以及身边人的生活故事启发。他将个人的体验融入小说，带有强烈自传色彩的文学作品。小说中的许多情节和冲突都能找到现实原型，这也是《人生》能够引起广泛共鸣的原因之一。《人生》的文化背景不容忽视。它是在20世纪80年代初中国改革开放的大背景下创作的，这一时期中国社会经历了巨大的变革。路遥敏锐地捕捉到了这一时代的脉动，将其转化为小说中的社会背景和人物命运。因此，《人生》不仅是一个个体成长的故事，也是一个时代变迁的缩影。

此后几年，路遥先后创作出《在困难的日子里》《黄叶在秋风中飘落》《你怎么也想不到》等一系列优秀的小说作品，迎来了创作生涯中的一次高峰期，并加入了中国作家协会。然而，这一系列的成绩并没有让路遥满足。在后来的回忆中，路遥说："如果为微小的收获而沾沾自喜，本身就是一种无价值的表现。"路遥的目标，是创作出"一部真正的长篇作品，甚至是长卷作品"，他渴望去挑战这份"本属巨人完成的工作"。

《平凡的世界》封面

1984年，路遥开始筹备这项"巨人的工作"。到1988年，百万字的长篇巨著《平凡的世界》终于完成。《平凡的世界》是路遥的代表作之一，也是中国当代文学史上的一部巨著。这部作品以20世纪70年代中期到80年代中期的中国农村为背景，通过描写孙少安、孙少平等普通人的生活与奋斗，展现了那个时代的社会风貌与人民精神。

首先，《平凡的世界》在人物塑造方面取得巨大成功。作品中的人物形象鲜明、立体，具有深刻的人性内涵。孙少安、孙少平等主要人物不仅具有各自的性格特点，而且他们的命运也反映了当时社会的历史变迁。路遥通过对这些人物的细致刻画，使得读者能够深入了解他们的内心世界和成长历程，感受到他们在平凡生活中所展现出的不平凡品质。

其次，《平凡的世界》在情节设置上也颇具匠心。作品以孙家兄弟的成长为主线，穿插了众多生动有趣的情节和细节。这些情节和细节不仅使得作品具有强烈的故事性和可读性，而且通过它们展现了当时社会的风貌和人民的精神面貌。同时，路遥还善于运用对比和象征等手法，使得作品在表达上具有更加丰富的层次和内涵。

最后，《平凡的世界》在语言运用上也达到了很高的水平。路遥的语言质朴而生动，情感真挚而深沉。他善于运用平实的语言描绘出丰富的生活场景和人物形象，使得作品具有强烈的感染力和生命力。同时，路遥还善于运用方言和俗语等口语化表达方式，使得作品更加贴近人民的生活和口语习惯，增强了作品的真实感和可信度。

《平凡的世界》不仅具有很高的文学价值，而且具有深刻的社会意义。这部作品通过对普通人生活的描写和反映，展现了当时社会的历史变迁和人民的精神面貌。它揭示了那个时代的社会矛盾和问题，同时也展现了人民在面对困难和挑战时所展现出的坚韧和勇气。

多年来持续不断的辛劳写作，路遥创作了一部部经典之作，也严重透支了他的心力和体力。1992年11月17日，路遥因病医治无效在西安逝世。在路遥的追悼会上，作家陈忠实说过这样一句话："一颗璀璨的星从中国文学的天宇陨落了！一颗智慧的头颅中止了异常活跃异常深刻也异常痛苦的思维。"

笔者至今仍清楚地记得当初阅读路遥作品《人生》时所体会的那种巨大的精神震撼。陕西作家像柳青、路遥、陈忠实、邹志安、京夫等人，都有一种文学圣徒的"殉道"精神，他们视文学为神圣之事业，甘愿为文学"虽九死而不悔"。身处劣境却不断挑战苦难自强奋斗，这就是路遥精神的核心价值。不管中国现当代文学史怎么评价和定位路遥，笔者始终认为路遥是一个现实主义作家，一个伟大的现实主义作家。路遥去世后，人们写了大量的文章缅怀并纪念他，在全国范围内形成"路遥热"风潮。

至今为止，没有任何一个作家能像路遥那样，具有持久且永恒的魅力。路遥的死衬托出了一些作家的"小"和卑劣。只要这个社会还存在着各种制度上的缺陷，存在着种种不公，存在着城乡对立，存在着小人物的奋斗和迷茫，路遥精神就永不会过时。

陈忠实

▶▶▶ 陈忠实（1942—2016）

陕西西安人，著名作家。中国作家协会副主席、陕西省作家协会名誉主席。著有《到老白杨树背后去》《初夏》《四妹子》《告别白鸽》等作品。曾获"全国优秀短篇小说奖""全国优秀报告文学奖"等全国重要奖项，《白鹿原》获第四届"茅盾文学奖"。1942年8月，出生于陕西省西安市灞桥区霸陵乡西蒋村（今属席王街道办）。1959至1962年，在西安市第三十四中学上学。1962年，高中毕业回乡务农，业余从事文学创作。1965年，开始发表作品——散文处女作《夜过流沙沟》。1968年11月至1978年7月，任陕西省西安市郊区毛西公社党委副书记、革命委员会副主任。1973年，发表短篇小说《接班以后》。1979年，加入中国作家协会。1982年末，调入陕西省作家协会，从事专业创作。1985年，完成中篇小说《蓝袍先生》；同年，出版文集《陈忠实自选集》。1985年7月至1993年4月，任陕西省作家协会副主席。1986年，完成中篇小说《四妹子》。1991年，出版短篇小说集《到老白杨树背后去》。1993年，出版长篇小说《白鹿原》。1993年4月至1996年12月，任陕西省作家协会主席。1997年，凭借《白鹿原》获得茅盾文学奖。2001年起，任中国作家协会副主席。2007年，发表短篇小说《李十三推磨》；同年，《李十三推磨》获2007年茅台杯人民文学奖。2015年，出版短篇小说集《白鹿原纪事》。著有《陈忠实文集》（七卷本）等，作品被译为英、法、俄、日、韩、越、蒙等语种文字出版。2016年4月29日，因病在西安去世。

陈忠实与《白鹿原》

《白鹿原》以陕西关中地区白鹿原上的白鹿村为缩影，通过讲述白姓和鹿姓两大家族祖孙三代的恩怨纷争，表现了从清朝末年到20世纪七八十年代长达半个多世纪的历史变化。

正如文学评论家白烨先生所指出的那样，《白鹿原》是一部总括了新时期中国文学全部思考、全部收获的史诗性作品。关于《白鹿原》是否能构成史诗性作品一度有过争议，这里笔者可以斩钉截铁地说，对于这个问题今后我们不需要再做任何讨论了。如果说《白鹿原》还够不上是史诗性作品的话，那么请问中国当代文学作品中还有哪一部作品可以称为史诗性作品？在笔者看来，《白鹿原》是中国当代文学史上业已成为经典的作品中很特殊的一部，它的伟大之处在于，它立足

《白鹿原》封面

于它所要描写的那个时代，而又超越了那个时代；它包含了一切的文学性，而又超越了一切的文学性。

《白鹿原》一书成功地塑造了白嘉轩、朱先生、冷先生、鹿子霖、田小娥、黑娃、鹿兆鹏、鹿兆海、白孝文、白灵、鹿三等众多人物形象，其中尤以白嘉轩为代表。毫无疑问，白嘉轩是《白鹿原》一书中最重要的人物之一，是全书的主人公，也是寄托了作者理想和情怀的灵魂人物。书中呈现的白嘉轩的"族长"形象，具有很大的象征性，意味深长。对

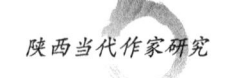

这一人物的分析不能只就文本谈文本,而要透过本文所提供的表面的故事情节,深入人物的内心世界,仔细体会文本之外的"弦外之音"。

作者在描写和刻画白嘉轩这一人物时,采取的是"贴着写"的方式,即完全遵从人物自身的命运轨迹,以此来随物赋形。这一点突破了传统文学观念中长期以来恪守的,长篇小说必须刻画"典型环境下的典型人物"的教条和藩篱。白嘉轩这一人物形象早在中篇小说《蓝袍先生》中就已经定型。无论是在唱念做打等具象上,还是在思想和精神的暗合上,白嘉轩都是蓝袍先生的"加长版"。但是,相对于蓝袍先生,白嘉轩显然要更加成熟,更富内涵和象征。

在《白鹿原》一书中白嘉轩是一个巨大而又复杂的精神存在。他身上包含了太多的东西,已不是一个单纯的人物形象那么简单。有时候他只是一个个体的人,有时候他又是一个民族的精神象征。书中白嘉轩说过这样一句话:"人说宰相肚里能行船。我说嘛……要想在咱原上活人,心上就得插得住刀!"这句话可看作解读白嘉轩心灵的一把钥匙。

白嘉轩首先是一个农民——关中平原上白鹿村的一个农民。同千千万万个乡土中国的农民一样,他经历了中国近现代史上发生的,一切的自然灾害、疾病瘟疫、新旧交替、家族纷争、时局动荡、政权更替,以及随之而来的世道人心的变化和个人命运的悲欢浮沉。中国农民所具有的一切的精神品质,如勤劳、朴实、隐忍、狡黠、自私、狭隘等普遍存在的优点和缺点,在他身上统统都有表现。例如:书中第十八章写白孝文因抽大烟而将三间门房贱卖给鹿子霖。鹿子霖自己不出面,躲在后面,让本家十几个年轻后生前来拆房。对于白嘉轩而言,这无疑是一桩"打脸"的事,内心的苦痛不言而喻,但他偏偏却要装出一副豁达的样子。"出来还笑着说,'快拆快拆,拆了这房就零干了,咱一家该着谢承你子霖叔哩……'"不仅如此,白嘉轩把拐杖靠在肩头,腾出手来抱拳还礼:"子霖呀我真该谢承你哩!这三间门房撑在院子楦着我的眼,我早都想一脚把它踢倒。这下好了你替我把眼里的楦头挖了，把那个败家子撵出去了，算是取掉了我心里的疙瘩。"鹿子霖原以为白嘉轩抓着了满仓的什么把柄儿寻隙闹事，完全料想不及白嘉轩这一番话，悻悻地笑笑说："孝文实在箍得我没……"白嘉轩打断他的话："孝文箍住你踢地卖房我知道……我叫满仓甭走，是他给你把事没办完哩！"鹿子霖说："还有啥事你跟我说，兄弟我来办。"白嘉轩说："你把木料砖瓦都拿走了，这四堵墙还没拆哩。你买房也就买了墙嘛！你的墙你得拆下来运走，我不要一块土坯。"鹿子霖心里一沉，拆除搬走四面墙壁比不得揭椽溜瓦，这十来个人少说也得干三天，这些饿臭虫似的侄儿们三天得吃多少粮食？他瞅一眼街巷里看热闹的人，强撑着脸说："那当然那当然……"白嘉轩仍然豁朗地说："你明日甭停，接着就拆墙，越早越快弄完越好！咋哩？门户不紧沉喀！再说……我也搭手想重盖房哩！"显然，这是典型的农民式的"打肿脸充胖子""死要面子活受罪""打掉牙往肚里吞"。但这正是中国农民的典型特征，也是中国农民特有的生存方式和人生哲学。只有读懂了这些，我们才能读懂中国农民，才能读懂乡土中国。从这个意义上讲，《白鹿原》为乡土中国唱了一曲"颂歌"。

  类似的情形，书中还有好几处。第二十八章在写白嘉轩对待鹿子霖与儿媳之间发生的那些丑事时这样写道："白嘉轩对鹿家这桩家丑自始至终持一种不评论态度。白嘉轩不仅不说，连听这类话也不听，遇见有人说这类话，他就掉头拄着拐杖走开了。平心而论，他更倾向于鹿子霖有那种事。他早都认定鹿子霖在男女之事上，实际就是畜生。但他不能说。世上有许多事，尽管看得清清楚楚，却不能说出口来。有的事看见了认准了，必须说出来；有的事至死也不能说。能把握住什么事必须说，什么事不能说的人，才是真正的男人。"明明知道却要装着一切都不知道。白嘉轩这是"揣着明白装糊涂"，是"看破不说破"，是"难得糊涂"。你说这是生存的策略，还是人生的智慧？无论你承认与否，这都是典型的

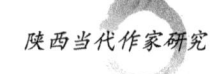

中国人的人生哲学，典型的国民性的表现。

书中第二十章有这样一个情节，很是动人——"四个人围着方桌坐定，孝武动手给每人盅里斟下酒，白嘉轩佝偻着背站起来，刚开口叫了一声'三哥'，突然涕泪俱下，哽咽不住。鹿三惊讶地侧头瞅着不知该说什么好。孝武孝义也默然凝坐着。仙草在一边低头垂泪。白嘉轩鼓了好大劲才说出一句话来：'三哥哇你数数我遭了多少难哇？'在座的四个人一齐低头嘘叹。孝武孝义从来也没见过父亲难受哭泣过。仙草跟丈夫半辈子了也很难见到丈夫有一次忧惧和惶惑，更不要说放声痛哭了。鹿三只是见过嘉轩在老主人过世时哭过，后来白家经历的七灾八难，白嘉轩反倒越经越硬了。白嘉轩说：'我的心也是肉长的呀……'说着竟然哭得转了喉音，手里的酒从酒盅里泼洒出来。仙草侍立在旁边双手捂脸抽泣起来。孝武也难过了。孝义还体味不到更多的东西，闷头坐着。鹿三也不由地鼻腔发酸眼眶模糊了。白嘉轩说：'咱们先干了这一盅。'随之说道：'我有话要给孝武孝义说，三哥你陪着我。我想把那个钱匣匣儿的故经念给后人听……'"读到此处我落泪了。文中那句"经历了七灾八难，白嘉轩反倒越经越硬了"尤其能打动人心，想想谁的人生不是这样呢？这话不知蕴含了多少的人生况味。苦难见证了历史，苦难也考验和升华了人性。白嘉轩正是在经历和饱尝了长达半个世纪的、一连串的来自自然的、社会的、命运的，外在的、内在的，正常的、非正常的，种种磨难、挫折、打击、遭遇之后，一步步地走向成熟，走向更高人生境界，并最终确立起他作为"一族之长"的精神地位。

《白鹿原》一书中关于白嘉轩形象的确立，有一个参照系，那就是鹿子霖。与白嘉轩不同，鹿子霖代表了另一种价值体系，说得具体一点就是功利主义、实用主义、投机主义。尽管鹿子霖有时也会做出一些善举，但这种善是一种"伪善"，存有机心。与鹿子霖的这种"和光同尘"相比，白嘉轩就显得有些顽固、耿介、迂腐和不合时宜。但正是在这种强烈的对比中，白嘉轩才完成了他人格的提升。小说第三十章中有这样两段文字："孝武被任命为白鹿村的总甲长，目睹了鹿子霖被抓被绑的全过程，带着最确凿的消息回到家中，惊魂未定地告诉了父亲。白嘉轩初听时猛乍歪过头'噢'了一声，随之又恢复了常态，很平静地听完儿子甚为详细的述说，轻轻摆一摆脑袋说：'他……那种人……'孝武又把在村巷里听到的种种议论转述给父亲，白嘉轩听了既不惊奇也不置可否。他双手拄着拐杖站在庭院里，仰起头瞅着屋脊背后雄巍的南山群峰，那架势很像一位哲人，感慨说："人行事不在旁人知道不知道，而在自家知道不知道；自家做下好事刻在自家心里，做下瞎事也刻在自家心里，都抹不掉；其实天知道地也知道，记在天上刻在地上，也是抹不掉的。鹿子霖这回怕是把路走到头了。"按说这是扳倒鹿子霖的绝佳时机，但白嘉轩没有那样做。尽管他内心也讨厌和鄙夷鹿子霖的为人处世，但他不能将自己和鹿子霖画等号，他追求光明正大，行事磊落，所以，他非但不落井下石，而且要以德报怨，想方设法搭救鹿子霖。真正的光明绝不是永没有黑暗的时间，只是永不被黑暗所淹没罢了；真正的英雄绝不是永没有卑下的情操，只是永不被卑下的情操所屈服罢了。这就是人性。所以，小说接着写道："白嘉轩拄着拐杖，泥塑一般站在庭院里思虑和总结人生，脑子里异常活跃，十分敏锐，他所崇奉的处世治家的信条，被自家经历的和别家发生的诸多事件一次又一次验证和锤炼，愈加显得颠扑不破。白嘉轩让孝武到县上去搭救鹿子霖，正好发生在鹿贺氏登门之前，完全体现了他'以德报怨以正祛邪'的法则。他在得悉鹿子霖被逮的最初一瞬间，脑子里忽然腾起鹿子霖差人拆房的尘雾。他早已弄清了儿子孝文堕落的原因。他一半憎恨鹿子霖的卑劣，又一半谴责自己的失误。现在他无疑等到了笑傲鹿子霖身败名裂的最好时机。他没有幸灾乐祸，反而当即做出搭救鹿子霖的举措，就是要在白鹿村乃至整个原上树立一种精神。他几乎立即可以想见鹿子霖在狱中得悉他搭救自己时该会是怎样一种心态，难道鹿子霖还会继续得意于自己在孝文身上的杰作吗？对心术不正的人难道还有比这更厉害的心理征服办法吗？让所有人都看看，真正的人是怎样为人处世，怎样待人律己的。"中国传统文化最终的体现是人格的养成。儒家文化熏陶下的白嘉轩的人格是君子人格，所以他能"以德报怨"。而鹿子霖的人生哲学是"能享福也能受罪，能人前也能人后，能站起也能圪蹴得下，才活得坦然，要不就只有碰死到墙上一条路可行了。"两者的差距和高下不言自明。

白嘉轩的人生信条是"自信平生无愧事，死后方敢对青天。"这是乡土中国对人在道德上的一个最低也可以说是最高的要求。文化传统在中国基层社会的表现是"民间文化""民间信仰""民风民俗"，是一种建立在一定身份基础之上的，一种自觉的"文化认同"和自我选择。作为"一族之长"的白嘉轩终其一生念兹在兹，他誓死捍卫的正是这样的一种思想体系和价值观念。这种价值观念使得中国社会在几千年中能长期保持稳定。

书中第二十章写道：白嘉轩仍然沉静地说："三哥呀！你回想一下，咱们在一搭多年，凡我做下的事，有哪一件是悄悄摸摸弄下的？我敢说你连一件也找不下。'交农'那事咋闹的？咱把原上的百姓吆喝起来，摆开场子列下阵势跟那个贪官闹。族里的事嘛还是这样，黑娃媳妇胡来，咱把她绑到祠堂处治，也是当着众人的面光明正大地处治；孝文是我的亲儿也不例外……"鹿三听着，似乎还真的找不出一件白嘉轩偷偷摸摸干的事体来。白嘉轩镇定地说："我一生没做过见不得人的事。凡是怕人知道的事就不该做，应该做的事就不怕人知道，甚或知道的人越多越显得这事该做……你俩记住这个分寸。"白嘉轩这话与其说是对儿子的教育，不如说是对今天我们所有人的一种劝勉和期许。不能不令人为之动容。

通读《白鹿原》，我们不难明白这样一个事实：白嘉轩由凡入圣的过程既是他个人生命和人格的成长史，也是我们这个民族的精神成长史。

发生在白嘉轩身上的一切好的和不好的，光彩和不光彩的，理性和非理性的，种种的行为和思想，它实际上构成了我们这个民族的"秘史"。一言以蔽之，白嘉轩这个人物是颇具深意的，他身上体现了太多的东西，包含了太多的东西，也寄托着太多的东西，既亘古不变，又历久弥新，是一个永恒的、开放的"时代命题"，值得我们下一番大功夫做深入、细致的扎实研究。

按照陈忠实先生自己的说法，小说是虚构的艺术，《白鹿原》中其他人物都是虚构的，但唯有白鹿书院的朱先生是有原型的，其原型是关中大儒，晚清举人，人称'牛才子'的牛兆濂"。不仅如此，陈忠实还说，他在构思《白鹿原》时，第一个浮现到眼前的人物便是这位"牛才子"。陈忠实将"牛"字下面加了个"人"，变成了"朱"字。陈忠实先生家在西安市灞桥区的西蒋村，牛兆濂先生的故居在蓝田县的华胥镇，仅隔着一条灞河，遥遥相望。陈忠实先生从小就经常听到有关牛才子的故事，家里的中堂挂的就是牛才子的字。因此牛才子深深地融入陈忠实先生的血液和骨子里，这个人物对陈忠实先生影响很大。

显然朱先生在《白鹿原》一书中实际上代表的是中国知识分子的形象。朱先生的所作所为、所遭所遇、所感所痛，实际上代表了中国知识分子在20世纪扮演的角色、面临的处境、承担的使命、走过的道路以及坎坷而又悲怆的历史命运。朱先生是一个智慧超群，甚至是带有某种预见性和神秘色彩的人物。他自幼苦读，昼夜吟诵，孤守书案，淡泊名利。他睿智有学问，贯天通地，未卜先知，常一语道破天机。他一介书生，两袖清风，仅凭一张嘴，几句话就成功解除了从甘肃反扑过来的方巡抚的二十万清兵，救万民于水火，立下不世之功。但即便是他这样的一位先知先觉式的启蒙人物，一旦置身于一个"转折的时代"，面临革命的浪潮，无论其个人多么地力挽狂澜和自我牺牲，却无论如何也阻挡不住历史的滚滚洪流，成为"旋涡中的人"，像一片树叶一样，身不由己地被时代的洪流裹挟而下，直奔某种归宿。

朱先生是以一个圣人的形象出现在世人面前的。小说第二章借白嘉轩之口引出这位"圣人"。白嘉轩第一次看见姐夫朱先生时竟有点儿失望。因为他觉得朱先生的模样普普通通，走路的姿势也普普通通。与传说中那个神乎其神的神童才子形象无法统一起来。所以母亲在迎亲和送嫁的人走后问他："你看你大姐夫咋样？"白嘉轩拉下眼皮沮丧地说："不咋样。"但是等到白嘉轩自己读书，渐明事理以后，他开始敬重起朱先生来，并从内心断定朱先生就是一位圣人。白嘉轩的认识转变正好印证了这样一个事实，那就是在现实世界中往往是凡圣杂居，圣人常常是以凡人的面目出现的。所以古人才说，圣贤庸行。接下来作者陈忠实写下了一大段文字，以此来阐释白嘉轩同时也是作者自己对圣人与凡夫差别的认识。"圣人能看透凡人的隐情隐秘，凡人却看不透圣人的作为；凡人和圣人之间有一层永远无法沟通的天然界隔。圣人不屑于理会凡人争多嫌少的七事八事，凡人也难以遵从圣人的至理名言来过自己的日子。圣人的好多广为流传的口歌化的生活哲理，实际上只有圣人自己可以做得到，凡人是根本无法做到的。""房是招牌地是累，攒下银钱是催命鬼。"这是圣人姐夫的名言之一，乡间无论贫富的庄稼人都把这句俚语口歌当经念。当某一个财东被土匪抢劫了财宝又砍掉了脑袋的消息传开，所有听到这消息的男人和女人就会慨叹着吟诵出圣人的这句话来。人们用自家的亲身经历或许多耳闻目睹的银钱催命的事例反复论证圣人的圣言，却没有一个人能真正身体力行。凡人们兴味十足甚至幸灾乐祸一番之后，很快就置自己刚刚说过的血淋淋的事例于脑后，又拼命去劳作挣钱，迎接催命的鬼去了，在可能多买一亩土地再添一座房屋的机运到来的时候绝不错失良机。凡人们绝对信服圣人的圣言而又不真心实意实行，这并不是圣人的悲剧，而是凡人永远成不了圣人的缘故。圣人姐夫一眼便看出了白鹿的形状，"你画的是一只鹿啊！"一句话点破了凡人眼前的那一张蒙脸纸，豁然开朗。凡人与圣人的差别就在眼前的那一张纸，凡人投胎转世都带着前世死去时蒙在脸上的蒙脸纸，只有圣人是被天神揭去了那张纸投胎的。凡人永远也看不透眼前一步的世事，而圣人对纷纭的世事洞若观火。凡人只有在圣人揭开蒙脸纸点化时才恍悟一回，之后那纸又浑全了，又变得黑瞎糊涂了。由此可见，朱先生的身上交织着神性与人性的因子，二者交替出现，呈现出一种驳杂难辨的精神面貌。有读者认为，整部《白鹿原》最不真实的人物就是朱先生了。朱先生太神了，太理想化了，太完美了。的确如此，在《白鹿原》一书中，朱先生是一个被有意拔高和神化了的，几近完美的人物。在这个人物身上倾注了作者陈忠实先生太多的个人情感，也寄托了他的一些美好期许，代表了他对这个世界和人生所持的一些根本看法和理解。

小说第五章写道：白嘉轩和鹿子霖联手带领村民修复祠堂，又利用三间厦屋建了一个学堂之后，两人前往白鹿书院拜见朱先生。朱先生竟然打拱作揖跪倒在地"二位贤弟请受愚兄一拜"。两人吃了一惊，面面相觑忙拉朱先生站起，几乎同声问："先生这是怎么了？"朱先生突然热泪盈眶："二位贤弟做下了功德无量的事啊！"竟然感慨万端慷慨激昂起来："你们翻修祠堂是善事，可那仅仅是个小小的善事；你们兴办学堂才是大善事，无量功德的大善事。祖宗该敬该祭，不敬不祭是为不孝；敬了祭了也仅只尽了一份孝心，兴办学堂才是万代子孙的大事；往后的世事靠活人不靠死人呀！靠那些还在吃奶的学步的穿烂裆裤的娃儿，得教他们识字念书晓以礼义，不定那里头有治国安邦的栋梁之材呢。你们为白鹿原的子孙办了这大的善事，我替那些有机会念书的子弟向你们一拜。"白嘉轩也被姐夫感染得热泪涌流，鹿子霖也大声谦和地说："朱先生看事深远。俺俩当初只是觉得本村娃娃上学方便……"作为前清的一位举人，朱先生从小深受儒家文化影响，某种程度上讲，他本身就是中国传统文化的象征，在他身上凝聚了儒家文化最精深的奥义。正是因此，他有一种

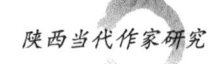

人格的魅力。这种人格的魅力不仅让守旧的白嘉轩们折服，让新潮的鹿兆鹏、白灵们折服，让那些杀人不眨眼的军阀们折服，就连一向桀骜不驯、野性十足的土匪黑娃也拜倒在他脚下，成为他"最好的学生"。这就是文化的力量——中国传统文化的力量。

朱先生一生都在教育人，"学为好人"，是他一生的行事准则和做人信条。但是后来，当黑娃请求朱先生再给他指点一本书的时候，朱先生却说："噢！你还要念书？算了，甭念了。你已经念够了。"黑娃谦恭地笑着："先生不是说学无止境吗？况且我才刚刚入门儿。"朱先生说："我已经不读书不写字了。我劝你也再甭念书了。"黑娃疑惑地皱起眉头。朱先生接着说："读了无用。你读得多了名声大了，有人就来拉你写这个宣言那个声明。"黑娃悲哀地说："我只知你总是向人劝学，没想到你劝人罢读。"朱先生说："读书原为修身，正己才能正人正世；不修身不正己而去正人正世者，无一不是盗名欺世；你把念过的书能用上十之一二，就是很了不得的人了。读多了反而累人。"（第三十二章）一个一辈子都在教人读书、劝人读书的人，最终却得出一个结论——书读多了反而累人，这是多么地具有警醒意义。古人将读书分为"为己之学"和"为人之学"。朱先生奉行的是"为己之学"，强调"君子慎独"。小说第六章有这样一个情节：朱先生诵读圣贤书时，全神贯注如痴如醉如同进入仙界。门房老者张秀才来报告，说省府衙门有两位差人求见。朱先生头也不抬："就说我正在晨诵。"张老秀才回到门口如实报告："先生正在晨诵。"两位差官大为惊讶，晨诵算什么？不就是背书念书吗？念书背书算什么搁不下的紧事呢？随之就对门房张秀才上了火："我这里有十万火急命令，是张总督的手谕，你问先生他接也不接？"张秀才再来传话，朱先生说："我正在晨读。愿等就等，不愿等了请他们自便。"差官听了更火了，再三申明："这是张总督的手谕，先生知道不知道张总督？"张秀才说："皇帝来也不顶啥！张总督比皇帝还高贵？等着！先生正在晨诵。"两位差官只好等着，张秀才不失礼仪为他们沏了茶。在《白鹿原》一书中，这只能说是一个很小的细节，连故事情节都算不上。但正是这样的一个细节，却显示出了朱先生的风骨和气节，表现了中国知识分子"以道抗势"的传统和精神。

朱先生知行合一、体悟不二，将学问和生命融为一体，继承和弘扬了儒家"士不可不弘毅，任重而道远"的精神。国难当头，他一介书生，却主动奔赴前线，欲杀身成仁，不料壮志难酬、报国无门。无奈之下，只好返回白鹿原，组织人力编撰县志，保存历史，意图走文化救国之路。不料，克服重重困难，历尽千辛万苦编撰成的县志，当局竟以经费不足为由，弃之如敝屣。这一结局实际上反映了知识分子在现实世界中的尴尬境遇。20世纪的头几十年，中国的知识分子一直承担着思想启蒙的角色，他们"铁肩担道义，妙手著文章"，一直想以自己的笔和口唤醒沉睡的大众。不料，在现实中他们往往遭遇一种尴尬的两难境遇——有心劝世，无力回天。知识分子因为思想的卓尔不群、行为的特立独行常常被世人视为愚妄、狂癫。他们的先知先觉，恰恰成了世人疏远他们的理由。比如像朱先生这样的人，在我看来就是上天从芸芸众生中挑选出来承担某项特殊使命的人。上天怜悯我们才派他们来引导我们、拯救我们，他们爱极了，也恨透了。然而，世人愚妄，名利遮眼，往往视这些人为"异类"，加以排挤甚或迫害。悲剧由此诞生。小说中，最后朱先生临去世的时候，朱白氏看见一头白鹿越墙而过，包括写朱先生去世之后，白嘉轩跪在地上说："世上肯定再也出不了这样的先生喽！"这些其实都是饱含深意的。

很多人认为，在《白鹿原》一书中，冷先生是一个并不怎么重要的"小人物"，大多数时候他所起的作用只是一种功能性的衬托，若隐若现，若有若无。有人甚至认为，冷先生医术并不高明，是一个庸医，他治死的人远比他救活的人多。还有人认为，冷先生自私自利、冷酷无情，在与白鹿两家联姻这件事上，他精于算计，充分利用了白嘉轩和鹿子霖的争名夺利之心，从而让自己一跃成为白鹿原上的体面人之一。为了维护这种来之不易的体面生活，他甚至不惜牺牲女儿的终身幸福，要求她守活寡，做贞洁烈女，冷到极点。这样的认识不能说一点儿道理都没有，只能说是仅仅停留在文字表面。如果我们结合人物的命运和内心活动，特别是放在乡土中国这样一个特定的历史背景和语境下，仔细阅读文本，包括文字背后所蕴含的思想的话，便不难发现这种认识是一个多么大的"误读""误解"和"误会"。

如果说朱先生这个人物多少还有些"虚"，存在一定程度的"拔高"和"美化"的话，那么冷先生这个人则要平实得多，也要真实得多。相对于朱先生，冷先生更人性，更真实，更接近我们。就小说表达的思想内容而言，与朱先生一样，冷先生也是中国传统文化的一部分，代表着中国的中医文化。小说第一章写道：冷先生是白鹿原上的名医，穿着做工精细的米黄色蚕丝绸衫，黑色绸裤，一抬足一摆手那绸衫绸裤就忽悠悠地抖；四十多岁年纪，头发黑如墨染，油亮如同打蜡，脸色红润，双目清明，他坐堂就诊，门庭红火。冷先生看病，不管门楼高矮，更不因人废诊，财东用轿子抬他或用垫了毛毯的牛车拉他去他会去，穷人拉一头毛驴接他他也去，连毛驴也没有的人家请他他就步行着去了。财东们封金赏银他照收不误，穷汉家给几个铜元麻钱他也坦然装入衣兜，穷得一时拿不出钱来的人，他也不逼不索甚至连问也不问。任就诊者自己手头活泛的时候给他送来。他落下了好名望。他的父亲老冷先生过世时，十里八乡凡经过他救活性命的幸存者以及仰慕他医德的乡里人送来的金字匾额和挽绸挂满了半条街。冷先生坐上那张用生漆漆得乌黑锃亮的椅子，人们发现他比老冷先生更冷。他不多说话，倒也不怠慢焦急如焚的患者。他永远镇定自若、成竹在胸，看好病是这副模样看不好也是这副模样看死了人仍是这副模样，他给任何患者以及比患者更焦虑急迫的家人的印象永远都是这个样子。看好了病那是因为他的医术超群，此病不在话下，因而不值得夸张称颂，看不好病或看死了人那本是你不幸得下了绝症而不是冷先生医术平庸，那副模样使患者和家人坚信即使再换一百个医生，即使药王转世也无可奈何。"医者仁心""大医精诚""不为良相，当为良医"。中国传统文化对行医有着很高的道德要求。冷先生无疑是这方面的一个典型人物。他之所以能赢得人们的尊敬，靠的就是他的这种人品道德和医德医术。

笔者小时候在农村生活，见过不少像冷先生这样的人，老百姓称他们为"赤脚医生"或"村医"。他们不见得医术有多高明，也就是能处理个头疼脑热、着凉风寒之类的常见病，顶多再加个接生。但因为稀缺，所以显得珍贵。这样的人因为懂医术，关键时候能救死扶伤，所以人们常有求于他。久而久之，他便成了乡里的"能人"，树立起一定的权威。有了权威之后，他便顺理成章地取得了"参政议政"的权利。村里遇到大小事，包括村民的家长里短、纠纷、诉讼等，总要请他出面"调停""干涉""斡旋"，主持公道。这样的人实际上已经成为中国乡村治理的一部分，是一种相对独立的民间力量。他们处理村务很大程度上依靠的是个人魅力，但他们为人正派、处事公正，能主持公平正义，所以老百姓买他们的账。几千年来，中国农村社会靠的就是他们这些人在维系世道人心。这样的人我们可以称之为"乡贤"。这样的文化我们称之为"乡贤文化"。冷先生就是"乡贤文化"的一个典型代表。

作为乡贤，冷先生就像他的名字一样，任何时候都不动声色，冷着脸。但这是一种"外冷内热"，外表看上去冷静、冷淡，甚至是冷酷，但内心却是无比的炽热。小说第十七章有这样两段文字：冷先生第二天照旧去给白嘉轩敷药，看着忍着痛楚仍然做出平静神态的亲家，又想起前一晚自己的判断：嘉轩能挨得起土匪拦腰一击，绝对招架不住那个传言的打击。冷先生心里十分难过、痛苦，脸上依然保持着永不改易的冷色调，像往昔一样连安慰的话也不说一句,只顾经心治伤。过了难耐的三伏又过了淫雨绵绵的秋天,当白嘉轩腰伤治愈重新出现在白鹿村街巷里的时候,埋在冷先生心底的那句可怕的传言等到了出世的时日。他为如何把这句话传给嘉轩而伤透了脑子,似乎从来也没有为说一句话而如此费心的情况……读到这里你能说冷先生是一个冷酷的人吗?接下来小说写道:冷先生瞅着佝偻在椅子上的白嘉轩说:"兄弟,我看人到世上来没有享福的尽是受苦的,穷汉有穷汉的苦楚,富汉有富汉的苦楚,皇官贵人也有难言的苦楚。这是人出世时带来的。你看,个个人都是哇哇大哭着来这世上,没听说哪个人落地头一声不是哭是笑。咋哩?人都不愿意到世上来,世上太苦情了,不及在天上清静悠闲,天爷就一脚把人蹬下来……既是人到世上来注定要受苦,明白人不论遇见啥样的灾苦都能想得开……"冷先生一次说下这么多话连他自己也颇惊诧。

小说中最感人的一个情节是冷先生在得知女婿鹿兆鹏被捕入狱,而且极有可能被判处极刑后,他临危不乱,沉着冷静,不惜用全副家当去买通田福贤,救了鹿兆鹏一命。这充分显示了冷先生的深明大义和重情重义。这样的一个人你能说他是"小人物"吗?

除了白嘉轩、朱先生、冷先生以外,《白鹿原》一中还有两个人物也值得一说——白孝文和黑娃。这两个人的共同点是人生都大起大落,极富传奇色彩,但无论其怎么折腾,他们的人生轨迹都可以用一句话来概括,"走出白鹿原"和"重返白鹿原"。小说中,白嘉轩说过一句意味深长的话:"凡是生在白鹿村炕脚地上的任何人,只要是人,迟早都要跪倒到祠堂里头的。"中国人,任你叱咤风云,三头六臂,最终都要回到出生的地方。这就是中国人的故乡情结,根深蒂固。人年轻时拼命想往外闯,离开出生的地方,到大城市去,有人甚至发誓再也不想回到故乡,但是到了老年,走遍了世界,看遍了风景,最后念念不忘的还是生于斯、长于斯的故乡。树高千丈,叶落归根。临终时一切似乎又回到起点。说穿了人的一生就像画了一个圈。正是在这种浓厚乡土情结和"精神还乡"思想的支配下,白孝文和黑娃在人生巅峰的时候,都不约而同地选择了衣锦还乡。

小说第三十章这样描写黑娃携妻回乡祭拜祠堂的情形:白嘉轩把拐杖靠在门框上,双手扶起匍匐在膝下的黑娃。黑娃站起来时已满含热泪:"黑娃知罪了!"白嘉轩只有一个豁朗慈祥的表情,用手做出一个请君先行的手势,把黑娃和朱先生以及高玉凤让到前头,自己拄着拐杖陪在右侧,走过祠堂庭院砖铺的甬道,侍立在两旁和台阶上的族人们拥挤着伸头踮脚。两支木蜡已经点燃,孝武侍立在香案旁边,把紫香分送给每人三支。白嘉轩点燃香插入香炉就叩拜下去:"列祖列宗,鹿姓兆谦前来祭奠,求祖宗宽恕。"黑娃在木蜡上点香时手臂颤抖,跪下去时就哭喊起来,声泪俱下:"不孝男兆谦跪拜祖宗膝下,洗心革面学为好人,乞祖宗宽容……"朱先生也禁不住泪花盈眶,进香叩拜之后站在白嘉轩身边。高玉凤最后跪下去,黑娃跪伏不起,她也一直陪跪着。白嘉轩威严地说:"鹿姓兆谦已经幡然悔悟悔过自新,祖宗宽仁厚德不计前嫌。兆谦领军军纪严明已有公论,也为本族祖宗争气争光,为表族人心意,披红——"白孝武把一条红绸递到父亲手上,白嘉轩亲手把红绸披挂到黑娃肩头。黑娃叩拜再三,又转过身向全体族人叩拜。他从妻子玉凤手里接过一个红绸包裹的赠封,交给白嘉轩说:"我的一点薄意,给祖宗添点香蜡。"这是全书中除了鹿兆海下葬那一节外,让笔者流泪最多的一个情节。黑娃这个白鹿原上最不安分、最富叛逆精神的人,在经历了人生的一番大起大落之后,幡然悔悟,最终跪倒在列祖列宗的膝下。这一情节有着很深的象征意义。它象征着以血缘关系为纽带的宗法社会及其伦理道德对中国人的精神影响。接着,小说继续写了黑娃与父亲的相认。尽管这一对父子曾经关系紧张,疙疙瘩瘩,针锋相对,水火不容,以至反目成仇,但血浓于水,最终他们还是仇必和解。黑娃走到铡墩跟前跪下去,叫了

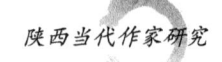

一声"大",泪如泉涌。鹿三停止了塞青草,痴呆呆地盯着儿子:"噢!你回来了……回来了好……"尽管只是一句简单的对白,但却蕴含着无尽的人生况味,其中滋味如人饮水,冷暖自知。饭后暮色苍茫。兔娃用笼提着阴纸,引着哥哥黑娃和嫂嫂玉凤去给母亲上坟,他悄悄说:"哥呀,我想跟你到保安团去?"黑娃沉思半响,断然拒绝说:"兄弟你甭去。你还不懂。再说你走了谁给咱家顶门立户呢?"兔娃再不强求。慢坡地根一堆青草叶蔓覆盖着母亲的坟丘,黑娃痛哭一声几乎昏迷过去。他久久地跪在坟前默默不语。这一场景像电影画面一般定格在读者的心中,引发长久的沉思。

相对于黑娃,白孝文的返乡更复杂,也更富深意。对此,小说第二十七章有细致的描写:白孝文携妻回原上终于成行,俩人各乘一匹马由两个团丁牵着。白孝文穿长袍戴礼帽,一派儒雅的仁者风范。太太一身质地不俗颜色素暗的衣裤,愈显得温柔敦厚高雅。在离村庄还有半里远的地方,孝文和太太先后下得马来,然后徒步走进村庄,走过村巷,走到自家门楼下,心里自然涌出"我回来了"的感叹。弟弟孝武恰好迎到门口,抱拳相揖道:"哥你回来了!"白孝文才得着机会把心里那句感叹倾泄出来:"我回来了!"及至进入上房明厅,父亲没有拄拐杖,弯着腰扬着头等待他的到来,白孝文叫了一声"爸"就跪伏到父亲膝下,太太随即跪下叩头。白嘉轩扶起孝文,就坐到椅子上。注意,白孝文是在距离村庄还有半里远的地方就下马步行的。这一细节折射出的是一种低调的品质,一种高贵的教养。这一切要归功于白嘉轩的家风。与黑娃一样,白孝文也在祠堂拜谒了祖宗,祭奠了祖坟。唯一不同的是,做完这一切之后,白孝文在行将离开白鹿原返回县城时,却生发出一番人生的感叹来。谢辞了上至婆下至弟媳们的真诚的挽留,白孝文和太太于日头搭原时分启程回县城,他坚辞拒绝拄着拐杖的父亲送行,白嘉轩便在门楼前的街巷里止步。白孝文依然坚持步行走出村庄很远了,才和送行的弟弟们分手上马。他默默地走了一阵又回过头去，眺见村庄东头崖坡上竖着一柱高塔，耳边便有蛾子动翅膀的声音，那个窑洞里的记忆跟拆房卖地的记忆一样已经沉寂，也有点公鸡面对蛋壳一样的感觉。他点燃一支白色烟卷猛吸了一口，冷不丁对太太说："谁走不出这原谁一辈子都没出息。"太太温存地一笑："可你还是想回来。"白孝文说："回来是另外一码事。"白孝文不再说话，催马加快了行速。太太无法体味他的心情，她没有尝过讨来的剩饭剩菜的味道，不知道发馊霉坏的饭菜是什么味道，更不知道白孝文当时活的是什么味道。在土壕里被野狗当作死尸几乎吃掉的那一刻，他几乎完全料定自己已经走到人生尽头，再也鼓不起一丝力气，燃不起一缕热情跨出那个土壕，土壕成为他生命里程的最后一个驿站。啊！鹿三一句嘲讽调侃的话——"你去吃舍饭吧"，把他推向那口沸腾着生命液汁的大铁锅前。走过了从土壕到舍饭场那一段死亡之旅，随之而来的不是一碗辉煌的稀粥，而是生命的一个辉煌的开端……好好活着！活着就要记住，人生最痛苦最绝望的那一刻是最难熬的一刻，但不是生命结束的最后一刻；熬过去挣过去就会开始一个重要的转折，开始一个新的辉煌历程；心软一下熬不过去就死了，死了一切就都完了。白孝文现在以这种深刻的人生体验呼唤未来的生活，有一种对生活的无限热情和渴望。他又一次对他的太太说："好好活着。活着就有希望。"大概没有人比白孝文更能体会出人生的无常和世态炎凉了，正因为如此，他才会对人生有这一番大彻大悟。

《白鹿原》旨在为我们这个民族树碑立传，它忠实地记录了我们这个民族从清朝末年到20世纪五十年代，长达半个多世纪的历史变迁，为我们活画出一幅20世纪上半叶中国农村社会形象的历史画卷。它既是一部家族史、风俗史，个人命运的沉浮史，也是一部浓缩了的民族命运史和心灵史。清末民初的国学大师金松岑先生认为，没有历史根底，文章写不深，也写不好，其极不过华而不实。因此，他主张写文章的人必须要精读"四史":"《史记》单行之气盛,为韩、柳古文之先导;《汉书》庄重,多偶句,开六朝骈体;《后汉书》典雅;《三国志》精劲;都是非读不可的。"过去的作家都是文史不分家。文章要写得好,一定要有史学功底。单就文学而文学,是写不出真正意义上的、能传之后世的东西的。写作的"历史意识",这一点在陈忠实写的《白鹿原》一书中表现得尤为突出,可以说基本实现了作者所认同的巴尔扎克的观点"小说被认为是一个民族的秘史",因此也体现了陈忠实的创作动机。关于这一点陈忠实先生在他的创作手记《寻找属于自己的句子》一书中有详尽的叙述,兹不多言。如果说作者仅仅只是做到了"忠实记录"这一点,那么《白鹿原》还算不上是第一流的作品,还够不上是经典。《白鹿原》一书的可贵之处在于,它能够打破时间、政党、国家、民族等诸多因素的局限,具有持久性和超越性。这样的作品自然可以经得起时间和人心的考验,融入历史的长河,最终成为放之四海而皆准的、不朽的经典之作。

贾平凹

▶▶▶ **贾平凹**（1952— ）

　　陕西省商洛市丹凤县人，我国当代文坛屈指可数的文学大家和文学奇才，当代中国最具叛逆性、最富创造精神和具有广泛影响力和世界意义的作家，当代中国可以进入中国和世界文学史册的为数不多的著名文学家之一，被誉为"鬼才"。贾平凹1973年开始发表作品，1975年毕业于西北大学中文系，先后任陕西人民出版社、《长安》文学杂志编辑，1982年起从事专业创作，1986年出版长篇小说《浮躁》，获美孚飞马文学奖。1992年创刊《美文》杂志任主编，散文《丑石》入选语文课本，出版散文集、诗集多部。1993年出版长篇小说《废都》，获法国费米娜文学奖。先后出版长篇小说《白夜》《土门》《高老庄》《怀念狼》《病相报告》《高兴》《古炉》《老生》《山本》《暂坐》《河山传》多部。2005年出版长篇小说《秦腔》、获茅盾文学奖。先后任西安市作家协会主席、陕西省作家协会主席、中国作家协会副主席。

贾平凹与《秦腔》

贾平凹是中国文坛的一棵常青树。20世纪70年代末80年代初,他以一篇风格独异的短篇小说《满月儿》获1978年首届全国短篇小说奖,又以一本空灵隽永的小说集《山地笔记》走上中国文坛。此后,始终挺立于流派林立、新潮汹涌的中国文学潮头,屡屡充当着弄潮者的角色。纯净、空灵、清新、优美,为他赢得了一代又一代数量巨大的读者;图新求变、永不止步的探索精神,使他各个时期的创作总是能给人以意外的惊喜。

贾平凹是一个具有多方面才能,并且在文学艺术的各个方面都取得了杰出成就的作家。在小说方面,他的短篇、中篇、长篇都有代表一个时期最高成就的名篇佳作,尤其是被人们认为标志一个作家最高成就的长篇小说,《浮躁》《废都》《高老庄》《怀念狼》《秦腔》《高兴》《暂坐》《河山传》等屡获国内外大奖。在散文方面更开了一个时代的散文先河,既有优美空灵的代表作《月迹》,也有捕捉时风流变、浑朴真淳的《商州三录》;他的诗歌公开印行的只有薄薄的几十首,但其格调神韵却足以表现出他根植于民族民间诗歌传统的不凡追求;在文论方面,他没有高头讲章式的专门著作,但其关于自己创作的自述、答问、序跋,散见于散文随笔中的如《卧虎》《丑石》等,却常常点石成金、高屋建瓴,表现出时代和文学的新见解,是漫步式的散文体美学著作,包括书画美学、小说美学、语言美学、社会美学,等等,散见于他的多种文体中的美学观点和理论价值,远远高于同时代许多摆弄名词概念和搬弄教条的所谓理论家的著作。

2005年春天，一部名为《秦腔》的巨著悄然问世，其背后隐藏着的是贾平凹对故乡棣花街深厚的情感和对中国社会历史转型的深刻思考。这部作品以贾平凹的故乡为原型，通过一个叫清风街的地方，生动地展现了近30年的演变和街上芸芸众生的生老病死、悲欢离合。这不仅是一部关于一个地方剧种生成、变迁及特点的记述作品，更是一部揭示中国社会历史转型下农村震荡和变化的鸿篇巨制。

贾平凹以其细腻的笔触和平实的语言，将我们带入了一个充满生活气息和时代感的世界。他采用"密实的流年式的书写方式"，将改革开放时期乡村的价值观念、人际关系在传统格局中的深刻变化一一呈现出来。这种书写方式使得作品充满了真实感，让读者仿佛能够亲身感受到那个时代的气息和氛围。

在《秦腔》中，我们可以看到两条主线交织在一起：一条是秦腔戏曲的兴衰历程，另一条则是农民与土地的关系。这两条主线相互交织、相互影响，共同构成了清风街这个村庄近30年的历史演变。清风街上有白家和夏家两大户，白家虽然早已衰败，但却出了一个著名的秦腔戏曲演员白雪，而白雪则嫁给了夏家的儿子。夏家家族两代人主宰着清风街，他们在坚守土地与逃离土地的变迁中充满了对抗和斗争。这种斗争不仅体现在家族之间，更体现在个人与时代的冲突中。

《秦腔》封面

在描述这些生老病死、悲欢离合的故事时，贾平凹倾注了对故乡的一腔深情和对社会转型期农村现状的深刻思考。他不仅仅是在写一个地方的故事，更是在写整个中国社会的变迁。他以一个作家的观察和笔触，关心、书写大时代里中国的苍生民众。他笔下的每一个人物都是那么真实、那么生动，仿佛就是我们身边的某个人。他们的喜怒哀乐、婚丧嫁娶以及风土人情都被细腻地描绘出来，让我们感受到了黄土地农民的风情和人情之美。

值得一提的是，《秦腔》中的大部分人和事都有原型。这种真实感使得作品更加具有说服力和感染力。贾平凹称"我要以它为故乡竖一块碑"，这句话不仅表达了他对故乡的深厚情感，也体现了他对这部作品的高度期待和认可。正是这样的自我追问和省察，让贾平凹的笔触一直没有离开对普通民众的关注与书写。

茅盾文学奖评委会对《秦腔》给予了高度评价："贾平凹的写作，既传统又现代，既写实又高远，语言朴拙、憨厚，内心却波澜万丈。他的《秦腔》，以精微的叙事，绵密的细节，成功地仿写了一种日常生活的本真状态，并对变化中的乡土中国所面临的矛盾、迷茫，做了充满赤子情怀的记述和解读。"这一评价准确地概括了《秦腔》的艺术特色和深刻内涵。

在获得茅盾文学奖后，贾平凹发表了获奖感言："在我的写作中，《秦腔》是我最想写的一部书，也是我最费心血的一部书。当年动笔写这本书时，我不知道要写的这本书将会是什么命运，但我在家乡的山上和在我父亲的坟头发誓，我要以此书为故乡的过去而立一块纪念的碑子。现在，《秦腔》受到肯定，我为我欣慰，也为故乡欣慰。"这段话不仅表达了他对作品的自信和自豪，也体现了他对故乡和人民的深厚情感。

在《秦腔》座谈会上，著名评论家李敬泽对这部作品给予了高度评价："我吃惊就在于贾平凹这个作家永远能和我们这个时代在出人意表的地方建立一个非常秘密而直接的联系，这种联系在十几年前我们在《废都》中曾经体会过，现在我相信对于中国的农村来说，这一部《秦腔》也是建立一个非常准确而秘密联系的通道。"这段话准确地指出了贾平凹作品的一个重要特点：他能够敏锐地捕捉到时代的脉搏和人民的心声，将它们融入自己的作品中。这种能力不仅使得他的作品具有时代感和现实意义，也使得他成为当代中国文学中不可或缺的一位作家。

《秦腔》是一部具有深刻思想和艺术价值的作品。它通过对一个村庄近30年历史的描写，生动地展现了中国社会历史转型给农村带来的震荡和变化，同时也揭示了人性的复杂和深刻。这部作品不仅让我们看到了黄土地农民的民风和人情，更让我们思考了如何面对时代的变迁和如何保持人性的美好。在这个充满变革和挑战的时代里，《秦腔》为我们提供了一份宝贵的精神财富和思考空间。

《暂坐》是贾平凹继《浮躁》之后，最能传递时代精神，最能表达现代人生活和情绪，最能揭示人生真相，最能代表贾平凹文学理想和精神追求的一部长篇佳作。无论是小说的主题思想还是艺术手法都有很大的创新和突破，达到了贾平凹小说创作的一个新高度。

《暂坐》以西京城为背景，讲述了现代都市里的一群中年女性，在追求经济独立、个性解放、精神自由及理想生活中所遭遇的种种困境，以及困境中所展现出的复杂人性。小说沿用的仍是贾平凹一贯的写作手法——日常生活的哲学表达。小说没有波澜壮阔的历史背景，没有跌宕起伏的故事情节，整部小说采用的是一种写实主义的"人物之间的对话"，真实地还原了泼烦、琐碎、一地鸡毛式的都市日常生活以及这种生活之下的，人的各种情绪和精神状态。长期以来，不少人认为小说就是"讲故事"，基于此，很多作家都挖空心思地"编故事"，靠曲折离奇的故事情节来吸引读者。贾平凹的小说尽管不乏故事情节，但并不以情节取胜。在贾平凹这里故事情节只是一个轮廓，是推动小说发展的背景和线索。与情节相比，贾平凹更看重小说整体气氛的营造、场景的设置、日常的再现以及人物情绪、心理及对话的捕捉和呈现。贾平凹小说写的是日常生活，传达出的却是时代气息。贾平凹对这个急遽变化的时代始终保持着一种极其敏锐的心灵感应，他的小说一直关注着芸芸众生的生存状态

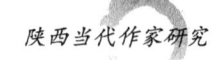

和精神状态。贾平凹笔下的西京城雾霾弥漫，阴晴不定。生活在这个城市的人烦躁，憋闷，昏沉，无处可逃。这既是西京城人的生存状态，也是今天这个时代所有人的普遍生存状态。一言以蔽之，贾平凹的小说真实地表达了现代中国人的生活和情绪。

《暂坐》一书藏有深厚的佛理和禅机。小说伊始写道："杭州有个山寺，挂着一副门联：南来北往，有多少人忙忙；爬高爬低，何不停下坐坐。坐下做甚？喝茶呀。天下便到处都有了茶庄。西京城也就开着一家，名字叫暂坐。"所谓暂坐，就是暂时停下来坐坐，不长久、不彻底、不究竟。小说取名《暂坐》意在告诉我们在人生的旅程中，不要因为追逐功名利禄、金钱权位、名闻利养这些"镜中花水中月"而步履匆匆，以至于迷失了自己的本性。另外，小说一开始写海若精心布置了一个佛堂，准备供养西藏活佛。此后，所有人都望眼欲穿地等待活佛的到来，一遍又一遍地问：活佛啥时候来？但是，直到小说结束，活佛始终都没有来。这一切就像西方那个经典戏剧《等待戈多》一样，荒诞、讽刺。"等待活佛"实际上是小说的一条暗线，它象征着现代人物质丰富、思想匮乏、情感困顿、身心焦虑、道德危机、信仰缺失的精神现状。

贾平凹是一个充满人生智慧的人。他勤学好思，经常能于无声处听惊雷，于无色处见繁花，寄至味于淡泊，发隐忧于日常。他将自己平日里对于艺术、生活、世相、社会、宇宙、人生所做的一些思考和感悟，包括从别人那听来的故事、段子等，以写景、状物、人物对话、心灵独白等多种形式写进小说。这些零星的语句，貌似"闲笔"，实则不然，充满了人生的大智慧。比如小说第三十三章写海若在得知冯迎意外去世的消息后，伤心地回到茶庄二楼，一个人在佛像前，默默地为冯迎上了一炷香，烧了一厚叠宣纸。就在这时，她无意中在冯迎生前读过的一本《妙法莲华经》里，发现书中夹着一页密密麻麻写满文字的纸，那是冯迎的读书笔记。这份读书笔记一共有十五段长短不一的文字，字字珠玑，充满着哲理和智慧。显然，这是作者贾平凹在"有意为之"。《暂坐》一书中类似这样的"闪光的句子"比比皆是。

贾平凹是一个具有自觉理论追求的人。早在1982年，他在散文《卧虎》一文中就旗帜鲜明地宣布自己要"以中国传统的美学方法，真实地表达现代中国人的生活和情绪"，并且将此主张、追求贯穿于此后自己创作实践的全部过程。《暂坐》再次证明了贾平凹实现了自己的这一理想追求。

贾平凹从1973年发表作品以来，他的创作几乎就没有中断过。每一个历史时期，贾平凹都有重要作品问世。他以他的作品与这个时代建立起了"一个秘密通道"。不仅是小说，他的散文和书画也成为人们长期关注的热点，被称为"贾平凹现象"。然而，正如古人所言"名满天下，谤也随之"。贾平凹的著作一直有争议，有时还颇大。无论是80年代初期的《山镇夜店》《亡夫》等中短篇小说，还是长篇小说《废都》等，乃至书法和绘画，一直备受争议。贾平凹自己也坦言，他的写作是"毁誉参半""掌声和拳头齐飞"。"从1978年到现在，我一直毁誉参半。开始搞创作以后，什么自由化倾向啊、反精神污染啊，这些我全部都经过。像《废都》在当时的争议，确实很有压力，受的那个压力大得很，一般人想象不来，都不知道。因为那时候'文革'刚过不长时间，就害怕一争议、一批评，以后是不是不能写东西。它当年问题的焦点主要在性上，很容易就把你打倒在地，别人看你像看流氓，再努力也扭不过来。《废都》带给我个人的灾难是最多的。"那么贾平凹是如何对待批评的呢？

起初，面对批评贾平凹也和常人一样，害怕、焦虑、委屈、不解，甚至想辩解、澄清。"开头遇到这些事以后，也出现惶恐啊、不理解啊、委屈啊、害怕见人啊，这些都发生过。"随着年龄的增长和阅历的增多，贾平凹对于外界的评价心态平和多了。"经历多了以后，人慢慢也就知道咋了，或者叫疲塌了，或者叫麻木了，你说坚强了也行，反正就是经的事情多了以后，起码就能把自己一些事情摆顺了，心理能调整好一点儿。"

贾平凹是一个谦逊、低调的人，更是一个心胸开阔的人。贾平凹在一篇名为《朋友李星》的文章中这样写道："他一直在关注着我，给过我很多鼓励，但更多是眼光在寻找我的短处，或愤然不满，或恨不成器，但他从没有讥笑和作践过我。而我的好处是有辅导性，对他的批评虽脸上挂不住，有过尴尬，可总是当面不服背过身服，口上不服心里服，越挨批评越去请教，背了鼓寻槌，认作他水平高，是个了不起的人物。"——"背了鼓寻槌"，这就是贾平凹。对待那些真正的批评，贾平凹始终是虚心接受，放下身段、全身心的接纳。"对批评我是关注的，但我不掺和。不管对我是好的评价还是不好的批评，我首先把它当作也是评论家的创作，来看有没有它的见解和文采在，如果文章本身写得好，我就叫好。""创作很多是需要和评论家一起完成的，无论表扬还是批评的评论，我都会认真去读。年轻时，见到批评的话觉得坐不住，现在觉得这是好事，你可以冷静思考，有则改之，无则加勉，对作家来说，最大的好事就是作品出来有人关注。""这一生批评我的意见很多，听见批评当时不舒服，过后都要吸收，把好的不好的，都变成金口玉言。对表扬的鼓励的，作家会觉得宽慰，觉得自己写了几年有所值，好比运动员奔跑时，需要鼓励，听见不停加油会跑得快。"有人说，贾平凹的散文比小说好。也有人说贾平凹压根就写不了长篇小说。对此，贾平凹默不作声，只是埋头写作。"80年代，别人就说，你这个散文写得好，散文比小说好，那个时候我就不写散文了，写得好我就不写了，专门写小说，你说这样不行，我偏是这样。我在骨子里是特别倔强的，你让我向东走，我偏不向东走。老有一种不服气的感觉，你说我不行吧，我是坚持我的，我总要弄出个事情来，有这种东西在里边。"徐悲鸿先生说过一句话："一切的成功者都是偏执狂，独持己见、一意孤行。"贾平凹正是如此。面对攻击、泼污，贾平凹的态度是：不理睬，不回应。"在现实生活里，有理不在声高，武术高手都是不露声色，能叫嚣的、恫吓的其实是一种胆怯和恐惧。我们常说举重若轻，轻了就有境界，是艺术。""文学是一辈子的事情。要有大的理想，不要争一时之胜。有了大的理想，也不会计较受打击、受委屈，也不贪想，也不计较小利小惠，因为有了大的理想就有了大的心胸。"《道德经》第六十六章言："江海所以能为百谷王者，以其善下之，故能为百谷王。是以欲上民，必以言下之；欲先民，必以身后之。是以圣人，处上而民不重，处前而民不害。是以天下乐推而不厌。以其不争，故天下莫能与之争。"正如一位艺术家所说的那样，贾平凹一辈子没说过一句硬话，但也从来没做过一件软事。

陈 彦

▶▶▶ 陈 彦（1963— ）

　　陕西镇安人，当代著名作家、剧作家。创作有《迟开的玫瑰》《大树西迁》等戏剧作品数十部，三次获"曹禺戏剧文学奖"。创作长篇电视剧《大树小树》获电视剧"飞天奖"。著有长篇小说《西京故事》《装台》《主角》《喜剧》《星空与半棵树》。《装台》获2015"中国好书""首届吴承恩长篇小说奖"，入选"新中国70年70部长篇小说典藏"。《主角》获2018"中国好书""第三届施耐庵文学奖"，第十届"茅盾文学奖"。出版有《陈彦剧作选》《陈彦词作选》《陈彦西京三部曲》，散文集《须抵达》《边走边看》《坚挺的表达》《说秦腔》等著作。多部作品在海外发行。现任中国作家协会副主席、书记处书记。

陈彦与《主角》

陈彦出生于有"文学大县、经济小县"之称的商洛镇安，那里有着浓厚的文化氛围，滋养着他热爱文学的种子。早在他18岁时，便因参加县里的征文活动，斗胆迈出了创作之路的第一步，创作了一部九幕话剧。尽管这部处女作的手稿和油印版已遗失在历史的长河中，但那份获奖的荣誉，如同璀璨的星光，照亮了他前行的道路，引领他走向更加宽广的文学天地。

年轻的陈彦，怀揣着对文学的热爱和追求，不断地磨砺自己的笔锋。22岁时，他已完成了6个剧本，每一部都凝聚着他的心血和才华。在回忆自己的入行经历时，他坦言："上世纪80年代，我也是一个文学青年，写了很多小说、散文。那时，我对文学的热爱如同火焰般炽热，我用文字描绘着心中的世界，抒发着对生活的感悟。"

岁月的河流将他带到了陕西省戏曲研究院，25岁的他成为专业编剧。在与戏曲打交道的20多年中，他沉浸在古典戏曲的海洋中，汲取着历史的养分。他手中那套4000部古典戏曲的剧本集，如同一座宝藏，让他感受到了历史"毛茸茸"的质感。他深深地被戏曲的魅力所吸引，那种将喜剧、悲剧融为一体，雅俗共赏的艺术形式，让他对文艺创作有了更深刻的理解。

陈彦说："不管是喜剧、悲剧，雅的、俗的，戏剧都不会将其截然分开。这种综合体是一种文艺创作的活体。你能见到它所讲述的历史摇摆着走到你眼前。"这种对戏曲的独特理解，也让他对现代电视剧编剧们提出了宝贵的建议。他鼓励年轻编剧们多接触舞台剧和中国古典戏曲，从中汲取灵感和营养，唤起对现代性的思考。

除了对戏曲的热爱和敬畏，陈彦还注重拓宽自己的创作路径。他深知每一个创作者都应该找到一个进入生活的界面，从而打开创作的大门。他找到了中国古典戏曲这个途径，从这个界面进去，通过历史的生活认识现实的生活，从而打开了他的创作路径。他说："我觉得这个东西给我的作用是最大的。"正是这种对创作的执着和追求，让他在文学道路上越走越远。

陈彦的作品丰富多彩，涉猎广泛。他的小说《装台》被改编为同名电视剧后收视、口碑双丰收，被誉为"深入人心的平民剧"。这部作品以装台工的生活为背景，讲述了他们为舞台搭建付出的艰辛与努力。陈彦在戏曲研究院做院长时，经常通过窗户观察后台装台工们的工作，他们的辛勤付出和坚韧精神深深地打动了他。尤其是那个装台工把身体弯成弓形，抱着暖气管道睡觉的睡姿，更是让他印象深刻。他说："写《装台》，就是和这段生活有巨大的关系。"这部作品不仅是对装台工这一群体的致敬，更是对平凡人生活的赞美和关注。

陈彦的创作风格独特而鲜明，他始终坚持现实题材创作，关注火热的当下生活。从"西京三部曲"到"舞台三部曲"，他一直聚焦小人物的悲欢离合，用细腻的笔触描绘着他们的内心世界和生活状态。他的作品被誉为"为小人物立传"，深受读者和评论家的喜爱。

在陈彦看来，写作不仅是一种职业选择，更是一种生活方式和态度。他说："静下来是阅读、写作甚至生活的方式和态度。再艰苦的环境、再浮躁的时代，肯定也有人不浮躁，能够认认真真地静下心去读书、写作，去整体性地思考现实、思考社会生活。"正是这种对文学的执着和热爱，让他在近40年的写作生涯中从未间断过创作。

陈彦的作品不仅具有文学价值，更具有社会意义。他通过作品关注社会现实和人性问题，呼唤人们对美好生活的追求和向往。他的作品让我们看到了文学的力量和魅力，也让我们更加深刻地认识到文学在社会生活中的重要作用。

陈彦的长篇小说《主角》获得第十届茅盾文学奖。作者以扎实细腻的笔触，尽态极妍地叙述了秦腔名伶忆秦娥近半个世纪人生的兴衰际遇、起废沉浮，及其与秦腔及大历史的起起落落之间的复杂关联。该书被视为一部动人心魄的命运之书，一个以中国古典的审美方式讲述的寓意深远的"中国故事"。

《主角》封面

《主角》以秦腔演员忆秦娥的人生经历为主线，讲述了一个农村放羊娃成为一代秦腔名伶的传奇故事。忆秦娥，一个出身贫寒的农村少女，凭借对秦腔艺术的热爱和执着追求，一步步走上了艺术的巅峰。在这个过程中，她经历了无数的艰辛和磨难，但她始终坚守着自己的信仰和追求。

作品通过忆秦娥的成长历程，展现了秦腔艺术的魅力和秦人精神的力量。在忆秦娥的身上，我们看到了一个女性在传统社会中挣扎、成长和自我实现的过程。她不仅是一个优秀的秦腔演员，更是一个有着独立思想和追求的女性。她的坚韧和勇气，不仅赢得了观众的喜爱和尊敬，更让我们看到了人性的光辉和伟大。

同时，《主角》也对现代社会中的人性、命运和选择进行了深刻的探讨。在忆秦娥的人生道路上，她面临着无数的选择和抉择。她可以选择留在农村过平凡的生活，也可以选择追求自己的梦想和事业。她可以选择为了艺术而牺牲一切，也可以选择为了生活而放弃艺术。然而，她最终选择追求自己的梦想和事业，成为一代秦腔名伶。这个选择不仅改变了她的人生轨迹，也让我们思考如何在现代社会中做出正确的选择。

在《主角》中，陈彦通过细腻的笔触和深刻的人物刻画，塑造了一系列鲜活、生动的人物形象。其中，主人公忆秦娥是作品中最具代表性的人物之一。她性格坚韧、勇敢、独立，对秦腔艺术有着深厚的感情和执着的追求。在她的身上，我们看到了一个女性在传统社会中挣扎、成长和自我实现的过程。她的形象不仅具有深刻的现实意义，也具有普遍的象征意义。

除了主人公之外，作品中还有许多其他重要的人物形象。如她的师傅、师兄弟、家人等，这些人物与主人公的命运紧密相连，共同构成了作品的人物关系网。通过对这些人物形象的塑造，作品展现了不同阶层、不同性格、不同命运的人物在秦腔艺术和社会现实中的复杂关系和矛盾冲突。这些人物形象的刻画不仅丰富了作品的艺术表现力，也让我们更加深入地理解了人性、命运和选择的复杂性。

《主角》在艺术上具有许多独特的特色。首先，作品以秦腔艺术为背景，通过对秦腔艺术的描写和展示，展现了秦腔艺术的独特魅力和秦人精神的坚韧不拔。这种对传统文化的深入挖掘和传承，使得作品具有深厚的文化底蕴和历史内涵。其次，作品在叙述方式上采用多线索交织的手法。通过对主人公忆秦娥的人生经历、秦腔艺术的发展、社会现实的变迁等多个方面的叙述和展示，使得作品具有丰富的层次感和立体感。这种多线索交织的叙述方式不仅让读者在阅读过程中不断产生新的思考和感悟，也使得作品具有更加广阔的视野和深刻的内涵。此外，作品在语言和风格上也具有独特的魅力。陈彦运用生动的语言、细腻的笔触和深刻的描写，将人物形象、情感变化、场景氛围等细节刻画得栩栩如生。同时，他的作品也充满浓郁的地方特色和乡土气息，使得读者在阅读过程中能够感受到浓郁的陕西文化氛围和秦人精神的独特魅力。

《主角》是一部具有深刻思想和艺术价值的作品。陈彦通过这部作品展现了秦腔艺术的魅力和秦人精神的力量，同时也对现代社会中的人性、命运和选择进行了深刻的探讨。作品在人物形象塑造、艺术特色等方面都具有独特的魅力，使得它成为当代文坛的一部重要作品。

高建群

▶▶▶ 高建群（1954— ）

  祖籍西安市临潼区。新时期重要的西部小说家，国家一级作家、陕西省文学艺术界联合会副主席、陕西省作家协会副主席，享受政府特殊津贴有突出贡献专家，国务院跨世纪三五人才。高建群被誉为浪漫派文学"最后的骑士"。他的《最后一个匈奴》与陈忠实的《白鹿原》、贾平凹《废都》等陕西作家的作品引发了"陕军东征"现象，震动了中国文坛。1992年至1995年，高建群曾挂职任黄陵县委副书记，其代表作《最后一个匈奴》即为挂职期间所作，他也因此一跃成为陕军东征"五虎上将"之一。

  主要作品有《最后一个匈奴》《大平原》《统万城》《遥远的白房子》《伊犁马》《我的黑走马——游牧者简史》等。曾获老舍文学奖、郭沫若文学奖、庄重文文学奖等奖项，其中，《大平原》获得第十二届精神文明建设"五个一工程"优秀作品奖。长篇小说《最后一个匈奴》产生重要影响，被称为陕北史诗、新时期长篇小说创作的重要收获,该书还在台湾地区以繁体字竖排出版。另外,长篇小说《愁容骑士》在台湾再版。批评家认为,高建群的创作,具有古典精神和史诗风格,是中国文坛罕见的具有崇高感和理想主义色彩的写作者。

高建群与《最后一个匈奴》

《最后一个匈奴》是高建群创作的一部高原史诗，初版于1993年，问世后即震动中国文坛，销量也超过了100万册，在当代小说史上享有盛誉。

《最后一个匈奴》的创作动机源于高建群对陕北高原上匈奴后裔的关注和思考。他了解到，在这片古老的土地上，曾经有过一个强大的民族——匈奴。虽然匈奴在历史的长河中逐渐消失，但他们的后裔却在这片土地上繁衍生息，成为陕北高原上的一部分。高建群希望通过这部作品，探寻匈奴后裔的足迹，揭示他们与陕北高原之间的深厚联系，同时也为陕北高原的历史与文化留下宝贵的记录。

《最后一个匈奴》以陕北高原为背景，讲述了匈奴后裔在历史上的兴衰变迁和命运沉浮。作品通过丰富的历史细节和生动的人物形象，展现了陕北高原上人民的坚韧不拔和顽强拼搏的精神风貌。同时，作品也深刻揭示了人性的复杂多样和时代变迁的残酷无情。

《最后一个匈奴》以其宏阔的历史视野，再现了陕北民族融合的历史进程。作者高建群在小说中，不仅深入挖掘了匈奴这一古老民族在陕北地区的生存状态，还巧妙地将其与现代汉族社会的变迁相结合，展现了两个民族在历史长河中的相互融合与冲突。这种跨越千年的历史叙述，使得小说在主题上显得深邃而厚重，为读者提供了一次穿越

《最后一个匈奴》封面

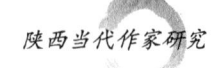

时空的历史之旅。

　　小说以三个家族的两代人为主要线索，展现了他们在陕北高原上波澜壮阔的人生传奇。作者通过生动的人物塑造和情节设置，让读者能够深刻地感受到那个时代人们的生活状态和精神面貌。同时，小说还注重对生活细节的描绘，使得整个故事更加真实可信，让读者能够身临其境地感受到陕北高原的粗犷与壮美。

　　《最后一个匈奴》不仅是一部历史小说，更是一部充满情感的小说。作者在小说中倾注了深沉浑厚的悲悯情怀，对陕北高原上的人们寄予了深切的同情和关爱。同时，小说还融入了家国情怀的元素，通过人物的命运变迁和国家的兴衰历程，表达了作者对国家和民族的深情厚意。这种悲悯情怀与家国情怀的交融，使得小说在情感上更加丰富多彩，具有强烈的感染力和震撼力。

　　《最后一个匈奴》在叙事风格上独具特色，作者采用多种叙事手法和视角转换，使得整个故事更加生动有趣。同时，小说还运用丰富的艺术技巧，如象征、隐喻等手法，使得小说在表达上更加含蓄而深刻。此外，作者还注重对语言的锤炼和修辞的运用，使得小说的语言优美而富有表现力。

　　在创作手法上，《最后一个匈奴》采用现实主义与浪漫主义相结合的风格。高建群在尊重历史事实的基础上，大胆运用想象和夸张的手法，将陕北高原的壮丽景色和匈奴后裔的传奇故事融为一体，形成一种独特的艺术风格。这种风格不仅使作品具有强烈的视觉冲击力和感染力，也使其具有深刻的思想内涵和时代意义。

　　《最后一个匈奴》自问世以来，就受到广泛的关注和好评。这部作品不仅为陕北高原的历史与文化研究提供了珍贵的资料，也为读者提供了一部生动、感人的文学作品。许多读者在阅读这部作品后，都对陕北高原的历史和文化产生了浓厚的兴趣，也对高建群的创作才华表示高度的赞扬。

在文学界，这部作品也获得广泛的认可和赞誉。许多评论家认为，《最后一个匈奴》是一部具有深厚历史底蕴和强烈人文关怀的文学作品，它不仅揭示了陕北高原上人民的命运和奋斗历程，也反映了作者对时代变迁和人性的深刻思考。这部作品的出现，不仅丰富了中国文学的表现手法和题材内容，也为中国文学的发展做出了积极的贡献。《最后一个匈奴》不仅具有较高的文学价值，还具有重要的时代意义。作为一部反映陕北地区民族融合和历史变迁的小说，它为我们提供了一个独特的视角来审视那个时代的社会现象和人文精神。同时，小说还通过对人物命运的描绘和情感的表达，引发读者对历史文化和人性的深刻思考。这种文学价值与时代意义的双重体现，使得《最后一个匈奴》成为一部具有深远影响的经典之作。

对于高建群来说，《最后一个匈奴》不仅是一部作品，更是他对陕北高原历史与文化的一种情感寄托和表达。在创作这部作品的过程中，他深感自己对这片土地和这里人民的深厚感情，也更加坚定了自己为陕北高原的历史与文化传承贡献力量的决心。

《最后一个匈奴》是高建群先生的一部重要作品，它不仅为我们揭示了陕北高原上匈奴后裔的传奇故事和命运沉浮，也为我们展现了作者深刻的思考和对时代的敏锐洞察力。这部作品将永远铭刻在中国文学史上，成为我们了解陕北高原历史与文化的重要窗口。

京 夫

▶▶▶ 京 夫（1942—2008）

原名郭景富，陕西省商州市（今商州区）北乡腰市镇马角山人。中国作家协会会员，陕西作家协会副主席，专业作家，文学创作一级。享受国务院专家津贴，系陕西省有突出贡献专家。迄今发表短篇小说100余篇，中篇20多部，长篇5部，计400多万字。出版有中短篇小说集《深深的脚印》《天书》《京夫小说精选》，散文集《海贝》，长篇小说《新女》《文化层》《八里情仇》《红娘》《鹿鸣》。自1980年以来，获全国性文学奖多次。京夫是一位多产作家，他以自己的创作心态和视角、实绩和成就，树立起一位平民作家的形象，成为当代陕西文学的中坚和主将，是中国当代文坛有重要影响的实力派作家。

京夫与《八里情仇》

在中国西部文学的广阔天地里，京夫以其独特的笔触和深刻的人性洞察，塑造了一部部震撼人心的作品。其中，《八里情仇》更是以其复杂的人物关系、丰富的社会背景和对人性深刻的剖析，成为中国西部文学的瑰宝。《八里情仇》的故事背景设定在一个虚构的小镇——八里镇，这个小镇在经济快速发展的同时，也饱受传统价值观念与现代生活方式之间的撕裂。京夫以其独特的笔触，细致描绘了小镇居民的生活状态，以及他们在面对现代化浪潮时所做出的各种选择。小说以家族恩怨为线索，交织出一幅复杂的社会图景，反映了个体命运与社会结构的紧密相连。

《八里情仇》以汉江岸上的八里镇为舞台，通过对两个家庭三代人的恩怨情仇的描写，展现了西部地区社会的复杂性和人性的多面性。《八里情仇》以荷花和毕淑贞两位女性的不幸婚姻为主线，通过她们与周围人物的复杂关系，展现了人性的复杂性和社会的残酷性。荷花因家庭贫困和父亲被陷害而被迫嫁给残疾的启兴，她的命运因此发生巨大的转折。毕淑贞则因被工作队队长骗奸而遭受身心的巨大创伤，她的婚姻生活也充满痛苦和无奈。

《八里情仇》封面

作品通过这两位女性的命运，揭示了社会对弱者的不公和冷漠，同时也展现了人性中的善良和温暖。在荷花和启兴的不幸婚姻中，我们看到了启兴的善良和荷花的坚韧；在毕淑贞的悲惨遭遇中，我们看到了她对女儿的无私奉献和对爱情的执着追求。这些人物形象的塑造，使得作品具有深刻的人文关怀和社会批判意义。

在京夫的作品中，人物塑造是其重要的艺术特色之一。《八里情仇》中的人物形象鲜明、立体，具有强烈的个性和生命力。京夫通过对人物心理活动的细腻描写和人物关系的复杂处理，使得人物形象跃然纸上、呼之欲出。荷花是作品中的重要人物之一，她的形象既具有传统的温柔贤淑之美，又具有现代女性的独立和坚韧。她在面对家庭贫困和婚姻不幸时，没有选择逃避和放弃，而是勇敢地承担起家庭的重担，用自己的努力和智慧改变自己的命运。荷花的形象塑造，充分展现了京夫对女性形象的深入探索和人性关怀。启兴是另一个重要的人物形象，他的形象虽然丑陋但心地善良。他在面对荷花的不幸时，没有选择抛弃和逃避，而是默默地支持和帮助荷花。他的形象塑造，使得作品具有深刻的人性关怀和社会批判意义。除了主要人物外，《八里情仇》中的其他人物形象也各具特色。左青农的冷酷无情、林生的风流倜傥、毕淑贞的冷峻高傲等形象，都使得作品具有丰富的人物群像和深刻的社会内涵。在人物塑造方面，京夫展现了高超的技巧。他不仅赋予了每个角色鲜明的个性特征，还深刻揭示了他们的内心世界。小说中的主要人物，如坚韧不拔的主人公、权谋心机的反派，以及那些处于道德边缘挣扎的普通人，都生动地展现了人性的复杂性。通过对这些人物的深入挖掘，京夫成功地呈现了一个多面的社会现实。

此外，小说的语言风格也是其一大特色。京夫运用富有地方色彩的方言和俚语，增强了故事的真实感和沉浸感。这种语言的使用，不仅让读者感受到浓厚的地域文化氛围，也为人物的性格描写增添了更多的维度。

在结构上，《八里情仇》采用多线并进的叙事手法，使得故事情节层次分明，同时又相互交织。这样的结构设计不仅丰富了叙事的视角，也使得读者能够从不同的角度去理解和感受故事的发展。

京夫在创作《八里情仇》时，正值中国社会发生深刻变革的时期。饥饿年代、"文化大革命"动乱、改革新时期等历史阶段的社会变迁，为作品提供了丰富的素材和深刻的历史背景。京夫将这些历史事件巧妙地融入故事情节中，使得作品既具有浓郁的地域特色，又具有深刻的历史内涵。

《八里情仇》作为一部反映西部地区社会变迁和人性探索的作品，具有深刻的社会文化价值。作品通过对两个家庭三代人的恩怨情仇的描写，展现了西部地区社会的复杂性和人性的多面性。同时，作品也揭示了社会对弱者的不公和冷漠，呼吁人们关注社会底层人民的生活状态和命运。值得一提的是，《八里情仇》对传统文化的态度处理得极为微妙。一方面，作品对传统的家庭观念、亲情纽带和乡土情结给予了充分的肯定，展现了它们在现代社会中不可替代的重要性。另一方面，京夫也没有回避传统价值观在现代化过程中所面临的挑战和冲击。他通过细腻的笔触，描绘了传统与现代之间的张力，引发读者对如何在变革中保持文化连续性的深思。

《八里情仇》是一部深刻反映社会转型期矛盾与冲突的小说。京夫通过对小镇生活的细腻描绘，成功地构建了一个充满张力的故事世界。他对传统文化的态度既充满敬意，又不失批判的眼光，展现了一种平衡的视角。虽然小说在某些细节处理上略有瑕疵，但整体而言，《八里情仇》无疑是一部值得一读再读的佳作，它不仅为我们提供了丰富的阅读体验，也启发我们思考在快速变化的社会中，如何找到传统与现代之间的平衡点。

红 柯

▶▶▶ **红 柯**（1962—2018）

  原名杨宏科，出生于陕西省宝鸡市岐山县凤鸣镇，1985年毕业于宝鸡师范学院（今宝鸡文理学院），中国作家协会会员，陕西作家协会副主席。2003年12月被陕西省委省人民政府授予"陕西省突出贡献专家"称号。他先后获得首届冯牧文学奖、第二届鲁迅文学奖、第九届庄重文文学奖、首届中国小说学会长篇小说奖等多项大奖，是全国最受欢迎的小说家之一。2018年2月24日，红柯因急性心肌梗死去世，享年56岁。红柯曾四次入围茅盾文学奖，"在陕西，红柯是除了贾平凹之外，入围茅盾文学奖次数最多的作家，这样的作家，在全国也是屈指可数。《西去的骑手》入围第六届茅盾文学奖，《乌尔禾》入围第七届茅盾文学奖，《生命树》入围第八届茅盾文学奖，《喀拉布风暴》入围第九届茅盾文学奖"。红柯共出版13部长篇和12部中短篇小说集，超过800万字。

红柯与《西去的骑手》

红柯，一个土生土长的关中子弟，他的童年是在黄土地的怀抱中度过的。他见证了四季的更迭，感受了风雨的洗礼，也领略了这片土地上的淳朴与坚韧。然而，红柯的内心却总有一种渴望，一种对未知世界的向往。他渴望走出这片土地，去追寻更广阔的天地，去体验不一样的人生。于是，在青春的年华里，红柯做出一个勇敢的决定——他要去天山脚下，去那片遥远的西域，去追寻自己的梦想。他告别了亲人，背起行囊，踏上了前往天山的漫漫征途。这一走，便是十年的青春时光。在天山脚下，红柯开始了全新的生活。他成为一名驰骋在丝绸古道上的骑手，每天与风沙为伴，与马儿共舞。他翻越了无数的山岭，穿越了无垠的沙漠，也见证了西域的繁华与落寞。在这片陌生的土地上，红柯逐渐找到了自己的定位，他用自己的笔，记录下这片土地上的点点滴滴。

从黄土地走向马背，红柯的生活发生了翻天覆地的变化。然而，正是这种翻天覆地的变化，让他更加深刻地理解了人生的意义。他开始用文字来表达自己的情感和思考，将自己的所见所闻、所感所想都倾注其中。他的文字充满了粗犷的力量，仿佛能够穿透时空的壁垒，让读者感受到那片土地上的独特魅力。红柯的才华逐渐得到认可，他的作品开始在文坛上崭露头角。他被誉为"西域的歌者，灵魂的诗人"，他的文字不仅让读者感受到西域的壮美与神秘，更让他们领略到人性的复杂与多样。红柯的作品四次入围茅盾文学奖，这是对他才华的充分肯定，也是对他不懈努力的最好回报。

红柯自20世纪90年代起便以其独特的文学风格在中国当代文坛崭露

头角。他早期以诗歌创作为主,后逐渐转向小说创作,特别是短篇小说。红柯的小说作品充满了诗意,这种诗意不仅仅体现在语言上,更体现在他对人物、情感和环境的细腻描绘上。他的小说艺术上有两个鲜明的特点:一是感觉描写,二是意象营造。红柯善于运用夸张的手法来描绘感觉,使作品具有强烈的超现实感;同时,他又能巧妙地营造具有草原文化特征的独特意象,使作品充满浓郁的西部风情。

红柯的创作理念是将边疆少数民族的文化融入当代主流文化,让多元一体的中华文化格局焕发出新时代的光辉。他坚信文学应该具有社会责任感和使命感,应该为人民服务。因此,他的文学作品常常以西部为背景,通过描绘西部人民的生活和命运,展现他们的坚韧、勇敢和善良,进而反思和批判社会现实。

《西去的骑手》封面

《西去的骑手》是红柯的成名作,也是他的代表作之一。这部小说于2002年由云南人民出版社出版,是一部以马仲英为核心人物的历史小说。小说讲述了河州少年马仲英不堪忍受家族势力和军阀的压迫,揭竿而起,年近17岁成为一方司令,人称"尕司令"。马仲英率领的军队在战场上所向披靡,但最终在与西北军名将吉鸿昌的激战中失利,损失惨重。马仲英率余部远征新疆,与当时正在新疆崛起的盛世才展开了一场悲壮惨烈的头屯河大战。在这场战斗中,马仲英的部队以骏马、战刀、血肉之躯与苏联的哥萨克骑兵师抗争,最终虽然失败,但展现了惊人的勇气和血性。

《西去的骑手》无疑是一部展现红柯文学风格和创作理念的杰作。这部作品以民国乱世西北军阀混战为背景,以马仲英这一传奇人物为核心,展开了一场惊心动魄的史诗叙事。红柯的写作风格独特，作品充满了诗意。他的小说中，感觉描写和意象营造都十分鲜明，这使得他的作品具有浓厚的艺术魅力。例如，他的作品中充满草原文化的特征，如沾满牛粪的靴子等，这些独特的意象使得他的作品具有鲜明的个性。红柯的作品中充满对历史的深刻反思。他的作品中，人物形象鲜明，情节紧凑，语言生动，这些都使得他的作品具有深厚的历史内涵。例如，他的作品中，马仲英这个反抗压迫、忠诚爱国的军事奇才的形象，就是他对历史的深刻反思。红柯的作品中充满对人性的深刻洞察。他的作品中，人物性格鲜明，情感丰富，这些都使得他的作品具有了深厚的人文内涵。例如，他的作品中，马仲英虽然失败却纯粹高贵的人格品质，就是他对人性的深刻洞察。红柯的作品中充满对自然的热爱。他的作品中，自然景色描绘得十分生动，这些都使得他的作品具有深厚的自然内涵。例如，他的作品中，西部荒原的硬汉精神、阳刚精神、野性和力量，就是他对自然的热爱。

《西去的骑手》是一部具有深厚历史、人文和自然内涵的作品，它以其独特的艺术风格和深刻的历史反思，赢得了广大读者的喜爱和赞誉。作品在叙事结构上采用了多线索交织的方式，将历史、战争、爱情、家族等多个元素巧妙地融合在一起。这种叙事结构不仅使作品具有丰富的内容和层次，更使得读者在阅读过程中能够感受到强烈的情感冲击和心灵震撼。作品在人物塑造上极具特色。红柯通过对马仲英这一传奇人物的深入挖掘和细腻描绘，展现了他的英勇、智慧、忠诚和爱国。同时，作品还通过与其他人物的对比和冲突，凸显马仲英的纯粹和高贵。这种人物塑造方式不仅使作品具有鲜明的个性色彩，更使得读者能够深刻感受到人物内心的挣扎和成长。作品在环境描写上独具匠心。红柯通过对西北大漠、草原、戈壁等自然环境的描绘，展现了其独特的西部风情和地域特色。这种环境描写不仅使作品具有浓郁的地方色彩和民族特色，

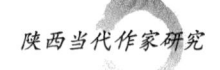

更使得读者能够身临其境地感受到那种粗犷、奔放、神秘和壮美。

《西去的骑手》作为一部展现西北传奇与史诗叙事的杰作，其文学价值和社会意义不言而喻。从文学价值来看，《西去的骑手》不仅具有深刻的思想内涵和丰富的情感表达，更在叙事结构、人物塑造和环境描写等方面展现出红柯独特的文学风格和创作理念。这部作品无疑是中国当代文学史上的一部重要作品，对于推动中国文学的多样化和繁荣发展具有积极的意义。从社会意义来看，《西去的骑手》通过展现西北人民在乱世中的英勇抗争和坚韧不拔的精神风貌，弘扬了爱国主义精神和革命精神。同时，作品还通过对边疆少数民族文化的深入挖掘和呈现，促进了多元文化的交流和融合。这种社会意义不仅体现在文学领域，更体现在文化、历史和社会等多个领域。

《西去的骑手》不仅是一部记录历史的小说，更是一部展现英雄和血性的史诗式长篇巨著。红柯以他独特的笔触和深刻的思考，将马仲英这位传奇人物的传奇一生呈现在读者面前。这部小说充满了凝重的历史感、浪漫的情怀以及生命的真谛和灵魂不死的传说，让读者在阅读中感受到无尽的震撼和思考。

叶广芩

▶▶▶ 叶广芩（1948— ）

  北京市人，满族。国家一级作家，陕西省作家协会主席团顾问，西安市文史研究馆馆员，西安培华学院女子学院院长。曾被国务院授予"有特殊贡献专家"称号，被陕西省委省政府授予"德艺双馨文艺工作者"称号，被北京人民艺术剧院授予"北京人艺荣誉编剧"称号。主要作品有小说《采桑子》《全家福》《青木川》《状元媒》《梦也何曾到谢桥》等，长篇纪实文学《没有日记的罗敷河》《琢玉记》《老县城》等，儿童文学《太阳宫》《花猫三丫上房了》《耗子大爷起晚了》等。曾获鲁迅文学奖、少数民族文学"骏马奖"、全国优秀儿童文学奖、老舍文学奖、萧红文学奖、中国女性文学奖、中国环保文学奖等奖项。

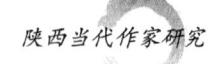

叶广芩与《采桑子》

在陕西这片厚重的土地上，众多作家以其独特的笔触描绘着这片土地上的风土人情。其中，叶广芩无疑是一位引人注目的存在。她并非出身于陕西的农村，而是生于北京，长于皇城根下，熟悉京城的市井文化，她的京味小说在文坛上赫赫有名。然而，与大多数陕西作家不同，叶广芩的笔下却不仅限于京城的繁华与喧嚣，她还用细腻的笔触勾勒出了陕西这片古老土地上的故事，展现了另一种独特的韵味。

在《十月》杂志举办的叶广芩作品研讨会上，有专家指出，叶广芩继老舍之后，将"京味小说"推向了一个新的高度。她的作品不仅继承了老舍京味小说的精髓，更在此基础上进行了创新与拓展。她笔下的京味不仅仅是对老北京生活的描摹，更是对中华民族传统文化、文人士大夫风骨的弘扬与传承。这种对传统文化的热爱与坚守，使得她的作品在当下这个物欲横流的社会中显得尤为珍贵。

然而，叶广芩的文学之路并非一帆风顺。在她19岁那年，随着"上山下乡"的浪潮，她来到了西安这座陌生的城市。对于一个从小在京城长大的人来说，西安的干燥、粗犷以及那绵绵不断、无休止的秋雨都让她感到不适与排斥。然而，正是这片陌生的土地，给了她新的创作灵感与源泉。她开始深入了解这片土地上的文化、历史与人民，逐渐发现西安这座城市的独特魅力。

几十年过去了，叶广芩已经与西安这片土地融为一体。她坦言："当时心里是有点排斥的。可没想到，用了几十年的时间，我慢慢认识了西安这座城，熟悉了这里的生活习惯和文化内涵。在这样一个渐进的过程中，我也慢慢爱上了这座城市。"她深深地感受到，西安是一座宝藏之地，它有着深厚的文化底蕴和独特的魅力。这种魅力并非那种张扬的、引人注目的美，而是一种内敛的、有包浆的、张力渗透的美。

叶广芩的文学作品正是这种美的体现。她的早期作品多以京味小说为主，《采桑子》《全家福》等作品都洋溢着浓浓的京味。这些作品不仅展现了她对故乡的深深眷恋之情，更表达了她对中华民族传统文化的热爱与传承。她通过对老北京生活的描摹，让读者感受到了那个时代人们的生活状态与精神风貌。同时，她也通过对文人士大夫风骨的弘扬与传承，让读者领略到了中华民族传统文化的博大精深与独特魅力。

《采桑子》封面

然而，叶广芩并没有满足于已有的成就。她深知一个作家要想保持创作的活力与激情，就必须不断地深入生活、了解社会。因此，在深入了解西安这座城市之后，她又将目光投向了陕西这片更广阔的天地。她开始写陕西的故事，《老县城》《青木川》等作品相继问世。这些作品不仅展现了她对第二故乡的热爱之情，更表达了她对这片土地上文化的尊重与传承。她通过对陕西人民生活的描摹，让读者感受到这片古老土地上的独特韵味与深厚文化底蕴。

叶广芩曾说："在北京生活了19年，在西安生活了50年，一个人有双重父母，两处家乡。"这句话道出她对两个故乡的深厚感情与认同。她深知自己的根在北京，但她的魂已经与西安这片土地紧密相连。因此，她不仅要用自己的笔触描绘出京城的繁华与喧嚣、陕西的古老与神秘；更要通过自己的作品传递出中华民族传统文化的精髓与神韵、文人士大夫的风骨与神韵。这种对传统文化的热爱与坚守、对现实社会的批判与反思使得她的作品在当下这个多元化、复杂化的社会中显得尤为珍贵与独特。

在叶广芩的文学世界里我们不仅可以感受到京味与秦韵的交织碰撞；更可以领略到中华民族传统文化的博大精深与独特魅力。她用自己的笔触为我们呈现了一个丰富多彩、充满韵味的世界；让我们在欣赏她作品的同时也能够更加深入地了解中华民族传统文化与陕西这片古老土地上的故事。这种对传统文化的热爱与坚守、对现实社会的批判与反思不仅体现了她作为一个作家的责任与担当，更彰显了她作为一个文化人的情怀与追求。

叶广芩的代表作长篇小说《采桑子》（1999年）写一个家族的历史，清亡以后，大宅门里的满人四散，金家十四个兄妹及亲友各奔西东：长子反叛皇族当了军统，长女为票戏而痴迷，次子因萧墙之祸自尽，次女追求自由婚姻被逐出家门，还有金家五格格的夫婿金朝金世宗的第二十九代孙完颜占泰以酒为生……一个世家的衰落，一群子弟的遭际，形象地展示了近百年间中国历史的风云、社会生活的变迁及传统文化的嬗变。当年的天潢贵胄在时代的暴风雨中风流云散，小说写没落而不颓丧，叹沧桑终能释怀，感伤的同时更有历史的审视意识，同情的同时亦有批判的深度，叹往却不忘今天的历史尺度和高度，其作有一种深沉的历史感。《采桑子》由九个既相互关联，又彼此游离的故事连缀而成，描绘了老北京一个世家望族的历史沧桑及其子女的命运历程，展现出中国近百年间的时代风云、人世更迭与文化嬗变，令人掩卷三叹。满族词人纳兰性德《采桑子·谁翻乐府凄凉曲》，曾被梁启超先生赞为"时代哀音"，称其"眼界大而感慨深"，此书亦然。娓娓道来，不愠不躁，从容舒展中饱溢书卷翰墨之气，颇有大家之风。

《采桑子》以金家十四个兄妹及亲友的各自命运为主线，串联起一幅幅生动的历史画面。金家长子，在皇权的废墟上选择了反叛，投身军统，成为时代的弄潮儿；长女则痴迷于票戏，将一生奉献给了艺术；次子因家族内部的纷争与背叛，最终选择自我了断；次女则勇敢地追求自由婚姻，却被家族逐出家门……每一个家族成员的故事，都充满了无奈与挣扎，同时也反映了那个时代的风云变幻。

叶广芩以细腻的笔触，将家族成员们的内心世界展现得淋漓尽致。他们或挣扎于家族荣誉与个人理想的冲突之中，或面临着社会变革带来的种种挑战，或承受着文化转型带来的精神压力。这些故事不仅让我们看到家族成员的命运沉浮，更让我们感受到那个时代的复杂与多元。

《采桑子》不仅是一部家族小说，更是一部具有深沉历史感与文化底蕴的作品。叶广芩在小说中融入丰富的满族文化元素，如满族的服饰、饮食、礼仪等，使得这部作品具有独特的艺术魅力。同时，她也通过这部作品表达自己对于家族、文化与传统的思考与感悟。

叶广芩以金家为缩影，展现了满族贵胄后裔在民国以来的生活画卷。她通过家族成员的命运抉择，反映近百年中国历史、社会、文化的变迁。在这个过程中，我们不仅可以看到家族的兴衰沉浮，更可以看到整个社会的风云变幻和文化转型的艰难历程。

叶广芩在小说中还深入探讨了人性、命运与文化的主题。她通过家族成员们的命运故事，揭示了人性的复杂与多元，同时也表达了对于传统文化与现代文明的冲突与融合的思考。这种深入骨髓的文化自觉，使得《采桑子》成为一部具有深厚文化内涵的作品。

叶广芩的文学功底在《采桑子》中得到充分的展现。她以平实而细腻的笔触，将每一个场景、每一个人物都刻画得栩栩如生。她的文字既有一种淡然的韵味，又蕴含着深深的哀愁，使得读者在阅读的过程中既能感受到历史的厚重感，又能体会到人性的复杂与多元。

在小说中，叶广芩善于运用各种修辞手法来增强作品的艺术效果。她通过生动的比喻、形象的描绘和丰富的内心独白等手法，将家族成员们的内心世界展现得淋漓尽致。同时，她也善于运用象征、隐喻等手法来

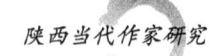

表达自己的思想观点和文化立场。这些手法的运用不仅使得作品更加具有艺术感染力,也使得读者能够更加深入地理解作品的主题和内涵。

《采桑子》不仅是一部关于历史与文化的小说,更是一部关于人性、命运与选择的哲学思考之作。在这部作品中,我们看到一个个鲜活的生命如何在历史的洪流中挣扎、抗争、选择与妥协。他们的命运或许充满无奈与悲哀,但他们的精神却始终闪耀着人性的光辉。

叶广芩通过家族成员们的命运故事,揭示了人性的复杂与多元。她让我们看到了人性中的善良与邪恶、勇敢与懦弱、追求与放弃等多重面向。同时,她也让我们看到了命运的无常与残酷,以及人们在面对命运时的无奈与抗争。这些故事不仅让我们思考人性的本质和命运的意义,更让我们思考如何在复杂多变的世界中做出正确的选择。

《采桑子》是一部具有深刻历史内涵和文化底蕴的作品。它不仅为我们展示了一个时代的风云变幻和一群人物的命运沉浮,更在其中融入对人性、命运与文化的深入思考。这部作品不仅具有极高的艺术价值,更是一部值得我们深思与回味的佳作。

冯积岐

▶▶▶ 冯积岐（1953— ）

　　生于陕西省岐山县农村。1983年在《延河》杂志发表短篇小说处女作《续绳》。1994年加入中国作家协会，在《当代》《人民文学》《花城》《上海文学》等数十种杂志发表中短篇小说300多篇。小说多次被《小说选刊》《小说月报》《长篇小说选刊》等报刊转载。被媒体称为"短篇小说王"。曾任陕西省作家协会专家、创作组组长，陕西省作家协会副主席，《延河》杂志小说编辑。出版有长篇《沉默的季节》《村子》《逃离》等15部。出版中短篇小说集、散文集和长篇小说42部，约千万字。其短篇小说在青海省文联、武汉市文联、吐鲁番市文联等地区和杂志获得过一等奖和优秀奖。长篇小说《村子》《逃离》两次获得柳青文学奖。《村子》曾获中央出版总署"三个一百"优秀奖、中央广播电视联合会"70年70部有声优秀作品"。部分作品被翻译为英文，在美国和英国发表出版。

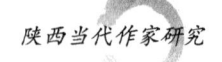

冯积岐与《村子》

在中国当代文学史上，冯积岐是一个不容忽视的存在。他的作品，不仅因为他丰富的人生阅历而显得格外厚重，更因为他独特的艺术视角和深刻的苦难意识而令人瞩目。冯积岐的作品往往带有一种"城籍农裔"作家的特殊情感，他既有着对农村的深厚情感，又有着现代城市人的敏锐观察。这使得他的作品在描述农村生活时，不仅仅停留在传统的农村题材上，而是具有了一种现代意识的观照。

冯积岐是陕西作家中少有的几个有自觉理论追求的人。他是阅读欧美文学作品最多、最透彻、最广泛的一个作家。对于小说他有着自己深刻而又独到的见解。冯积岐在他的畅销书《小说艺术课》一书中曾这样说过："评价文学作品只有两条标准，一是作品的主题论，也就是作品的倾向性，作品的思想性，我所说的思想性，是指作者对人生、人性、历史、现实和生活认知的程度。二是作品的本体论，本体论是指作者在作品的时间、空间、结构、叙述方式诸方面有独到之处。1990年，从西北大学中文系作家班毕业的时候，我写的论文是《论现代现实主义的创作》。我提出了现代现实主义这个命题。我觉得，我是将西方现代主义和现实结合得比较好的小说家。作品既坚持了现实主义的批判性、深刻性，又张扬了现代主义精神。我以为现代主义既是一种艺术手法，也是一种精神。我将现代主义的意识流、心理分析、内心独白、夸张荒诞运用在小说创作中，使作品有了现代意识。这是我的作品和陕西其作家的不相同之处。我的艺术美学观和莫言、余华、阎连科有相通之处。"不仅如此，冯积岐还说："我的写作就是活着。我的活着就是写作。"正是因此，众多的文坛大咖才对他是格外器重，推崇备至。著名作家陈忠实先生生前曾动情地说："我钦佩冯积岐，他以执拗的个性和已具备的强大的思想，勇敢地直面乡村社会，以几近完美的艺术表述，把自己独特的乡村社会体验呈现给我们，让我不仅认知到中国乡村社会的深层裂变，也为整个社会的发展提供一个可资信赖的参照。"著名作家贾平凹说："冯积岐是陕西一个重要作家、优秀作家，因为他的创作在新世纪以来，不但没有衰落，反而很坚挺。冯积岐人有厚德，生活有厚积。他在陕西作家里是吸收现代小说成分较多的一位，而他又是极传统写作的一位，他的生存状况和经验以及走上文学之路受到的教育都是传统性的，可以说是形成了自己固有的一套写法的作家。"著名作家、上海大学教授葛红兵说："冯积岐的作品富于想象力的创新和探索，突破了现实主义的表现手法，作品具有浓郁的现代主义色彩。"著名文学评论家李星先生说："冯积岐的小说似乎具有一种与生俱来的魅力，他总是将自己准确的生命和人生体验投射到对象化的小说之中。他的小说叙事可以说达到了炉火纯青的地步。"著名文学评论家李建军说："冯积岐的作品是真实的、真诚的、优美的，作品在朴实中透出一种高贵，平静中显示出了强烈的愤怒。"著名学者方宁说："对冯积岐而言，他太熟悉和了解当初给了他生命的土地，同时也给了他历史创痛的乡村，这些都构成了他与生俱来的生命的印记，也是他不断写作不断拿出力作的源泉。他的笔背负着沉重的历史，他用文学思考着人的命运，这是他身为作家所能讲述出来的打动人心的故事。我敢说，他笔下的每一个人物，他所写的每一段历史，都有着石头一般的重量。"

冯积岐是一位在全国中短篇小说领域具有举足轻重地位的作家，以其丰富的创作数量和卓越的艺术成就，成为文学界一颗璀璨明珠。他不仅是全国写中短篇小说最多的作家之一，更以其独特的艺术风格和深入人心的作品内容，赢得了广大读者的喜爱和尊敬。当我们提及全国中短篇

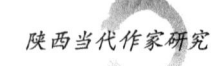

小说创作超过300部的作家时，刘庆邦、范小青等名字自然会浮现在脑海。然而，冯积岐与他们并肩，同样在这个领域取得令人瞩目的成就。这不仅仅是因为他的高产，更是因为他的作品质量和深度。他的每一篇作品，都凝聚了他对生活和社会的深刻洞察，以及他作为一个作家的独特思考。

冯积岐的短篇小说代表作《我的农民父亲和母亲》《短暂失明的唢呐王三》《刀子》《我们村的最后一个地主》等，都是深受读者喜爱的作品。这些作品以生动的语言、细腻的笔触，描绘了农村生活的真实面貌，展现了人性的复杂与美好。其中，《我们村的最后一个地主》更是被选入《第五届鲁迅文学奖获奖作品集》，这无疑是对冯积岐创作才华的高度认可。而《我的农民父亲和母亲》则被选入《小说月报30年优秀作品集》，再次证明了冯积岐作品的艺术价值和时代意义。这两部作品都是冯积岐对农村题材的深入挖掘和精彩呈现，他不仅关注农民的生活状态，更深入地探讨农民的精神世界和情感体验。除了这些代表作，冯积岐的短篇小说《沉默的粮食》《逃》《树桩》也都获得省、市文学奖。这些奖项不仅是对他作品的认可，更是对他多年来坚持创作、不断探索的鼓励。

冯积岐的创作之路并非一帆风顺，但他从未停止对艺术的追求和探索。他曾经说过："我之所以写那么多，是因为从不满意自己，不断地探索，不断地改变写作手法。"这句话充分展现了他作为一个作家的自我要求和不懈追求。从现实主义到现代主义，冯积岐尝试了各类艺术手法，不断探索和创新。他尝试过荒诞小说、黑色幽默、印象派小说等多种艺术形式，展现了他作为一个作家的多元化和全面性。这种勇于尝试、不断挑战自我的精神，正是他能够在文学领域取得如此高成就的重要原因。与其他一些作家相比，冯积岐不愿意用一种艺术形式固定自己。他认为，艺术是无止境的探索和创新，只有不断地尝试和挑战，才能创作出更加深入人心的作品。这种开放和包容的创作态度，使得他的作品充满了活力和新鲜感。冯积岐的作品不仅具有深刻的思想内涵和丰富的艺术价值，更展现了他作为一个作家的独特个性和精神风貌。他的创作历程和成就，不仅是对他个人才华的肯定，更是对整个文学界的贡献和推动。冯积岐以其卓越的创作才华和不断探索的精神，成为全国中短篇小说领域的杰出代表。他的作品不仅赢得了读者的喜爱和认可，更在文学界产生了广泛而深远的影响。

从1994年起，冯积岐开始长篇小说写作，兼顾中短篇小说和散文写作，在写作上进行大量的实验，在文学本体、艺术美学上有了自己的追求，将荒诞、意识流、内心独白、心理分析运用到小说创作中，这种现代主义的艺术手法使他的创作呈现出多样化，句式也在不断变化。

冯积岐是一个有着丰富人生阅历的作家，其作品有较强的苦难意识。冯积岐虽也属于"城籍农裔"作家，但他是以现代城市意识审视农村的一个作家，他对农村生活进行现代意识观照下的艺术尝试，作品超出了农村题材的意义。冯积岐的小说大致可以分为两类。一类是写实性较强的作品，如《我的农民父亲和母亲》，这类作品通过细腻的笔触，真实地再现了农村的生活场景和农民的情感世界。另一类则是理念性较强的现代寓言类或观念表现类小说，如《曾经失明过的唢呐王三》。这类作品则更多地运用寓言和象征的手法，表达了作者对农村生活的深刻思考和现代观照。

冯积岐的代表作《村子》无疑是他文学创作上的一个高峰。这部小说不仅具有震撼人心的艺术力量，更在深度和广度上超越了一般的农村题材作品，是一部深入中国农村现状与命运的史诗长卷。小说以松陵村为切入点，通过对这个村子的深入描绘，展现了

《村子》封面

中国农村的现状和命运走向。松陵村作为一个有着古老历史的村子，其变迁和发展无疑是中国农村变迁的一个缩影。这部作品以松陵村为蓝本，深入剖析了中国农村在改革开放20年间的变迁与冲突。小说不仅以精湛的艺术手法展现了农村生活的真实面貌，更通过细致入微的人物刻画和情节设置，揭示了农民在社会变革中所面临的心理困惑和道德冲突。

松陵村，这个位于秦地关中西部的古老村落，仿佛是一个缩影，让我们看到了中国农村最基本，也最复杂的社会单元。作者冯积岐在创作这部作品时，显然具备着清醒的史记意识。他选择了编年依时序的方式来设置情节，使得整部小说如同一部流动的历史长卷，清晰而生动地展现了农村从人民公社到改革开放的历史进程。

从1979年到1999年，这20年间的中国农村，经历了前所未有的变革。随着生产方式的转变和生活水平的提高，农村社会关系也在不断调整。冯积岐敏锐地捕捉到这一过程中的种种矛盾和冲突，通过小说中的三个宗族六个家庭，展现了农民在政治、经济、文化等多个层面上的困惑和挣扎。

小说中的人物形象栩栩如生，他们既是历史的见证者，也是改革的参与者。他们在巨变中，既享受到物质生活的改善，也承受着心理和精神上的巨大压力。这些压力来源于生产方式的变化、生活方式的转型，以及由此带来的价值观和文化观念的冲突。冯积岐通过细腻的笔触，深入揭示了这些冲突对农民个体和整个农村社会的影响。

值得一提的是，冯积岐在小说中巧妙地运用了关中方言，这不仅增强了作品的地域特色，也让读者更加真实地感受到了农村生活的气息。方言的运用，使得小说在清新流畅的叙述中，更加贴近读者的心灵，让人仿佛置身于那个充满变革和希望的年代。

《村子》的创作延续了陕西作家柳青、路遥、陈忠实等前辈的传统，即真实揭示一个时代的乡村社会，并进行深刻的反思。冯积岐在展现农村现实的同时，也在思考着中国乡村社会的未来和农民的命运前途。他通过小说中的人物冲突和文化冲突，向我们提出了一个深刻的问题：在农村的文化传统受到各种力量冲击后，我们该如何寻找新的文化支撑。

在这部作品中，我们不仅看到农村社会的历史变迁，更看到农民在变革中的心路历程。冯积岐以其敏锐的洞察力和深邃的思考，为我们呈现了一部关于中国农村现状与命运的史诗长卷。这不仅是一部文学作品，更是一部具有深刻社会意义的历史见证作品。

《村子》是一部值得我们深入阅读和研究的作品。它不仅让我们看到中国农村在改革开放过程中的辉煌与挫折，更让我们思考了如何在未来的发展中，为农村找到一条既符合时代潮流，又能保持其独特文化价值的道路。这是一部具有深刻社会意义和人文关怀的作品，值得我们每一个关心中国农村发展的人去认真阅读和思考。

在《村子》中，冯积岐特别重视时序的处理。小说一开始，就标明时间为1979年，而小说最后，又注明此时为1999年。中间若干节，也不时标明年份，提示时间进程。这种对时序的精细处理，不仅使得小说具有了一种历史的纵深感，也使得读者能够清晰地感受到中国农村在改革开放20年间的巨大变化。这种变化不仅仅是物质层面的，更是精神层面的。在人民公社解体前后，中国农村社会关系进行了重大的调整，因生产方式的变革和生活方式的变化而出现了新的社会问题和矛盾。冯积岐通过深入揭示这些社会问题和矛盾，展现了农村生活的真实面貌。

《村子》延续了陕西作家如柳青、路遥、陈忠实等的创作特点。他们在对一个时代特别是中国的乡村社会进行真实揭示的同时，也进行了深刻的反思。冯积岐在《村子》中，不仅揭示了人物的心理冲突和文化冲突，更注重思考中国乡村社会的去路和农民的命运前途。他试图在农村的文化传统受到各种力量冲击的背景下，寻找新的文化支撑之所在。这种思考和探索，使得《村子》不仅仅是一部描写农村生活的作品，更是一部具有深刻社会意义和文化价值的作品。

冯积岐在《村子》中所展现的农村生活，既是他个人生活阅历和艺术追求的体现，也是他对中国农村现状和未来命运的深刻反思。他通过对松陵村的深入描绘，让我们看到了中国农村在改革开放二十年间的巨大变化和挑战。同时，他也通过揭示人物的心理冲突和文化冲突，让我们思考了农村社会的去路和农民的命运前途。这种思考和反思，不仅具有深刻的社会意义，也为我们理解中国农村生活提供了新视角和新思考。

著名作家陈忠实先生生前阅读《村子》一书，读到100页的时候，忍不住兴奋和激动，给作者冯积岐打电话，说："《村子》写得好，真好。这种电话我是极少打的，即使是真好的作品，我也是在读完全篇打给作者的。这回竟抑制按捺不住了。"不仅如此，老先生后来还专门在《长篇小说选刊》（后被《文艺报》转载）上写了一篇题为《村子，乡村的浓缩和解构——冯积岐长篇小说〈村子〉》，向文学界隆重推荐这部作品。陈忠实先生在这篇文章中这样评价《村子》："这是一部确凿令我感受到心理震撼的长篇小说。震撼来自于作品丝毫不见矫饰的巨大的真实感。我深为这种既呈现着乡村生活的真实和艺术描绘的精确和典型感动。这部小说最直接的阅读感觉是不能读得太快，对我这个老读者来说，发生这种阅读直感也不是很多。如果用一句话来概括阅读感受，《村子》展示给我的是，自公社体制解体到农民个体经营20多年来，中国乡村社会生活演变的一部深刻而又真实的小说读本，可以透见生活深层运动过程里令人心颤的复杂和艰难的形态。我有过较长的乡村生活和工作的经历，作为一个纯粹的读者，对农村题材小说的真实性尤为敏感，往往成为我继续阅读或无奈舍弃的首要标准。真实才能获得读者的信赖，也是揭示生活深层运动形态的基础。《村子》首先以其巨大的真实感触发我的心理震撼。……《村子》把那场短暂的欢乐之后20多年的乡村生活的裂变，浓缩为一个颇具典型意义的读本。……冯积岐从外形到心理都把准了这个人物的脉搏，也刻画成功一个少见的人物典型，具有广泛的覆盖面，且不局限于农民身份和乡村地域。……《村子》不是一个无足轻重的百十户人家的村子，而是浓缩了一个特定历史过程乡村社会的变迁史。不凡之处在于作者直面这种裂变和变迁的深层脉动，确凿把握住了令我惊悚令我捶掌的不曾见识过的熟识里的陌生，令我震撼。我尤其看重冯积岐在这部作品里面对生活和社会的姿态：直面。""我因此而钦佩冯积岐，他以执拗的个性和已具备的强大的思想，勇敢地直面乡村社会，以几近完美的艺术表述，把自己独特的乡村社会的体验呈现给我们，让我不仅感知到中国乡村社会的深层裂变，也为整个社会的发展提供一个可资信赖的参照。"

综上所述，冯积岐的《村子》是一部具有深刻社会意义和文化价值的作品。它不仅展现了中国农村在改革开放20年间的巨大变化和挑战，也揭示了人物的心理冲突和文化冲突。同时，作者还通过对时序的精细处理和地域特性的突出，使得小说具有一种历史的纵深感和真实感。这种艺术上的追求和深刻的社会思考，使得《村子》成为一部值得一读再读的佳作。它不仅让我们看到中国农村的现状和命运走向，也让我们思考了农村社会的未来发展和农民的命运前途。这种思考和反思，无疑对我们理解和关注中国农村生活具有重要的意义和价值。

杨争光

▶▶▶ 杨争光（1957— ）

  陕西乾县人，1982年毕业于山东大学中文系。历任天津市政协干部，陕西省政协干部，《陕西政协报》副总编，西安电影制片厂编剧，陕西作家协会第三届常务理事。1981年，开始发表作品。1991年，加入中国作家协会。曾任深圳市文联专业作家、深圳市文联原副主席、深圳市作家协会副主席、深圳市影视家协会副主席等。长期从事诗歌、小说、影视剧写作。出版有十卷本《杨争光文集》及多部小说集、散文集、诗集；电影《双旗镇刀客》编剧，电视连续剧《水浒传》编剧之一、《激情燃烧的岁月》总策划、《我们的八十年代》总编审，2012年11月28日，由海天出版社精心编辑出版的十卷本《杨争光文集》正式出版发行。作为著名作家杨争光作品的首次全面结集，该文集的出版是深圳文学也是中国文坛的重要收获，深圳出版史上的一次标志性大事件。著有长篇小说《从两个蛋开始》《少年张冲六章》《我的岁月静好》等，中短篇小说集

《黄尘》《黑风景》《赌徒》《老旦是一棵树》《公羊串门》《鬼地上的月光》《驴队来到奉先畤》《棺材铺》等,其中《老旦是一棵树》被改编成法语电影在威尼斯国际电影节展映。《公羊串门》被改编成话剧在维也纳上演。作品曾获庄重文文学奖、夏衍电影文学奖、人民文学奖等。作品被翻译成多国文字在国外出版。电影《双旗镇刀客》获日本夕张惊险与幻想国际电影节大奖;西柏林国际电影节新评论奖;香港十佳电影等;《五魁》获鹿特丹国际电影节观众最佳选票奖;《杂嘴子》获威尼斯电影节国会议员奖;《黄沙青草红太阳》获布拉格国际电影节大奖;《How Harry Became a Tree》(根据《老旦是一棵树》改编),2000年由法国、意大利、爱尔兰联合出品。电视剧《水浒传》获中国电视剧飞天奖、金鹰奖;总策划的《激情燃烧的岁月》,获中国电视剧飞天奖、金鹰奖等。杨争光长篇小说《我的岁月静好》入选2022年中国作家协会重点作品扶持项目,并荣获第九届"深圳十大佳著",这是2012年以来,杨争光唯一一部新作,也是自《少年张冲六章》之后的唯一一部长篇小说。《我的岁月静好》一经出版,好评如潮。

杨争光与《从两个蛋开始》

21岁考入山东大学前，杨争光生活在陕西乾县农村老家，高中毕业后，他在村上当社员，因为不会做农活，被村人嘲弄得很自卑，母亲也常常哀子不幸、惜子不争，才有了争光的名字。书成了他逃避现实的精神朋友。看多了，有了自觉的写作训练，在本子上"胡写乱画"。柳青的《创业史》第一部，也是他在那个时候看到的，《创业史》是对陕西作家最具影响力的作品，而杨争光后来也成了真正的作家。他说：母亲在，他就不会长大。母亲的离世，让他一夜之间成了年过花甲的老人。五年前，他患严重抑郁症，是老母亲陪伴他。母亲离世后，他也坚强地走了出来，当时正是传统阅读与传播受到历史性冲击的时候。为了改变以前懒散任性贪玩的毛病，他开始在公众号连续写短文，就像对人生进行梳理。他又是一个有很多愿望的人，在写作中把很多生活片段、艺术见解都拉扯在一起了，让人们更多地见到他精神生活的另一面。

杨争光是一位有着自己独特创作个性的作家，他以土地为原型讲述西北农村的故事，在农民之间的关系中再现了"他人即地狱"的哲学思想，从而揭示出更为深层的人性内涵，达至寻求中华民族之根性的目的。土地是中华民族的精神原型，土地的土性、农民的土性，实际上反映了一个国家和民族的根性，这在杨争光的很多作品中得以体现。

杨争光的创作代表了陕西新一代作家新的审美观念。陕西的小说创作基本上是现实主义的路子，杨争光前期的小说也写实，但他与传统现实主义小说那种作者直接介入小说不同，他主张"作者的隐退"，认为"应该把认识、把握与表现分开""理性的认识、把握的意义在于'清晰'，它基本的程序是条理化的分割。这样，和'清晰'并生的就是对具体事物的生命的折损。这却是艺术表现上的大忌讳。从这一角度来说，表现的过程也就是一个还原和恢复生命的过程"。杨争光前期的小说，作者隐藏起来，而将生活本身客观地呈示出来，这是现代小说的特点。杨争光1989年底调至西安电影制片厂任专业编剧，电影《陕北大嫂》《双旗镇刀客》的编剧就是他。或许受到电影艺术的一些影响，他后来的几个中篇如《棺材铺》《赌徒》，艺术上与他以前的作品比较有些变化。小说不是对生活的还原，而是有所艺术抽象，直奔生活、人生中本质性的问题；叙事中有所夸张，比如《赌徒》中写赌徒赌牌，背景是荒漠，搬的麻将牌是真正的大城砖，这种刻意造成的场景和视觉效果只能是电影画面的艺术处理；小说中的场景、人物与情节都有些传奇色彩，像《赌徒》中荒野、硬汉、浪漫的爱情故事与人物出生入死的经历，颇有西部传奇格调。杨争光的小说注重写人性，回到人的生命本身，社会历史背景是淡化的。《赌徒》写的是人性的执着与痴迷；《棺材铺》写人的自私，损人利己的自私性；《老旦是一棵树》写人性中的仇恨，无缘无故的仇恨。杨争光对人性的挖掘有一定的深度，但他的作品中缺乏一种精神的指向性。他把价值评判悬搁在一边，有一种虚无的色彩。

在中国文坛，杨争光绝对是个异数。"文学林莽中的独行侠，影视江湖上的老刀客，现实生活里的散淡人。"杨争光在中国当代作家中，是一个复杂的构成，先锋小说、地域文化小说、寻根小说、土匪小说。杨争光没得过什么文学大奖，可他的作品在中国文坛谁也绕不过去。"是好人里的坏人，坏人里的好人""在浮躁的人中我算不浮躁的，在不浮躁的人里我算浮躁的"，杨争光说自己是第三种人。杨争光的作品一直被认为给中国当代文坛带来一股混杂着黄土狂沙的西北旋风。他的文章一贯冷硬倨直，笔下皆是黄土地上粗粝酷烈的生命挣扎。

1986年，杨争光开始正式写小说。杨争光的小说立足民间，重点关注乡土中国背景下的家族和村社文化，还有就是对国民劣根性以及民间暴力的阐述。杨争光说："我希望我的小说能触及我们文化的源头和根系。"事实上他做到了。无论是早期的中篇小说《黑风景》《棺材铺》《老旦是一棵树》，还是后来的长篇小说《越活越明白》《从两个蛋开始》《少年张冲六章》。杨争光的小说迥然于一般作家的传统写法，他将荒诞和幽默发挥到了极致，文风挺拔峻峭，自成一派，创出了一条少有人走的路，卓然大家。

《从两个蛋开始》封面

1997年初，因为一家报纸的采访，杨争光第一次去了深圳，印象很好。喝茶聊天时，有朋友问他愿不愿意调到深圳来，杨争光随口说愿意。杨争光说愿意但并没当真，朋友却当真了，竟然办成了，很快就有了官方的回应。就这样，杨争光于1999年正式调到深圳市文联，任专业作家。当时《三秦都市报》以"陕西又见孔雀东南飞"为题，连续三天刊发专题报道，引发社会关注。因此有朋友戏称杨争光是"杨孔雀"。有评论家称当时的陕西文坛有两个半作家，两个不用说，大家都知道。那半个指的就是杨争光。足见杨争光当时影响之大。2012年11月28日，《杨争光文集》十卷本正式出版发行。深圳官媒称杨争光的高度代表着深圳文化的高度。深圳将杨争光视为"国宝"和"代言人"。但60岁之后，杨争光还是毅然决然地辞掉了他在深圳担任的一切社会职务，回到了他的故乡——乾县。

杨争光说："写作是我生命构成的主要部分。写作使我实现了少年时就有的梦想，并以此成了我的职业。写作教育了我，训练了我，在写作中成长、坚守，渐渐变老。""不能在生活中迷失，更不能让生活掩埋。生，并不是我的意志，死，也不会依我的意志。但在生与死之间的

'活'，却可以尽可能依着自己的意志——尽可能，尽可能，我们能做的，也只能是尽可能而已。"不焦躁，不凑热闹，不愤怒，也不羡慕，在思想中享受思想，在创作中享受创作。如今，年过花甲的杨争光经常游走在深圳、西安、乾县之间，过着悠然自得的生活。

阔别小说十年后，2022年人民出版社出版了杨争光的最新长篇小说《我的岁月静好》。《我的岁月静好》刻画了一个以"旁观"为生活哲学的男主人公德林，他不仅以旁观者自居，且身体力行，成为"岁月静好"的拥有者。不论是在乡村还是在城市，作为朋友或者家人，他都能一以贯之维持自己的"旁观"姿态，并且如鱼得水。杨争光通过德林的眼睛旁观了婚姻、亲情、女子车祸、邻里恩怨、乡村城镇化进程等一系列事情之后，他摆在读者面前的，不是对主人公洋洋自得的"岁月静好"的赞同，而是把握这个快速发展的时代的脉搏之后，对这种旁观之心的凛然反问：究竟应该怎么做，才能使"岁月静好"不只是浮于表面的一层幻象而具有更加真实、丰满的肌理与内涵？"故乡"所在的乡土世界仅在回忆中富有温情，那么，脱离土地的人群，他们的精神应该依附何方？当代作家面临新的挑战——文学如何描述、记录、架构一个现代的中国，杨争光正是以这部新作尝试着抓住这个时代。

《从两个蛋开始》是杨争光的具有代表性的作品，小说撷取符驮村20世纪40年代末以来有意味的历史片段，专门记叙凡人琐事，野史村言。它是一部民间人物的志异传奇，着力描画乡村各色人等；它也是一个村庄的编年史，杂糅故事、民俗、历史及考辨，揭示世事更替、人心变幻。其对乡村生活的原生状态，人物行止的日常哲学的观照与调侃，俱来自杨争光式独一无二的透彻、犀利和诡谲目光。杨争光巧妙地运用了杂糅手法，使得作品既有历史的厚重感，又不失文学的审美情趣。

《从两个蛋开始》其创作背景值得深究。该作品脱胎于作者对家乡符驮村历史的深刻洞察。在这个小村庄里，普通人的日常生活、琐碎的事件，以及口耳相传的野史，都被赋予了丰富的文化内涵和社会价值。杨争光不仅仅是在记录一个村庄的变迁，更是在借助这些具体的历史片段，反映出时代的沧桑巨变和人性的复杂多样。

小说在叙事手法上独具匠心。作者采用了一种独特的叙事方式，将历史和现实、真实和虚构巧妙地融合在一起。

小说在人物塑造上非常成功。作者通过对乡村各色人等的描画，展现了他们的性格特点和命运轨迹。无论是善良淳朴的农民、狡猾奸诈的乡绅、还是勇敢正义的村民领袖，都栩栩如生、跃然纸上。这些人物形象的塑造不仅丰富了作品的内容，也深化了作品的主题和内涵。杨争光笔下的人物既有质朴善良，也有狡猾自私；既有传统的束缚，也有新时代的冲击。通过对这些平凡人物日常行为的描写，杨争光不仅展示了乡村生活的原生状态，更揭示了潜藏在日常哲学之下的社会真相。

语言风格是《从两个蛋开始》的又一亮点。杨争光的语言简洁而生动，充满了地方色彩和时代气息。他善于运用方言、俚语和谚语，使得作品语言富有韵律和节奏感，增强了文本的吸引力。同时，这种对语言的运用也使得作品更加贴近乡村生活的真实状态，让读者能够身临其境地感受作品所要传达的情感和思想。

在主题思想上，《从两个蛋开始》展现了杨争光对乡村生活的深刻思考。作品中既有对传统乡村文化的怀旧，也有对现代化进程中失落和牺牲的反思。杨争光通过对乡村生活的细腻描绘，引发读者对于人与自然、传统与现代、个体与社会之间关系的思考。这种深层次的主题探索，使得《从两个蛋开始》不仅是一幅乡村生活的画卷，更是一本蕴含着丰富哲理的社会学教科书。

小说在揭示社会现实和人性复杂方面也取得了显著成就。作者通过对符驮村历史变迁的描绘和人物命运的展现，揭示了社会现实的复杂性和人性的多面性。同时，作者还运用了大量的象征和隐喻手法，使作品具有深刻的思想内涵和哲理意味。

　　除了文学价值之外，《从两个蛋开始》还具有深刻的社会意义。它通过对符驮村历史变迁的描绘和人物命运的展现，反映了中国农村社会的历史变迁和现状。在当今社会，随着城市化进程的加速和城乡差距的扩大，农村问题已经成为一个亟待解决的社会问题。而《从两个蛋开始》所展现的农村生活状态和人物命运，无疑为我们提供了一个了解和思考农村问题的窗口。小说还揭示了人性的复杂性和社会的矛盾。在符驮村这个小小的世界里，我们可以看到人性的善与恶、美与丑、真实与虚伪等复杂面貌。同时，我们也可以看到社会矛盾的激化和社会问题的凸显。这些问题不仅存在于符驮村这个小小的世界里，也普遍存在于我们的现实生活中。因此，《从两个蛋开始》所揭示的社会现实和人性复杂问题，对于我们认识和解决现实问题具有重要的启示意义。

黄建国

▶▶▶ 黄建国（1958— ）

  陕西乾县人，毕业于兰州大学中文系，长安大学文学艺术与传播学院教授、硕士研究生导师。中国作家协会会员，陕西省作家协会理事，陕西省作家协会中短篇小说委员会委员，陕西省写作学会副会长，陕西省影视审查专家委员会委员。曾兼任《女友》杂志主编、《文友》杂志主编、女友杂志社文稿总监、曾任教育部戏剧影视广播类专业教学指导委员会委员。出版小说集《蒜头串脑的太阳》《谁先看见村庄》《一树蝴蝶》《陌生人到梅庄》，文论集《文学魅影与生活镜像》，主编教材《中外文学名作阅读与欣赏》《中外电影史》。获西安第六届文学奖、陕西省作家协会双五文学奖、首届《北京文学·中篇小说月报》奖、首届中国小小说金麻雀奖、第三届柳青文学奖等。

黄建国与《梅庄的某一个夜晚》

在中国当代文学的多彩画卷中,黄建国以其独树一帜的笔触勾勒出一个又一个生动的乡村场景。他的作品集诸多故事于一处,统一在"梅庄"这一假定的乡村空间里。这个虚构的地方既具备了个性化的特征,又承载了历史的厚重,成为西部农村的一个缩影,一个充满意象的叙事群。尤其是在其作品《梅庄的某一个夜晚》中,黄建国不仅展现了乡村的生活画面,更深入地探讨了当下社会中农民精神世界的裂变。

《梅庄的某一个夜晚》不仅展现了一个生动而真实的农村世界,更深刻地揭示了人性的复杂和时代的变迁。在黄建国的笔下,梅庄不仅仅是一个地名,更是一个充满个性和历史的乡村。它是西部农村的缩影,是作者用来展示乡村生活、描绘人性百态的意象群。通过梅庄的故事,我们看到了一个既陌生又熟悉的世界,这个世界虽然不大,但新鲜而真实,充满了生活的气息。梅庄的故事牵引出了一个个鲜活的乡间人物,他们或善良、或狡黠、或朴实、或虚荣,每个人物都有自己独特的性格和命运。这些人物在黄建国的笔下得到生动的展现,他们的故事构成一幅丰富多彩的乡村画卷。

《梅庄的某一个夜晚》是一篇内涵丰富、结构精巧的短篇小说。它以乡村的夜晚为背景,通过一系列看似琐碎的事件,揭示了乡村社会的复杂性和多面性。小说通过一个夜晚的叙述,展现了梅庄人民的生活状态和精神面貌。在这个夜晚里,各种欲望和欲念像荒野的磷火一样不可遏止地飞扬着、窜动着,权利、金钱、运势的诱惑让人们身不由己;贫穷、疾病、死亡的威胁让人们恐惧而妄想。小说中的故事情节看似简单,却蕴含着深刻的意味。村民委员会主任对那个从南方回来的女孩的态度，反映了他对权势的渴望和对挑战的恐惧；老夫妻意外获得女儿的一笔款后的想法，揭示了他们对金钱的渴望和对未来的不确定；农民的儿子考上大学后被父亲误改专业的故事，更是揭示了农村教育中存在的盲点和误区。在这个夜晚里，黄建国不仅展示了梅庄人民的生活状态，更深刻地揭示了人性的复杂和时代的变迁。他通过细腻而深刻的笔触，描绘出了人性的贪婪、虚荣、自私和善良，同时也展现了时代变迁对人们生活的冲击和影响。

《陌生人到梅庄》封面

小说的开头就描绘了一个充满戏剧性的场面：村民委员会主任因为一位女孩没有向他朝拜而感到愤怒。这不仅是权力的展示，也是对个体尊严的挑战。随后，一对老夫妻意外获得一笔钱，他们的反应和行为充满了戏剧性，反映出普通人在面对突然的财富时的种种心态和困境。更为讽刺的是，一个农民的儿子考上了大学，父亲却因为对外界信息的误解，擅自更改了儿子的专业，导致录取通知书作废。这些事件虽然独立，却共同构成了梅庄这个夜晚的全貌，也反映了当代农村社会的现实问题。

黄建国的小说具有独特的艺术特色，他的语言平易近人，不刻意经营，却能粘住人，一下子就逗起读者的好奇心，引诱人往下看。他的小说往往以小见大，通过简单的故事情节和人物塑造，揭示出深刻的社会现象和人性问题。黄建还善于运用幽默和讽刺的手法，以轻松诙谐的方式揭示人性的弱点和社会现象。他的小说中常常充满有趣的细节和悬念，让人忍俊不禁，哑然失笑。这种幽默和讽刺不仅增强了小说的可读性，也深化了小说的主题和意蕴。此外，黄建国的小说还具有强烈的现实主义色彩和人文关怀精神。他关注农村和农民的生活状态和精神面貌，通过小说反映社会现实和人性问题，呼吁人们关注农村和农民的生活和发展。他的小说不仅具有文学价值，还具有社会意义和人文价值。

在文学风格上，黄建国的小说与契诃夫的作品有着一定的相似性。他们都善于以简练的笔触和生动的细节揭示人性的复杂和社会现象的深刻性。契诃夫的小说以幽默和讽刺为主要特色，通过对人物的刻画和情节的展开，揭示出人性的弱点和社会的弊端。而黄建国的小说则更注重对人物内心世界的挖掘和对社会现实的反映，通过细腻而深刻的笔触描绘出人性的复杂和时代的变迁。在文学主题上，黄建国的小说与契诃夫的作品也有着一定的联系。他们都关注社会底层人民的生活状态和精神面貌，通过小说反映社会现实和人性问题。契诃夫的小说中常常出现对官僚主义、腐败现象和社会不公的批判和讽刺；而黄建国的小说则更注重对农村和农民生活的描绘和反映，通过小说呼吁人们关注农村和农民的生活和发展。

黄建国的小说总是能够抓住读者的注意力，这得益于他在叙事上的巧妙安排和语言上的精练。他的语言简洁明了，却又不失深意，能够引人深思。他通过具体的人物和事件，触及人性的深层次，揭示了人性背后的沉重、固执、愚昧和荒诞。这种对人性的深刻洞察，使得《梅庄的某一个夜晚》不仅仅是一篇小说，更是一次对农民精神状态的剖析。

在这篇小说中，黄建国还巧妙地运用了传统戏曲秦腔作为文化背景，以此来提醒读者，无论时代如何变迁，某些传统的价值观念和生活方式依然根深蒂固。这种对传统的坚守和对变化的敏感，构成了黄建国作品中独特的双重视角。他既关注乡村社会的传统文化，又不失对现代化进程中农民精神世界的关注。

黄建国的创作手法也体现在他对细节的处理上。他善于捕捉生活中的有趣人物和事件，将它们融入叙事之中，使得作品既有趣味性，又不失深度。《打赌》《较劲》等短篇作品都展现了黄建国对人物性格和社会现象的独到见解。他的作品往往从一个小事出发，逐渐揭示出人物的性格特点和社会的矛盾冲突。

在《梅庄的某一个夜晚》中，黄建国还展现了他对农民的理解。他不仅批判了农民中的一些消极面，如对权势的盲目追求和对金钱的过度渴望，也展现了他们的善良和温厚。这种对农民性格的深刻理解和对农村社会现实的敏锐观察，使得黄建国的作品具有深刻的社会意义和文学价值。

黄建国的《梅庄的某一个夜晚》是一部集意味、趣味和韵味于一体的作品。它不仅为我们展示了一个具体的地方——梅庄，更通过这个地方揭示了中国西部农村的社会现实和农民的精神世界。黄建国通过对人物的深刻刻画和对事件的巧妙安排，使得这部作品成为中国当代文学中不可多得的乡村叙事佳作。

邹志安

▶▶▶ 邹志安（1946—1993）

  陕西咸阳礼泉县阡东镇王禹村人，国家一级作家，国务院有突出贡献专家，享受"政府特殊津贴"。1966年7月毕业于乾县师范学校。1966—1970年在骏马乡大范村学校任教。1971年，调县文化馆任创作辅导干部。1978年，加入中国作家协会陕西分会，任专职作家。1982年，任陕西省作家协会理事、主席团委员。为了深入生活、搞好创作，1982年先后兼任中共礼泉县委宣传部副部长、县委副书记。1972年，邹志安开始发表小说，1976年崭露头角。著有《哦，小公马》《支书下台唱大戏》《爱情心理探索》（四部）、《乡情》《心旌，为什么飘摇》《红尘》《关中异事录》《黄土》等500余万字作品，《哦，小公马》《支书下台唱大戏》曾分别获全国第七、八届优秀短篇小说奖等多个奖项。1990年6月出访苏联。逝世前正着力于系列长篇小说《关中异事录》的创作，可惜遗稿未竟，1993年1月病逝。

邹志安与《哦，小公马》

邹志安，这位1993年离世的纪实作家，以其深邃的笔触和独特的视角，在陕西文坛上留下了浓墨重彩的一笔。

邹志安生于一个普通的农民家庭，他的童年和少年时期都是在黄土高原上度过的。在这片贫瘠而又充满生机的土地上，他亲身感受到农民的艰辛与坚韧，也见证了农村社会的变迁与发展。这些生活经历为他日后的文学创作提供了丰富的素材和深刻的感悟。

1972年，邹志安开始了他的文学生涯。他凭借着对文学的热爱和与生俱来天赋，很快就在文坛上崭露头角。他的作品以纪实为主，真实地反映了农村社会的现状和农民的生活状态。他的笔触细腻而深邃，能够准确地捕捉到人物内心的细微变化，让读者在阅读中感受到强烈的共鸣和震撼。

《哦，小公马》封面

在邹志安的文学生涯中，他创作了大量的文学作品，其中最为人们所熟知的是他的短篇小说《哦，小公马》。这篇小说以他的家乡陕西礼泉县为背景，通过讲述一个农民家庭的故事，展现了黄土高原上人们的生活状态和精神风貌。小说以真实细腻的笔触描绘了人物性格和情感，让读者在阅读中感受到强烈的情感冲击和心灵震撼。这篇小说一经发表，就获得了广泛的赞誉和认可，成为邹志安的代表作之一。

除了《哦，小公马》之外，邹志安还创作了许多优秀的文学作品，如《乡情》《关于冷娃》《粮食问题》等。这些作品都以黄土高原为背景，以农民为主角，通过讲述他们的故事，展现了农村社会的现状和问题。邹志安的作品深受读者喜爱，也获得了许多荣誉和奖项。他曾获得北京市庆祝建国35周年文艺作品征集短篇小说创作一等奖，第七届全国优秀短篇小说奖等多项荣誉。

邹志安的文学作品不仅具有深刻的思想内涵和独特的艺术风格，更蕴含着一种深沉的文学精神和追求。他始终坚持"真实、深刻、感人"的创作原则，力求通过文学作品反映出社会的真实面貌和人们内心的真实感受。他关注农民的生活和命运，关注农村社会的发展和变迁，用自己的笔触为农民发声，为农村社会呐喊。

在邹志安看来，文学不仅是一种艺术形式，更是一种责任和使命。他的文学作品表达了对黄土地和土命人的深深爱恋，也表达了对文学事业的执着追求和至死不悔的信仰。他的这种精神深深地感染和影响了后来的作家和读者，成为陕西文坛上一种独特的文学精神。然而，命运却对这位才华横溢的作家并不眷顾。1993年1月17日，邹志安因病离世，年仅46岁。他的离世让陕西文坛失去了一位重要的作家和领袖人物，也让读者失去了一位深受喜爱的文学大师。邹志安虽然离世了，但他的文学作品和精神却永远地留在了人们的心中。他的作品被广泛传播和阅读，成为一代又一代读者的心灵慰藉和精神食粮。他的文学精神也激励着后来的作家们继续为文学事业奋斗和追求。

著名评论家杨焕亭认为，邹志安的作品以关中黄土地为背景，潜藏并折射出重农、亲农、哀农、悯农意识，这既是生命的本能，更是对中国传统优秀文化现实主义精神的继承。邹志安是黄土地的孝子，他一生歌颂黄土。从亲缘血脉的传承上发现中国农民的传统美德。笑声中有哭声，深情中见忧愤，而他的基调连同他的死，都带有悲壮的气质。邹志安的价值不仅在于他以数百万字的作品奠定了他在文坛的地位,更在于他把文学化为人的一种生命状态。他在文学的长河中创造了富有个性的闪烁着道德光彩的生命存在方式。关中原野的生活场景,乡土风情,沧桑变故使他的作品有田园生活朴素清新的诗情画意;而农村劳动者的艰苦创业和传统意识以及同新的浪潮的巨大冲撞,则使他的作品又具有黄土般的沉重感。这一切构成了邹志安小说独特的认识价值以及关中沃野清新、明丽,又厚实深沉的审美价值。他无愧是农民的儿子,人民的作家。

《哦,小公马》作为邹志安的代表作之一,其主题思想深刻而独特。小说以黄土高原为背景,以一位县委书记的生活经历为主线,通过细腻入微的描写和生动的人物塑造,展现了农村社会的现状和问题以及农民在改革开放进程中的奋斗和追求。小说深入挖掘了农村社会的矛盾和冲突。在改革开放的大背景下,农村社会面临着前所未有的变革和挑战。传统的农业生产方式、价值观念和社会结构都受到了冲击和改变。小说中的县委书记作为一个新时代的领导者,他面临着诸多问题和困难:如何推动农村经济的发展,如何改善农民的生活条件?如何处理好与农民之间的关系,这些问题都是小说所要探讨和解决的。通过对这些问题的深入挖掘和探讨,小说揭示了农村社会中权力、利益、情感等方面的复杂关系,同时也反映了农民在改革开放进程中的困惑和挣扎。小说反映了农民对美好生活的向往和追求。在改革开放的进程中,农民们逐渐意识到自己的价值和地位,他们开始追求更加美好的生活。小说中的县委书记正是这一追求的代表人物。他不仅在政治上有着坚定的信念和追求,在生活上也有着自己的理想和追求。他渴望改变农村的现状,让农民们过上更加美好的生活。这种追求不仅体现在他的政治行动上,也体现在他的个人生活中。他关心农民的生活疾苦,为他们解决实际问题;他也注重自己的精神追求,不断提升自己的文化素养和道德品质。

《哦,小公马》在艺术风格上独具特色。作者运用了丰富的想象力和细腻的笔触，将黄土高原的自然风光和人文景观描绘得栩栩如生。小说中的黄土高原不再是一个抽象的概念或符号，而是一个充满生机和活力的世界。作者通过对自然景观的描写和人物活动的叙述，将读者带入一个真实而又梦幻的世界。这种独特的艺术手法不仅增强了小说的可读性和感染力，也使得读者更加深刻地感受到黄土高原的独特魅力。小说采用了独特的叙事方式和语言风格。作者通过第一人称的叙述方式，让读者更加深入地了解主人公的内心世界和情感体验。同时，作者也运用简洁明了、富有诗意的语言风格，使得整个故事既富有诗意又充满张力。这种独特的叙事方式和语言风格不仅增强了小说的艺术效果，也使得读者更加容易理解和接受小说所要传达的思想和情感。

《哦，小公马》在情感表达上真挚而感人。作者通过对人物内心世界的深入挖掘和细腻描绘，使得读者能够深刻地感受到他们的喜怒哀乐和情感变化。尤其是小说中的主人公县委书记，他在面对困境和挫折时始终保持着坚定的信念和勇气，这种精神不仅感染了读者，也激发了他们在面对困难时勇敢前行的勇气。同时，小说也展现了农民们对美好生活的向往和追求，以及他们之间的亲情、友情和爱情等真挚情感。这些情感元素的加入使得小说更加贴近读者的生活和情感世界，也增强了小说的感染力和共鸣力。

《哦，小公马》作为邹志安文学创作的巅峰之作，不仅展现了黄土高原的广袤与深邃，更深刻地描绘了农村社会的现状和问题，以及农民在改革开放进程中的奋斗与追求。其独特的艺术风格和真挚的情感表达使得小说具有了深刻的思想内涵和时代意义。

王晓新

▶▶▶ 王晓新（1947—2014）

  陕西省三原县人。曾就读于陕西高陵师范学校，毕业后被分配到陕西周至县教书，后调入周至县文化馆从事专业创作。20世纪80年代初调入陕西省作家协会，先后担任《延河》杂志编辑部小说组组长、《西部文学报》主编等职。1993年3月，调入省作家协会创作组，为驻会专业作家。国家一级作家，曾任省作家协会常务理事。王晓新是20世纪八九十年代陕西文学生力军中的一位主力战将。1978年以中篇小说《领夯的人》蜚声文坛，1982年出版了小说集《诗圣阎大头》，收入短篇小说19篇，杜鹏程为之作序。短篇小说《诗圣阎大头》（《延河》1980年第12期）写一个普通农民，在"四人帮"横行时学"小靳庄"，成天到处作诗，卖嘴为生，先是红极一时，后来从身体到精神，完全被摧毁。这篇小说，人物性格鲜明生动，心理描写深刻，在写实中流露出幽默和讽刺的艺术效果，在当时是一篇相当优秀的小说，曾获《延河》1980年10

月至1981年9月短篇小说优秀小说奖。1983年,小说《诗圣阁大头》被《小说选刊》转载,在文坛引起强烈反响。王晓新是一位个性鲜明、视野广阔、思想敏锐的作家。路遥生前曾对人说,陕西作家中他最佩服的是王晓新。

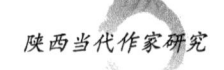

王晓新与《地火》

在20世纪80年代的陕西文坛，王晓新的长篇小说《地火》以其独特的文学魅力和深刻的社会洞察力，成为那个时期文学创作的重要里程碑。《地火》是一部反映改革大潮下社会变迁和人性挣扎的巨著。作品以北方小镇为背景，围绕小镇政权的更迭变化和主要人物的婚恋纠葛展开叙事。通过对这些人物命运的描绘和探讨，作品深刻地揭示了现代民主意识与封建专制思想的激烈冲突以及人性中的复杂性和矛盾性。这部作品不仅以其宏大的叙事规模和深邃的题旨赢得了读者的广泛赞誉，更因其对改革大潮下社会变迁的深刻剖析和人性探讨，成为研究陕西当代文学不可多得的佳作。

王晓新是一位拥有独立精神和自由思想的作家，他的文学之路充满了对现实社会的深刻洞察和对人性复杂性的不断探索。在《地火》中，王晓新以第一人称的叙述方式，将读者带入了那个改革浪潮汹涌、社会变革剧烈的北方小镇。他以其敏锐的洞察力和深刻的思考力，揭示了改革过程中社会各个层面的矛盾冲突和人性挣扎，展现了一个时代的复杂面貌。同时，作品还运用了丰富的象征和隐喻手法，如"地火"象征着改革浪潮中的热情和力量，"哑巴"则象征着那些无法言说的痛苦和挣扎。这些手法不仅增强了作品的艺术效果，也使得作品的主题更加深刻和鲜明。

王晓新的文学风格独特而鲜明，他善于运用细腻的笔触和丰富的想象力，将人物的内心世界和复杂情感描绘得淋漓尽致。在《地火》中，他通过对主要人物婚恋纠葛的细腻描绘，展现了现代民主意识与封建专制思想的激烈冲突，同时也揭示了人性中的善良与邪恶、光明与黑暗。这种深刻的人性探讨，使得作品具有了更加广泛的社会意义和深刻的思想内涵。

在《地火》中，王晓新不仅关注了个体的命运，更深刻地揭示了时代的矛盾和问题。他通过小说中的人物和事件，表达了对社会现实的深切关注和对未来的殷切期望。这种深刻的主题思想，使得《地火》不仅是一部文学作品，更是一部具有时代意义的历史文献。它为我们提供了一个了解那个时代的重要窗口，也为我们提供了一个思考未来的重要参照。

王晓新是一位具有卓越才情的作家。在《地火》中，他以其独特的文学才情和深刻的社会洞察，为我们塑造了一个个鲜活而复杂的人物形象。这些人物形象不仅具有鲜明的个性特征，更在小说中扮演着重要的角色，推动着故事的发展。王晓新通过这些人物形象，表达了自己对社会的深刻思考和独特见解。王晓新的创作理念也体现在《地火》中。他长期深入社会底层，关注社会问题，有思想，有勇气，敢于向沉闷、封闭的

《地火》封面

文坛发起挑战。在《地火》中，他通过尖锐的揭露和机智的反讽，揭示了社会现实中的种种问题，表达了对民主、法治、进步、文明社会的呼唤。这种创作理念不仅体现了王晓新作为一个作家的责任感和使命感，也使得他的作品具有更强的社会意义和时代价值。

在叙事风格上，《地火》也体现了王晓新的独特之处。他善于通过细腻的描写和深刻的心理剖析，展现人物的内心世界和复杂情感。同时，他也善于运用幽默和讽刺等手法，揭示社会现实中的种种问题和矛盾。这种叙事风格不仅使得小说更加生动有趣，也使得读者能够更加深入地理解这个时代的复杂性和多样性。

《地火》作为一部反映改革大潮下社会变迁和人性挣扎的巨著，在文学史上具有重要的意义和价值。它为我们提供了一个深刻了解改革时期社会现实和人性复杂性的窗口。通过这部作品，我们可以更加清晰地看到那个时代人们的生活状态、思想观念以及价值追求等方面的变化。《地火》也为我们提供了一种独特的文学表达方式。作者通过第一人称的叙述方式和丰富的象征隐喻手法，将复杂的社会现实和人性问题以文学的形式呈现出来，使得作品具有了更加广泛的社会意义和深刻的思想内涵。

王观胜

▶▶▶ 王观胜（1948—2011）

  陕西三原人，陕西省文学院院长，中国作家协会会员。1967年，毕业于陕西三原县南郊中学。1969年，应征入伍，历任战士、三原县文化馆创作员、工人俱乐部干部，陕西省作家协会《延河》杂志小说组组长，陕西作家协会专业创作组组长，陕西作协理事。1982年，开始发表作品。1993年，加入中国作家协会。著有小说集《放马天山》《各姿各雅》《汗腾格里》《卡拉米兰》《阴山鞑靼》等。《放马天山》获陕西作家协会505文学奖、《中国作家》1992年优秀中篇小说奖，《北方，我的北方》获1984年陕西省文艺开拓奖。2011年8月25日，王观胜同志在西安逝世，享年63岁。2015年5月，上海人民出版社出版其长篇小说遗作《遥远，遥远》。

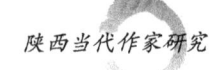

王观胜与《放马天山》

王观胜以写西部著称,他一生的作品,都是西部题材的小说。王观胜先后发表短篇小说8篇《猎户星座》《艾里西湖》《焉支山》《北方,我的北方》《最后一场白雪》《匹马西天》《年轻漂亮的哥萨克》《家之歌》,中篇小说9篇《康定城》《放马天山》《各姿各雅》《喀喇米兰》《阴山鞑靼》《汗腾格里》《北方之北》《昂龙奔马的一群美兽》《北方之路》。王观胜的中篇小说《放马天山》讲述了一个坚硬而又苦涩的西部神话,小说具有强烈的地域色彩。小说一经发表,便在全国引起反响,用路遥的话说,这个人不得了。凡是读过这部作品的人,无一不承认心灵受到巨大的震撼。

王观胜认为西部是一个充满神秘和魅力的地方,有着独特的自然风光和人文景观。他希望通过自己的作品,让更多的人了解西部、认识西部、热爱西部。他的这种情感不仅体现在他的作品中,也体现在他的生活和创作中。他每年必独身深入甘肃、青海、新疆一带进行采风和创作,这种对西部的热爱和敬畏之情深深地融入了他的作品和生命中。王观胜对西部文学做出了独特的贡献。他的作品不仅具有鲜明的地域特色和人物形象,而且具有深刻的思想内涵和文化价值。他通过对西部生存方式的深入挖掘和反思,展现了西部文明的历史特质和文明内涵。他的作品不仅让读者了解了西部的自然风光和人文景观,更让读者了解了西部的精神风貌和文化底蕴。他的这种贡献不仅体现在他的作品中,也体现在他对西部文学的推动和发展中。他通过自己的创作和研究,为西部文学的发展和繁荣做出了重要的贡献。

王观胜的创作风格，既有广袤辽阔粗犷的一面，又有坚实深入精细的一面。他善于从宏大的背景中捕捉细节，从细微处展现人物的内心世界。这种大处着眼、小处落笔的写作手法，使得作品极具感染力和震撼力。同时，王观胜的作品还具有一种"云时空"特质，即时间地点的相对模糊性。这种模糊性不仅体现了作品的文学抽象力，更使得人物和事件具有了一种既横空出世，又一直都存在的特异感觉。王观胜的作品，其整体价值在于一个核心点——忠实呈现了西部文明的雄厚底色。他一生致力于西部文学，矢志不渝。可以说，为西部文学而生，为西部文学而死，是王观胜最本质的人生内涵。自20世纪80年代起，王观胜每年必独身深入甘肃、青海、新疆一带，每次风尘仆仆归来，其身心之满足沉醉，都使人深受触动。这种对西部生活的热爱和执着，使得他的作品具有了一种特殊的魅力和感染力。

在中国当代文学的广袤天地中，《放马天山》以其独特的魅力与深度，赢得了广泛的赞誉与关注。这部作品不仅是王观胜的代表作，更是对西部生活、人性、生命和精神追求的一次深刻探讨与反思。《放马天山》以天山为背景，展现了一个广袤无垠、壮丽多姿的西部世界。这里既有连绵起伏的群山，又有辽阔无垠的草原；既有湍急奔流的河流，又有宁静幽深的湖泊。在这片土地上，生活着一群坚韧忠诚、侠肝义胆的硬汉们，他们与天地同呼吸，与自然共命运。王观胜用细腻的笔触和生动的描绘，将天山的自然风光与人物命运交织在一起，构成了一幅壮丽而感人的画卷。在这部作品中，王观胜不仅展现了天山的自然风光，更深入挖掘了西部人民的精神风貌和生存状态。他通过对人

《放马天山》封面

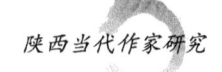

物的塑造和情节的叙述，展现了西部人民对生命的热爱、对自由的追求和对英雄主义的崇尚。这些人物既有坚韧忠诚、侠肝义胆的硬汉形象，也有敢爱敢恨、热烈奔放的女性形象。他们在这个苍凉悲壮、诗意浪漫的世界中，为了理想和信仰而奋斗，展现出了一种高亢朴素的精神境界。

在《放马天山》中，王观胜成功地塑造了一系列鲜活、生动的人物形象。这些人物不仅具有鲜明的个性特征，更体现了作者对于人性的深刻洞察和对于生命的崇高追求。他们面对困境不屈不挠、勇往直前，为了理想和信仰不惜付出一切代价。这种坚韧和忠诚的精神境界，不仅令人深感震撼和敬佩，更深刻地揭示了人性的光辉和伟大。他们在这片广袤的土地上，以坚韧不拔的毅力和勇气，与恶劣的自然环境抗争，追求着自由和幸福。他们的命运与这片土地紧密相连，他们的故事也成为这片土地上最动人的传说。

《放马天山》的情节设置紧凑而富有张力，充满了悬念和转折。作者通过巧妙的叙事手法和丰富的想象力，将读者带入了一个充满惊险和刺激的西部世界。小说中的每一个情节都紧密相连、环环相扣，构成了一个完整而引人入胜的故事体系。同时，作者还善于运用对比和衬托的手法，将不同人物之间的性格特点和命运轨迹进行对比和衬托，使得人物形象更加鲜明、生动。在情节的设置上，《放马天山》还体现了作者对于人性和社会的深刻思考。通过人物之间的冲突和矛盾，以及他们与自然环境、社会环境的互动和抗争，作者探讨了人性中的善恶因果、忠诚与背叛、牺牲与自私等多重主题。这些主题不仅具有深刻的思想内涵，更使得小说具有了一种强烈的现实感和时代感。

在《放马天山》中，王观胜不仅展现了西部生活的表层奇异，更是跨越了传奇猎奇的层面，深入西部生存方式的历史特质。他剥离了西部生活的表象，一力开掘生活的更深层面——西部生存方式所沉积下来的文明内涵。这种对文明内涵的挖掘，使得作品具有了一种高远的品质，对商业社会下的异化人格具有某种批判意义。在王观胜看来，西部生存方式具有一种独特的价值和意义。它体现了人与自然、人与社会、人与自我之间的和谐共处和相互依存。在这种生存方式下，人们能够保持一种真实、自然、淳朴的生活状态，追求着内心的平静和满足。然而，在商业社会的影响下，人们逐渐失去了这种本真和纯粹，开始追求物质和名利。这种异化的人格状态不仅使得人们失去了生活的意义和价值，更使得社会变得冷漠和无情。《放马天山》不仅是对西部生活的一次深入解读和反思，更是对商业社会异化人格的一次强烈批判。它呼吁人们回归本真，追求自然与和谐，重新审视自己的生活方式和价值观。这种深刻的反思和批判精神，使得《放马天山》成为一部具有时代意义和社会价值的作品。

赵 熙

▶▶▶ 赵 熙（1940— ）

  陕西蒲城孙镇人，毕业于陕西师范大学，专业作家。曾任陕西作家协会理事、陕西文联党组成员，并兼任太白县委副书记。中国作家协会第五届全国委员会委员，陕西省第七、八届政协委员。享受政府特殊津贴。1964年开始发表作品。1984年加入中国作家协会。文学创作一级。著有长篇小说《爱与梦》《绿血》《女儿河》《狼坝》《大戏楼》，散文集《赵熙散文》《秋夜的眼》，中短篇小说《白葡萄的传说》《长城魂》《十八的月亮》等。短篇小说《大漠风》获1983年天津新港小说奖，小说《桃子熟了》获陕西省农村题材奖，《女儿河》获1993年陕西省"双五"文学奖等。陕西省有突出贡献专家。

赵熙与《女儿河》

长篇小说《女儿河》是一部由中国青年出版社于1991年9月出版的力作，共计30万字。这部小说自问世以来，便以其深刻的社会主题、鲜明的人物形象、独特的叙事风格和优美的语言艺术，赢得了广大读者的喜爱和高度评价。1992年5月，在北京召开的研讨会上，这部小说更引起了广泛的关注和讨论。随后，中央人民广播电台连播了这部小说，使其影响力进一步扩大，至今依然受到读者的热烈追捧。1993年，《女儿河》荣获陕西省"双五"文学奖，成为陕西当代文学史上的一部重要作品。

《女儿河》以秦岭深山为背景，讲述了板栗镇和小涧村这个偏远山乡中一群年轻姑娘的生存和竞争、憧憬与追求。在这个小世界里，时代大潮在一代山区青年心中激起了波澜。面对现实生活的种种困境，她们不安于现状，渴望寻找新的生活位置。然而，由于种种原因，她们在追求梦想的过程中遭遇了种种挫折和磨难。作者通过一群80年代女

《女儿河》封面

青年的生活经历，深刻揭示了女性对命运的抗争。作品以女儿河为象征，寓意着女性命运的曲折与艰难。在这片贫瘠的土地上，女性不仅要面对自然的挑战，还要承受社会的压迫和束缚。然而，她们并没有屈服于命运的安排，而是用自己的智慧和勇气进行抗争。她们的故事，是对女性命运的深刻反思，也是对女性自我价值的重新认识。在《女儿河》中，

赵熙通过对女性命运的深入探索，揭示了社会性别观念的束缚和女性自我认知的困境。他呼吁人们关注女性问题，尊重女性的权利和尊严，推动社会的进步和发展。这种人文关怀和社会责任感，使得《女儿河》具有深刻的社会意义和历史价值。

《女儿河》中最为核心的主题是历史的重负与人性的挣扎。赵熙通过细腻的笔触描绘了一幅幅波澜壮阔的历史画卷，同时也不遗余力地展现了个体在历史洪流中的微小与无力。小说中的人物，无论是坚毅的父亲、温婉的母亲，还是倔强的女儿，他们的命运都紧密地与时代背景相交织。正是这种时代与个体命运的交织，构成了《女儿河》深沉的历史感，也使得读者能够从一个侧面窥见历史的厚重与复杂。《女儿河》的另一大特色是对历史的反思。赵熙并没有简单地叙述历史事件，而是通过对人物命运的描绘，引发读者对历史进程和人类行为的深入思考。小说中的历史不是抽象的背景板，而是影响每个人物命运的实实在在的力量。通过展现历史对个人的影响，赵熙提出了关于责任、选择和牺牲的重要问题，这些问题直指人心，发人深省。

小说之所以取名"女儿河"，是因为这部作品要着力表现的是一群生活在秦岭深山深处的80年代女青年不服命运摆弄的顽强抗争。整部作品就像一部激扬着抗争旋律的交响曲，是一部文学化的贝多芬的《命运交响曲》。不同女性向命运抗争的不同方式、抗争力度的强弱、抗争历程的波折、抗争心态的变化，构成了这部交响曲跌宕起伏的旋律。作家通过数年的惨淡经营，饱蘸心灵汁液，给予自己的交响曲以贯注整体的生气和活力，使得作品呈现出厚实而宏阔、深沉而凝重的情感和风采。

在人物塑造方面，《女儿河》展现了丰富的内心世界和复杂的人物关系。作家通过细腻入微的笔触，刻画了众多生动鲜活的女性形象。她们有的坚韧不拔，有的柔情似水，有的聪明伶俐，有的朴实无华。这些女性形象各具特色，但她们都在用自己的方式与不公的命运进行着抗争。

她们的故事充满了艰辛和泪水，但她们依然保持着对生活的热爱和追求。小说的主人公张利，是一位典型的山区知识青年。她品学兼优，但命运多舛，高考落榜后只能回到家乡，面对祖祖辈辈辛苦挣扎的传统农家生活。然而，张利并不甘心于这种命运安排，她勇敢地向命运发起了挑战。她继承了父辈们坚韧不拔的精神，从秦岭的山水中汲取力量，努力追求新的生活。她尝试了各种方法，包括外出打工、学习技能等，希望能够改变自己的命运。然而，命运之神似乎总是与她作对，她所付出的努力往往以失败告终。但张利并没有放弃，她坚信只要坚持不懈地努力，就一定能够改变自己的命运。除了张利之外，小说中还有许多其他女性形象也备受关注。葡萄姑娘一时轻率，她的选择让她陷入了困境，但她依然勇敢地面对现实，努力寻找出路。翠芹的婚姻变故让她倍感痛苦，但她并没有沉溺于悲伤之中，而是勇敢地面对现实，重新开始自己的生活。彩娥的人生坎坷让她备受煎熬，但她依然保持着对生活的热爱和追求。这些女性形象各具特色，但她们都有一个共同点：那就是不屈服于命运的安排，勇敢地追求自己的梦想。

在叙事风格方面，《女儿河》具有独特的秦岭文化韵味和浓郁的地方色彩。作家通过对秦岭深山的自然环境、风土人情、民间传说等方面的描写，展现了秦岭文化的独特魅力。同时，作家还巧妙地运用了多种叙事手法和技巧，如倒叙、插叙、内心独白等，使得作品的结构更加紧凑、情节更加跌宕起伏。这种独特的叙事风格不仅增强了作品的艺术感染力，也使得读者在欣赏作品的同时能够感受到秦岭文化的独特韵味。这些叙事手法和技巧的运用，不仅丰富了作品的表现手法，也使得作品更加具有可读性和吸引力。

《女儿河》特别重视语言的运用。作家运用抒情色彩浓郁强烈的语言艺术，创造了一种意境深远的抒情氛围。这种抒情语言具有诗化的特点，使读者在阅读过程中仿佛置身于一个诗一般的境界中。这种语言艺术不仅增强了作品的艺术感染力，也使得读者更加深入地理解作品中的人物形象和故事情节。

《女儿河》如同一条蜿蜒流淌的河流，它见证了历史的变迁，承载了人物的喜怒哀乐，更折射出了时代的光影。赵熙通过这部作品，不仅向我们展示了文学的力量，更让我们认识到，无论时代如何变迁，文学都是人类情感与智慧的永恒家园。

文 兰

▶▶▶ 文 兰（1943—2017）

又名安文斌，爱人吴兰兰，取夫妻名字中各一字为笔名。国家一级作家。中国作协会员，陕西省作协顾问，咸阳作协名誉主席。1976年开始发表作品。主要有短篇小说《幸存者》等60多篇，中篇小说《转弯处发生车祸》等11部。出版长篇小说《三十二盒录音带》《丝路摇滚》《命运峡谷》《大敦煌》《米脂婆姨》《欲望与生存》等；出版小说集《攀越死亡线》《文兰中短篇小说选》等。发表或拍摄的影视剧有46集电视连续剧《大敦煌》（原著）、《啊，妈妈！》、《三十二盒录音带》、《望大陆》等。

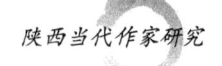

文兰与《命运峡谷》

《命运峡谷》是作家文兰耗时25年创作的一部长篇小说。小说的时间跨度从1958年到"文化大革命"结束，通过蔡文若、葛东红、白丽、梁萍、苦叶、范芝园、杨静玉等人的政治经历和情感风暴，反映了在极左路线盛行的大背景下，原本善良、纯洁的人们，表现出对自由和尊严的向往，以及在该境况下所造成的人性的扭曲和变态，从而引起读者对于人的生存境遇的沉思和关注，对生命内在疼痛的悲悯与体恤。

《命运峡谷》是一部深刻反映历史与人性的现实主义作品，以其厚重的历史感和深刻的现实性，展现了中国社会在特定历史时期的复杂面貌。作品揭示了极左路线对人性、尊严和自由的摧残与践踏，同时展现了他们在苦难中对自由和尊严的向往与追求。这种对历史和人性的深入挖掘，使得《命运峡谷》具有了极高的文学价值和时代意义。它不仅是对过往历史的回顾和反思，更是对现实社会的警示和启迪。

《命运峡谷》的主题意蕴丰富而深刻，涵盖了人性、命运、历史等多个方面。作品通过对主人公蔡文若等人物命运的叙述，展现了他们在极左路线下所经历的苦难和挣扎，同时也揭示了他们在苦难中对自由和尊严的向往与追求。这种对于人性的深入挖掘和展现，使得作品具有了强烈的人文关怀和深刻的主题意蕴。此外，作品还通过对历史事件的叙述和反思，揭示了历史的复杂性和多面性，引发读者对于历史和人性的深入思考。

小说开篇首先呈现了一个喝"敌敌畏"自杀的场景，以主人公蔡文若的抱愧服毒自杀及死后被如死狗般地大解剖开始谋篇布局，还有一封确认自己自杀的绝命书，随之将这一悬念带给读者，由此展开了作家的故事讲述，并顺着回忆蔡文若死前20年之经历，引出了全篇。所以，小说可以说在谋篇布局和结构处理上就给读者带来了眼球效应和吸引的兴趣。特别是主人公蔡文若，从一个才华横溢、很有诗意和浪漫气质的青年学生，逐渐演变为一个主动投靠极左路线并适应了这样环境的人。犹如他的名字一样，蔡文若体格"文弱"，性格"懦弱"，这就注定了他在那个特殊年代的命运。他活出的是矛盾的一生、虚伪的一生、自责的一生、忏悔的一生。蔡文若这个人物形象是怯懦而无奈的。可以说，生活中的不是他自己，而是在时代中随着政治和权势的左右而虚伪度日。放弃考大学回乡当作家，是时代形势下不得已的选择；放弃与白丽的婚姻，是在对出身的自尊和怄气中自认为正确而实质却极为可笑的选择；放弃在小学当教师而抱着实现追求的理想去参军，是在政治背景下展现一颗上进的红心的迫切选择；而最后，终身的爱好一夜之间成为现实，也是在迫不得已的情况下的一种无奈选择。蔡文若的一生是在虚伪和侥幸当中度过的，他的性格决定着他只能这样"懦弱"地生活下去，他的追求在那样一个年代是无法实现的。这也是那代人的悲哀，没有自己、没有一个人格上的"我"存在。蔡文若这个人物形象又是渺小的。他的一生都在活给别人看，真正的自己早已被生存所掩盖。可是尽管这样，社会也没能留给他唯一的一点儿生存的空间，致使他最终选择了死亡。可以说，死亡是他唯一能够掌握的作为那个时代的一个人的权利。然而，他的死却是毫无意义的，因为它没能改变一点儿现实。在这里，可以窥见这种"生命峡谷"里所谓的"人"的某种悲哀。

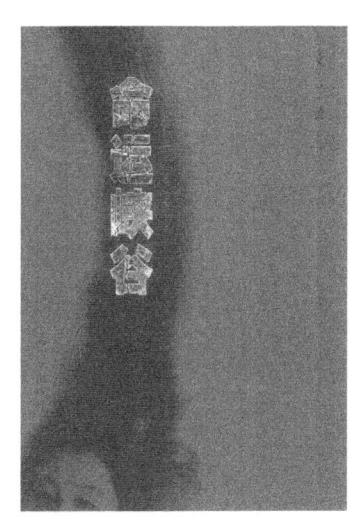

《命运峡谷》封面

在《命运峡谷》中，文兰不仅深入挖掘了历史背景，还对人性的复杂进行了深刻的展现。小说中的每一个人物都有自己独特的性格和命运，他们在历史的洪流中扮演着不同的角色。蔡文若的懦弱与无奈、葛东红的坚韧与抗争、白丽的纯真与牺牲等，都是对人性复杂面的真实写照。文兰通过这些人物形象的塑造，揭示了人性的多面性和复杂性，让读者在阅读过程中不断反思和审视自己的内心世界。

《命运峡谷》在人物形象的塑造上，具有鲜明的个性和深刻的内涵。主人公蔡文若是一个复杂而矛盾的人物形象，他既有才华横溢、诗意浪漫的一面，又有懦弱、虚伪的一面。这种矛盾的性格特点使得他在极左路线下所经历的苦难和挣扎显得更加真实而深刻。此外，作品还通过对葛东红、白丽等人物形象的塑造，展现了他们在苦难中的坚守和追求，以及他们对于爱情、亲情和友情的执着与珍视。这些人物形象不仅具有鲜明的个性特点，更承载了作品深刻的主题意蕴和社会内涵。

《命运峡谷》在艺术特色上也有着独特的魅力。作品采用了回忆和现实交织的叙事方式，通过主人公蔡文若的回忆和叙述，将过去和现在紧密地联系在一起，使得故事情节更加紧凑而富有张力。作品在语言运用上简洁而富有表现力，通过生动具体的描绘和细腻入微的刻画，将人物形象和故事情节展现得淋漓尽致。作品还巧妙地运用了象征、隐喻等修辞手法，使得作品的主题意蕴更加深刻而含蓄。在文学创作中，艺术手法的运用往往能够增强作品的艺术感染力和表现力。《命运峡谷》中，文兰运用了多种艺术手法来展现历史和人性。首先，他通过回忆和叙述相结合的方式，将主人公蔡文若的一生呈现在读者面前，让读者能够深入了解他的内心世界。其次，文兰在描写人物时注重细节描写，通过细腻的笔触将人物的性格特点和心理状态生动地呈现出来。最后，他还运用了象征和隐喻等手法来增强作品的艺术效果，如"命运峡谷"这一题目就具有深刻的象征意义，它暗示了人们在历史洪流中的无奈和挣扎。

《命运峡谷》作为一部反映"文化大革命"时期知识分子命运的现实

主义作品，具有很高的文学价值和现实意义。首先，它通过深入的历史挖掘和人性展现，让读者对"文化大革命"时期有了更加全面和深刻的认识。其次，它通过对人物形象的塑造和故事情节的展开，揭示了历史的必然性和人性的复杂性，引发读者对生命、自由、尊严等问题的思考。最后，它还具有一定的警示意义，告诉人们要珍惜当下、珍惜自由、珍惜尊严，不要让历史的悲剧重演。

史峭石

▶▶▶ 史峭石（1931—2012）

　　又名史效题，字慕李，乳名尼生，1931年10月8日（农历八月二十七）出生于陕西省兴平县（今兴平市）庄头村一个书香世家。1949年，在进步师生的革命思想引导下，报考进入西北人民革命大学学习，1950年由学校直接分配到中国人民解放军一八九师政治部任宣传干事（助理员），从此便开始了一生的文学艺术创作。1951年，随部队参加了抗美援朝，1953年回国，在河北省获鹿县（今石家庄市鹿泉区）驻军。由于创作的诗歌、小说极富军队战士豪情，有浓郁的生活气息，老诗人田间、臧克家曾给予评价及鼓励，在20世纪五六十年代又有"南张北峭"之名（南张系指昆明军区张勤、北峭系指北京军区峭石）。1987年，加入中国共产党，任咸阳市政协第一届、第二届常务委员。历任咸阳地区文艺创作研究室主任、咸阳市文学艺术界联合会副主席、咸阳市作家协会主席、陕西省文学艺术界联合会委员、陕西省作家协会主席团委员等。1992年退休。2010年3月，获得陕西省作家协会"从事文学创作60年"证章、证书。曾用笔名史歌、红英、庄莽、袁堡屏，一生共出版诗集5本、短篇小说集3本、长篇小说5部（还著有1部长篇小说《龙卷风》待发表），在全国各大报刊发表杂谈、散文、评论近500万字，其中有诗歌散文被编入中学课本。2012年3月7日，因病谢世于咸阳家中，享年81岁。

史峭石与《女贞巷》

　　史峭石从事文学创作 40 余年，他的作品形式鲜活，充满关中风土人情的味道，将 20 世纪八九十年代农村青年的语言情状描摹得出神入化。这些作品以现实主义手法，成功地描写了新中国成立后各个时期的火热生活，塑造了众多的艺术典型，是我国当代文学宝库珍贵的精神财富。史峭石的笔下不是繁华的都市及工薪阶层，而是广大的、普通的农民大众，他以作家对农村特殊的深厚感情，以传神之笔描绘和反映了当代农民在社会大变革时期的心态变化和观念冲突。同时批判了农民阶层中那些形形色色的愚昧现象、复杂的人际关系及丑陋污秽的灵魂，从而给人一种反思。当代农村的巨大变化为作家提供了广阔的艺术天地和巨大的思考空间，从而为作品注入了妙趣横生的神韵和发人深省的思想内涵。特别是作家在纷繁复杂的现实生活中，慧目独具，遵循艺术规律，从中筛选提炼和挖掘具有代表性的典型事件和典型人物，让人物性格在典型环境和典型事件（矛盾）中发展，从而塑造了一个又一个的典型艺术形象。

　　《女贞巷》以关中渭河流域为背景，通过对农村生活的深入观察和细腻描摹，展现了这一地区独特的风土人情和社会风貌。在史峭石的笔下，我们仿佛置身于那广袤的田野和幽静的村庄，感受到了那浓郁的乡土气息和淳朴的民风民俗。他精心选取了生活中的各种细节，如劳动场景、日常生活、风俗习惯等，不仅丰富了作品的艺术表现，也增强了作品的生活气息和真实感。

　　史峭石在《女贞巷》中采用了现实主义手法，成功地描写了新中国成立后各个时期的火热生活。他通过对农村青年语言情状的描摹，生动地展现了他们的精神状态和内心世界。作品中的人物形象各具特色，既有拼搏进取、勇于创新的青年才俊，也有愚昧落后、顽固不化的保守派。史峭石通过对这些人物的刻画和塑造，成功地揭示了他们在社会大变革中的心态变化和观念冲突，同时也对传统的生产结构、封建规范和陋俗框架提出了挑战。

《女贞巷》不仅反映了当代农村的巨大变化，也深刻反映了社会大变革与人物命运之间的交织关系，它不仅是一部描写农村生活的作品，更是一部反映时代精神、讴歌时代精神的杰作。史峭石以审视人生的角度，深刻揭示了当代渭河两岸的人们在现实生活中的拼搏进取精神，以及他们在新的追求、新的伦理观念与旧的传统观念之间的矛盾纠葛和心态变化。通过这些生动的描绘和深刻的揭示，我们可以感受到那个时代的氛围和气息，也可以看到那个时代人们的精神面貌和价值追求。

《女贞巷》封面

在《女贞巷》中，史峭石特别注重对人物形象的塑造。他通过细腻的心理描写和生动的对话，刻画了众多鲜活、复杂的人物形象，如勤劳善良的花穗穗、机智勇敢的鲁鲁、正直无私的贾家骏等。这些人物不仅具有鲜明的个性特征，也体现了当代农村青年的精神风貌和价值追求。他们在现实生活中的拼搏进取精神，以及在追求新的生活方式和价值观念过程中所面临的困惑和挑战，都通过史峭石的笔触得到了深刻的揭示和生动的展现。这种精神不仅体现了时代的特点和要求，也代表了社会的进步和发展方向。

史峭石的语言风格独特而富有魅力。他的作品语言像小桥流水般从容不迫。他善于运用关中地区的方言土语，使得作品语言既流畅又抒情，既铿锵又明快。这种独特的语言风格不仅增强了作品的艺术感染力，也使得读者在阅读过程中能够更加深入地理解和感受作品所传达的思想和情感。在《女贞巷》中，史峭石运用了多种艺术手法，使得作品在艺术表现上达到了很高的水平。他善于运用现实主义手法，通过对农村生活的深入观察和真实再现，使得作品具有强烈的生活气息和真实感。同时，他也善于运用象征、隐喻等手法，通过对人物、场景和事件的精心安排和巧妙处理，使得作品具有深刻的内涵和丰富的意蕴。

在人物塑造方面，史峭石也展现了高超的艺术造诣。他通过对人物心理的细腻描写和生动的对话展现，使得人物形象栩栩如生、跃然纸上。同时，他也善于通过人物之间的对比和冲突来展现人物性格和命运的变化，使得作品在情节发展和人物塑造上更加紧凑和生动。

《女贞巷》作为史峭石的代表作之一，不仅具有很高的文学价值，也具有深刻的时代意义。它通过对当代农村生活的真实描绘和深刻反思，揭示了社会变革中人们的心态变化和观念冲突，同时也对传统的生产结构、封建规范和陋俗框架提出了挑战和冲击。这种挑战和冲击不仅是对旧有社会秩序的颠覆和重构，也是对人类文明进步的一种推动和促进。因此，《女贞巷》不仅是一部优秀的文学作品，更是一部具有深刻时代意义和社会价值的作品。

白 描

▶▶▶ 白 描（1952— ）

  陕西泾阳人，作家，教授，文学教育家，书法家，玉文化学者。曾任鲁迅文学院常务副院长，中国玉文化研究会副会长兼玉雕专业委员会会长，中国作家协会报告文学委员会副主任，中国报告文学学会副会长。现任中国作家协会作家书画院执行院长，中国玉文化研究会佛造像艺术专业委员会会长，兼任中国传媒大学、对外经贸大学、延安大学等高校客座教授，陕西师范大学人文社会科学高等研究院驻院作家，中国广西"文化北海"建设高级顾问。

  出版《苍凉青春》《人兽》《恩怨》《荒原情链》《陕北：北京知青情爱录》《秘境》《天下第一渠》等长篇小说、长篇纪实文学，《笔架山上的丹阳》《被上帝咬过的苹果》《人·狗·石头》《飞凤家》等散文集，《铁证——日本随军记者镜头下的侵华战争》图文集，以及《论路遥的小说创作》《作家素质论》等论著。担任《遭遇昨天》《圣水观》等电视连续剧编剧，电视系列专题片《中华魂》总撰稿。文学作品多次荣获全国、地方奖项。长期致力于中国玉文化研究、著有《翡翠中华》《玉演天华》等玉文化论著，多年主编《中国玉器百花奖作品集》并担任总鉴评。出版书法作品集《课石山房墨存——白描书法作品集》，书法作品多次入选全国性以及地方书法大展并获奖。

白描与《苍凉青春》

白描，作为中国当代文坛的一颗璀璨之星，以其独特的文学风格和深邃的思想内涵，赢得了广大读者的喜爱和尊重。《苍凉青春》作为白描的代表作之一，不仅展现了他对青春这一主题的深刻理解和独到见解，更以其细腻的笔触和丰富的情感，塑造了一个个鲜活、真实的青春形象。

《苍凉青春》是白描创作的一部知青文学作品，通过描述一群北京女知青在黄土高原上的生活经历，展现了她们在艰苦环境中对青春、爱情和人生价值的追求与反思。这部作品以真实的历史背景为基础，融入了作者丰富的想象和深刻的情感，塑造了一群鲜活、复杂的人物形象，呈现了一幅波澜壮阔的知青生活画卷。

《苍凉青春》以青春为主题，通过对主人公及其周围人物的生动描绘，展现了他们在青春岁月中的挣扎、追求和成长。这部作品不仅具有鲜明的时代特色，还深刻揭示了青春的复杂性和多元性。白描在创作过程中，深入挖掘了青春的内在价值和意义，以独特的视角和深刻的思考，为读者呈现了一幅幅充满活力和感染力的青春画卷。《苍凉青春》的创作背景与白描个人的生活经历密切相关。白描生活在一个充满变革和机遇的时代，他经历了社会的快速发展和文化的多元碰撞。这种特殊的时代背景为他的创作提供了丰富的素材和灵感来源。同时，白描对

《苍凉青春》封面

青春的独特理解和感悟也深深地烙印在作品中，使得《苍凉青春》成为一部具有深刻时代意义和个人特色的文学作品。

白描在《苍凉青春》中采用了独特的叙事风格，以第一人称和第三人称交替使用的方式，将读者带入了一个真实而细腻的青春世界。他通过对主人公内心世界的深入剖析和细腻描绘，让读者能够感同身受地体验到青春的痛苦、欢乐和成长。同时，他还巧妙地运用了象征、隐喻等修辞手法，使得作品具有更强的感染力和表现力。

《苍凉青春》作为一部青春小说，情感表达是其核心要素之一。白描在作品中展现了丰富的情感层次和细腻的情感表达。他通过对人物之间的情感纠葛和内心挣扎的描绘，让读者能够深刻感受到青春的复杂性和多元性。同时，他还巧妙地运用了对比、反衬等手法，使得作品中的情感表达更加鲜明和突出。在《苍凉青春》中，白描通过对主人公及其周围人物的生动描绘，展现了他们在青春岁月中所面临的种种困难和挑战。这些困难和挑战既包括来自社会的压力和束缚，也包括来自内心的挣扎和迷茫。然而正是在这些困难和挑战中，主人公们逐渐找到了自己的方向和目标，开始勇敢地追求自己的梦想和信仰。除了展现青春的挣扎与追求外，《苍凉青春》还深入探讨了青春的成长与蜕变。白描认为青春是一个不断成长和蜕变的过程，是一个从幼稚到成熟、从迷茫到坚定的过程。在作品中，他通过对主人公及其周围人物的成长经历的描绘，展现了他们在青春岁月中所经历的种种挫折和磨难以及他们如何逐渐变得坚强、勇敢和自信。这种成长和蜕变不仅是个体的成长和蜕变，更是整个社会的成长和蜕变。此外，《苍凉青春》还展现了青春的多元与包容。白描认为青春是一个充满多元性和包容性的时期，是一个允许不同声音和观点存在的时期。在作品中，他对不同人物和事件进行了描绘和展现，使读者能够深刻感受到青春的多元性和包容性。这种多元性和包容性不仅体现在个体之间的差异上，还体现在整个社会和文化的多样性和包容性之上。

在创作背景方面，白描作为一位经历过知青岁月的作家，对那段历史有着深刻的体验和感悟。他通过对亲身经历和所见所闻的深入挖掘，以及对大量历史资料的研究和考证，使得《苍凉青春》在题材选择和情节设置上都具有了较高的真实性和可信度。同时，白描还运用了独特的文学才华和叙事技巧，使得这部作品在艺术表现上达到了较高的水平。

在人物塑造方面，白描通过抓住人物的主要特征和性格特点，用简练的语言勾勒出鲜明的人物形象。例如，在描述女主角小芳时，白描并没有过多地描写她的外貌和服饰，而是通过她的言行举止和内心活动，展现了她坚韧、善良、勇敢的性格特点。这种写法使得人物形象更加真实可信，也更容易引起读者的共鸣。

在情节安排方面，白描注重情节的紧凑性和连贯性，通过简练的语言和紧凑的情节安排，将故事情节推向高潮。例如，在描述知青们面临困境和挑战时，白描并没有过多地渲染和夸张，而是通过细腻的笔触和真实的情感表达，将知青们的痛苦、挣扎和成长展现得淋漓尽致。这种写法使得故事情节更加紧凑有力，也更容易引发读者思考。

在语言表达方面，白描注重语言的简练性和朴素性，用最朴素的语言表达最深刻的情感。例如，在描述知青们对家乡的思念和对未来的憧憬时，白描并没有使用华丽的辞藻和复杂的句式，而是用最简单、最直白的语言表达了她们内心的真实感受。

《苍凉青春》作为一部知青文学作品，在知青文学史上具有重要的地位和价值。它真实地反映了知青们的生活经历和情感体验。在那个特殊的年代，知青们面临着巨大的生活压力和情感困境。他们远离家乡和亲人，在陌生的土地上奋斗和成长。白描通过描绘知青们的内心世界和情感变化，展现了他们对青春、爱情和人生价值的追求与反思，让读者更加深入地了解了知青们的精神世界。因此，它是一部具有较高的艺术价值和文学价值的作品。

和 谷

▶▶▶ 和 谷（1952— ）

  陕西铜川人，毕业于西北大学中文系。国家一级作家，中国作家协会会员，陕西省作家协会主席团顾问，黄堡书院院长。陕西省文学艺术界联合会原副巡视员。曾获第四届全国优秀报告文学奖、新时期全国优秀散文集奖、电视剧飞天奖、五个一工程奖、中华铁人文学奖、柳青文学奖、冰心散文奖、2019年度中国好书奖。著有《和谷文集》14卷等60多部作品。舞剧《白鹿原》编剧。作品收入教材和高考试卷，被翻译成英文、法文、俄文。

和谷与《市长张铁民》

和谷以其独特的文学才华和广泛的题材涉猎，成为陕西省乃至全国文坛的一颗耀眼之星。他生于陕西、长于陕西，凭借自己的努力和才华，不仅在诗歌、散文、报告文学、小说等领域取得了令人瞩目的成就，还以其代表作《市长张铁民》填补了陕西乃至西北作家在全国报告文学获奖方面的空白。

1984年的春秋之交，陕西文坛上涌动着一股创作热潮。时任西安市文学艺术界联合会《长安》文学杂志编辑的和谷，在与陕西省作家协会《延河》杂志编辑部副主编、诗人晓雷的一次深入交流中，被张铁民市长的事迹深深打动。张铁民，这位以铁的手腕推动市政建设、深受百姓爱戴的市长，曾是和谷家乡铜川市的市委书记，他的事迹早已在百姓中传为佳话。和谷深知，这是一个值得深入挖掘和书写的题材。他决心要用自己的笔触，将这位"铁市长"的事迹和精神传递给更多的人。于是，在繁忙的编辑工作之余，他抽出时间进行了大量的采访和调研工作。他采访了近百人，包括张铁民本人，他的同事、下属以及普通市民，积累了十几万字的采访笔记。这些翔实的第一手资料，为他的创作提供了坚实的基础。

经过几个月的辛勤努力，和谷终于完成了初稿。在写作过程中，他始终保持着对张铁民市长的敬意和敬仰之情，将他的事迹和精神真实地呈现在读者面前。初稿完成后，他又进行了多次修改和完善，力求将作品打磨得更加精湛。1985年，《延河》文学月刊第5、6期上，和谷的报告文学《市长张铁民》正式发表。这部作品一经问世，便引起了广泛关注和热烈反响。读者纷纷被张铁民市长的事迹和精神所感动,对和谷的才华和创作能力也给予了高度评价。这两期《延河》杂志很快脱销。随后,华岳文艺出版社出版了《市长张铁民》的单行本。这部作品不仅荣获了中国作家协会第四届(1985—1986)全国优秀报告文学奖,还填补了陕西乃至西北作家在全国报告文学获奖方面的空白。这一荣誉的获得,不仅是对和谷个人才华的肯定,更是对陕西乃至西北文学界的一次巨大鼓舞。

《市长张铁民》封面

在《市长张铁民》的推动下,和谷的文学事业也迎来了新的高峰。他的作品开始受到更多人的关注和喜爱,他的创作才华也得到了更广泛的认可。他继续深耕于文学领域,不断创作出更多优秀的作品,为陕西乃至全国的文学事业做出了积极贡献。

值得一提的是,和谷在创作《市长张铁民》的过程中,深刻感受到了创作报告文学的社会责任和使命感。他意识到,作为一个作家,不仅要关注个人的情感表达和审美追求,更要关注社会现实和人民生活。他希望通过自己的作品,能够传递出正能量和积极向上的价值观,为社会进步和人民幸福贡献自己的力量。

报告文学作品《市长张铁民》,其文学价值不言而喻。首先,它为我们提供了一个了解历史人物和时代背景的窗口。通过对张铁民这一历史人物的塑造,和谷让我们看到了那个特殊历史时期的社会风貌和人民生活,使我们能够更加深入地理解那段历史。其次,这部作品展现了和谷对文学创作的独特理解和追求。他通过细腻的笔触和丰富的情感表达,将张铁民这一历史人物的形象栩栩如生地展现在我们面前,让我们感受到了他的坚韧、果敢和为民请命的精神。和谷也展现了一个有思想、有远见、有胆识的领导者的风貌，张铁民能够准确地把握时代的脉搏和人民的需求，制定出符合实际情况的发展策略和政策措施。在和谷的笔下，张铁民这一历史人物形象栩栩如生、跃然纸上，成为一个令人敬仰和感动的英雄形象。同时，作品也体现了和谷对文学的热爱和追求，他用自己的笔触为我们呈现了一个真实、生动、感人的历史人物形象。

《市长张铁民》在艺术上也具有鲜明的特色。首先，作品采用了真实与虚构相结合的手法，通过对历史人物的深入剖析和描写，让我们看到了一个真实的历史人物形象。同时，作品也融入了一些虚构元素和情节设置，使得整个故事更加引人入胜和富有张力。其次，作品的语言质朴自然、生动有力，能够很好地表达人物情感和内心世界。和谷通过细腻的笔触和丰富的情感表达，将张铁民这一历史人物的情感世界展现得淋漓尽致。同时，作品也采用了多种修辞手法和表达方式，使得整个故事更加生动形象和富有感染力。最后，作品的结构紧凑有序、层次分明，能够很好地引导读者进入故事情境并随着主人公的命运起伏而心潮澎湃。

《市长张铁民》还具有深刻的历史意义。这部作品以真实的历史人物为原型，通过对他的生活、工作和思想等方面的描写，展现了那个特殊历史时期的社会矛盾和人民苦难。同时，作品也揭示了历史发展的必然性和规律性，让我们更加深入地认识到历史的复杂性和多样性。此外，《市长张铁民》还为我们提供了一个反思历史的契机。通过这部作品，我们可以更加深入地思考那个特殊历史时期的历史背景和人民命运，从而更加珍惜今天来之不易的幸福生活。随着时间的推移，《市长张铁民》的影响力也在不断扩大。它不但成为一部经典的报告文学作品，而且成为一座城市的伟大记忆和一种时代精神的象征。每当人们提起这部作品时，都会想起那位以铁的手腕推动市政建设、深受百姓爱戴的"铁市长"，也会想起那位用笔墨记录时代、传承精神的作家和谷。

2020年，三秦出版社出版了增订本《铁市长》。这部新著不仅收录了原著的全部内容，还增加了央视电视剧本及年谱等相关文本。它全景式地记录了张铁民的生平事迹和卓越贡献，进一步颂扬了共产党人为民执政的新时代精神。这部新著的出版，不仅为读者提供了更多了解张铁民市长的机会和视角，也为陕西乃至全国的文学事业注入了新的活力和动力。如今，和谷已经走过了几十年的文学创作之路。他依然保持着对文学的热爱和执着追求，继续用自己的笔触书写着时代的变迁和人民的生活。他的作品不仅深受读者喜爱和认可，也为陕西乃至全国的文学事业增添了新的光彩和魅力。而《市长张铁民》这部经典之作，也将永远铭刻在历史的长河中，成为一座永恒的文学丰碑。

杨焕亭

▶▶▶ 杨焕亭（1951— ）

西安市鄠邑区人。2008年加入中国作家协会，现系咸阳师范学院兼职教授，陕西工业职业技术学院客座教授。曾任陕西省作家协会第五届理事，陕西省文艺评论家协会第二、三届理事，咸阳市文化广电新闻出版局副调研员，咸阳广播电视编委会副总编辑，咸阳广播电视协会常务副会长，咸阳市作家协会主席。

自20世纪90年代开始文学创作以来，杨焕亭先后在《人民日报》等国内报纸杂志发表作品近500余万字。出版有《海的梦幻》《月影人影》《烛影墨影》《山月照我》《光阴》五部文化散文集，《秦始皇与秦都咸阳》（与雷国胜合著）学术专著，《茂陵卧牛之谜》（与雷国胜合著）长篇报告文学，《茂陵卧牛之谜》（新版，与雷国胜、杨波海合著）长篇人物传记，《无定河的女儿》长篇纪实文学，《往事如歌》《濯心年代》长篇小说。长篇历史小说《汉武大帝》（全三册）获湖北省"五个一"工程奖，推荐参评第九届茅盾文学奖，被中央广播电视台音频客户端录制成有声作品；长篇小说《武则天》（全三册）出版后，被录制成有声作品；长篇历史小说《汉高祖》（全三册），被出版界誉为"历史三部曲"。著名文艺评论家李星称杨焕亭为"当之无愧的当代历史小说大家"。其散文作品入选《海峡两岸学者传统文化与现代化论文集》《百年陕西文艺经典》《西部散文百家》，诗歌作品入选《五月：中国的震颤之诗》《国殇·民魂》《不屈的国魂》，中央电视台抗震救灾电视诗歌散文专辑等。杨焕亭为第一、二届"陕西文艺评论奖"获得者，2016年度陕西省委宣传部"讲好中国故事""好剧本奖"获得者，2017年度陕西职工艺术节文学评论类一等奖获得者。2021年5月，被咸阳市秦都区评为有影响力文化名人。

杨焕亭与《汉武大帝》

在陕西以乡村叙事为主体的文学创作格局中，杨焕亭以长篇历史小说《汉武大帝》打开了长篇叙事新的审美视域。《汉武大帝》以近130万字的规模、史诗式的结构、现实主义的表现手法，全景式地再现了西汉中期经济、社会、文化的恢宏璀璨，宫廷和社会矛盾的波谲云诡，多民族绚烂的文化历史和民情风俗，塑造了以汉武帝刘彻为核心的近200个艺术形象。著名文艺评论家李星认为：《汉武大帝》"能把握住基本历史史实把事情说清，赋予它以纯正的历史品格"。

《汉武大帝》是杨焕亭的第一部长篇历史小说，是作家奉献给关中这方历史厚土的挚爱情怀。这样的选择，既是基于对陕西文学创作格局的冷静分析，也是基于一位老作家对历史的责任和使命。习近平总书记说："历史是最好的教科书，也是最好的清醒剂。"在漫长的中华文明史上，汉朝是一个承前启后的枢纽朝代。如果说，周王朝构建起中华民族以"礼乐"为核心的道德架构，秦王朝缔造了具有东方形态的国家政体及其治理体系，那么，汉王朝第一次赋予了华夏民族以"汉族"的稳定称谓，并且创造了汉族在中国各民族中居于主体地位的文明形态。汉以后，虽然历代王朝更迭不断，但直到近现代，汉族作为中华民族主体的地位始终没有改变，这是中华文明走向成熟的重要标志。同时，汉朝又是最具转型特征的社会。第一次大转型是从秦"尚法"理念向"黄老刑名"治国理念的转变，第二次是由文景"黄老刑名"治国理念向汉武帝"罢黜百家，独尊儒术"转变，确立儒家意识形态正统地位的转型。艺术地再现这段历史，对于从历史经验中汲取智慧，促进国家治理能力的提高，有着现实的借鉴意义。正如著名评论家李星所说，正是出于对历史的敬畏，使得杨焕亭"在过了知天命之年以后，产生了要给中国历史和长眠在故乡大地上的一个个伟大魂灵以鲜活生命的强烈艺术冲动。历时6个春秋，几易其稿，终于在自己60岁生日之后完成了这部历史小说，给自己也给家乡的土地一个可堪告慰的答卷"。

《汉武大帝》分为上、中、下三卷。上卷《君临天下》（公元前147年—前130年）。主要描写刘彻在宫廷斗争中被立为太子，在汉王朝历史转折的关键时刻登基称帝，推行改革，遭到以窦太后为代表的后派的强烈反对而最终失败，以及他在邦交风云中把握时机、再度崛起的短暂而又波澜壮阔的岁月。

中卷《汉武执鞭》（公元前130年—前121年）。窦太后驾崩后，汉武帝重开改革新局，在内政上举贤良对策，广开言路，不拘一格用人才，确立"罢黜百家，独尊儒术"的意识形态结构；在外交上，做出"凿空西域"的重大决策，派遣以张骞为代表的庞大使团出使西域各国，开辟了丝绸之路，为推进中原政权与中亚西亚多民族的文化交流做出了巨大贡献；在军事上，从元朔五年（前124年）到元狩元年（前122年）先后对匈奴发动河南、河西和漠北三大战役，同时平定了淮南王刘安叛乱，奠定了发展的和平环境；在政治体制上，推行中、外朝同在格局，进一步削弱了丞相权力；在情感问题上，发生了刘彻生活中第一次巫蛊案，导致废掉阿娇皇后，立卫子夫为皇后，立刘据为太子。

下卷《天汉雄风》（公元前121年—前87年）。河西大捷成为刘彻政治生涯的重要转折点，他开始喜欢听顺耳的话而拒绝忠谏；并且对于生命的老去有一种本能的恐惧，听信方士谏言，祈求长生不老，为此而酿成许多冤案。在军事上，连年战争，导致国力羸弱；在经济上，启用东郭咸阳、孔仅、桑弘羊推行盐铁官营；在内政上，与太子刘据的矛盾越来越尖锐，终于被黄门总管苏文、水衡都尉江充等人利用，酿成又一次巫蛊案，卫子夫、卫太子自杀，后来，在丞相田千秋的劝谏下，终于醒悟，并且对自己几十年来的生命历程进行了深刻的反省，写了著名的"罪己诏"；在情感上，与钩弋夫人相爱，以悲剧结局落幕。公元前87年，刘彻在五柞宫去世，走完了叱咤风云的人生。弥留之际，托孤给霍光、金日䃅和上官桀，扶持刘弗陵登基，这就是历史上的汉昭帝。

"文学作品就是要提倡人格的完整，要塑造高尚的人，任何时候都不可为恶的人铸造民族高尚伟大的灵魂，这是文学的本质意义。"（李星语）《汉武大帝》追求诗性，"把对历史的评价和审美的评价有机地结合起来，赋予主人公汉武帝刘彻以鲜明的性格主导性和丰富性"（常智奇语）。作者笔下的汉武帝，既是一个雄才大略的政治家，又是一个被爱燃烧的热血男儿；既有着构建以汉朝为核心，触角延伸到东北亚和南亚的多元政体和谐相处的战略思维和广纳贤才、不拘于流派的博大胸襟，也有着经受风雨磨砺、心灵砥砺、情爱滋润的铁骨柔肠；既有着才情横溢的诗人情怀，仗剑赋诗，仰天长歌，天马行空，临风思美，又是一个对生命流逝充满恐惧，面对华发霜鬓，忧郁伤感的老者。"在作者的笔下，刘彻成为一个生动、具体、真实的人。"（李星语）

《汉武大帝》封面

"作品中与汉武帝相伴的近二百个人物形象，人人都出彩，个个有特征。"（常智奇语）或浓墨重彩，或轻描淡写，都鲜明生动，富有个性。如居功不骄、自律朝野的卫青；青春劲发、英勇善战的霍去病；察言观色、忠诚勤快的包桑；圆滑周转、逢迎揣摩的公孙弘；历尽艰辛、不辱使命的张骞；书生意气、固守己见的董仲舒；才华横溢，重情重义的司马相如等，为读者奉献了一幅西汉风云人物长卷。

《汉武大帝》是一幅民族融合的历史画卷。其突出的特点在于运用马克思主义民族观审视历史上的民族关系和战争冲突。作品透过汉与匈奴战争的表象，着力表现在血与火的洗礼中各民族发展交流、走向融合的历史趋势，体现了在大融合的历史进程中各民族所经受的心灵痛苦、生存煎熬和生命再塑。无论是卫青还是霍去病，他们在席卷河西和漠南的军事进击中，同时也经受着战争对心灵的洗礼，为说服河西匈奴归汉殚精竭虑；汉景帝的女儿隆虑公主，为了汉与匈奴的睦邻友好，毅然告别长安，离开故土，远嫁大漠深处的匈奴国；而匈奴左骨都侯吐突狐涂，为了汉与匈奴的睦邻友好，亲率使团，来到长安，学习大汉文明，促进和亲局面，谱写了多民族统一的颂歌。

《汉武大帝》是一曲激荡人心的爱情交响。服从于小说的总体基调，作品着力地刻画了一群好男好女的爱恨悲欢，赋予人物情感历程以悲剧的美。卫青与平阳公主，从主人与骑奴的尊卑有序到相互倾慕，从若即若离到炽热相拥，经历了突破门第观念的曲折。霍去病与阳石公主的相爱，多少带有"哈姆莱特"式的悲剧意蕴。霍去病杰出的军事才能，潇洒俊逸的青春步履，赢得了阳石公主的芳心。然而，霍去病的英年早逝，汉武帝的独断专行，终于摧折了这一对爱侣含苞待放的爱情之花，阳石公主在痛苦中沉湖身亡。张骞与纳吉玛相识在辽阔的草原，他们的爱坚贞而又痴情，艰难而又多难。纳吉玛在第一次出使西域回归途中被匈奴军人残酷杀害。为了继续汉与西域各国的友好往来，追寻纳吉玛的灵魂，张骞毅然接受刘彻的使命，二次出使西域。他们的相爱，从某种意义上说，成为多民族和谐的一种精神象征。著名文艺评论家李星在为这部作品撰写的序言中认为："它是巨大而恢宏的历史长卷。不仅生动而真实地再现了汉武帝叱咤风云、有功有过的一生，而且全景式地、多侧面地再现了武帝一朝政治、军事、经济、文化、宫廷斗争的几乎所有重大事件，平定闽越、盐铁官营、废三铢钱、几次重大的巫蛊案、废太子刘据、立刘弗陵而杀其母钩弋夫人等，皆有艺术的再现。线条清晰，场景生动，时而金戈铁马、起伏跌宕、惊心动魄；时而君臣相知、和风细雨、春光明媚、情意款款；时而形势突变、君王变脸、人头落地、好人蒙冤……勾画出一幅专制王朝之下的多姿多彩的社会政治生态图景，不仅给人以丰富的历史知识，而且让人品味出王朝政治的险恶无常和专制本质。"

《汉武大帝》在叙事方式上也有新的探索。作品在现实主义的基础上，充分吸取现代主义、意识流等表现手法，那种战争与和平的时空交错；灵魂与肉体的真爱絮语；多彩画面的蒙太奇组接，人物意识在历史与现实、前方与后方时空的穿梭，都使得作品节奏流畅，悬念迭出，意象纷纭，大大增加了作品的可读性。著名评论家、陕西省作家协会文学院原院长常智奇称《汉武大帝》是"诗人激情与史家理性的结晶"，"这是一部具有史诗品质的文学作品，作者以诗人的激情，飞扬的神思，充分的历史知识准备，文学的审美诉求，拥抱了历史的巨子——汉武帝。与其说杨焕亭先生选择了汉武帝，不如说汉武帝选择了杨焕亭先生。这是两种时代精神、两种历史观念、两个生命主体、两种人文气质相吸、相近、相敬、相通的叠加；这是历经两千多年，茂陵上的流云、飞鹰、草木花香、灵魂王气在一个书生笔下的融合和聚拢"。

《汉武大帝》出版以后，受到评论界和广大读者的普遍好评。读者情动于心而发表的点评和读后感多达6万多条。网名叫作"海绵不需要宝宝"的读者写道："作者以汉武帝的一生为线索，全景式地为读者展现了一个风云变幻、英雄辈出的时代。""全书最让我感动的是张骞出使西域。"网名叫作"深莫"的读者认为，"感谢作者，也感谢微信读书，让我度过了这样一段时光，这个时光里，我仿佛是一个见证者，看着一个个历史事件真的就这样发生了"。一位大学生这样写道："2018年暑假，我把杨焕亭先生笔下的汉武大帝的形象，刻入我自己心中。这部皇皇巨

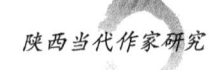

著,详细精到地在我眼前展开了汉武大帝一生壮阔的风云的画卷,使我久久不能平静。"

2015年,《汉武大帝》荣获湖北省精神文明建设"五个一"工程奖,2014年9月被长江文艺出版社推荐参加第九届茅盾文学奖评选。

《汉武大帝》创作的成功,为杨焕亭的历史题材创作积累了经验,从2013年到2021年的近十年间,他潜心创作,不断寻求艺术突破,又先后完成了长篇历史小说《武则天》(全三册)、《汉高祖》(全三册),同《汉武大帝》一起被评论界称为"历史三部曲"。著名文艺评论家李星在读完长篇历史小说《武则天》后,欣然赋笔道:"兄已是当之无愧的当代历史小说的大家了。"

回顾十年耕耘,梳理十年创作之路,杨焕亭逐渐形成了自己的艺术思想和审美价值体系。

一是坚持历史真实与艺术真实的统一。这是一个历史题材写作者必须坚守的文学思维。一定要有一种敬畏历史的庄严,从历史真实出发,经过艺术审美经验历程,或主体呈现,或客观再现地抵达艺术真实。任何虚构,都不能成为离开历史真实的任意戏说,从而导致读者对历史的误读甚至扭曲历史,或将宏大的历史"碎片化""媚俗化"。力求在作品中"客观公正地评价历史人物,再现历史的真实氛围,把人们带到更接近事实与可能的历史现场,给人以尽可能真实的历史"(李星语)。这就需要一种对民族的责任心和使命感,需要一种人格自觉。

二是坚持史诗性与抒情性的统一。这是历史题材写作者应有的艺术视角。即使在文化多元的时代,宏大叙事仍然是拓展历史题材写作的首要选择,因此,在杨焕亭看来,借把复杂的历史动因"个人化"去解构宏大叙事,或者借抒情性否定写作的史诗性选择,至少是一种不够科学、不够全面的观点。在三部作品中,作者都力求体现史诗性作品要素的有机凝结,用黑格尔的话来说,就是"一种民族精神的全部世界观和客观存在，经由它本身对象化成具体形象"。换言之，也就是小说的史诗性只有通过艺术形象的群体命运才能起伏跌宕地得以展示。而依照海德格尔的观点，人都是"诗意地栖居"。正是这种沉与浮、悲与欢、离与合的生命诗学，才构成了史诗性作品的抒情性，使得史诗性作品在"总体性"（卢卡奇语）上成为一部民族精神的交响。

三是坚持人物性格特征与生成环境的统一。这是历史题材写作者的基本立足点。如果说，从人物出发，是长篇小说的必由之路，那么，这对于历史题材写作就显得尤为重要。杨焕亭认为，无论是刘邦、汉武帝还是武则天，他们都曾经是特定时代的杰出人物，是当时一切社会关系的总和。他们性格的形成、发展以至嬗变，都与当时时代的矛盾冲突有着密切的关系。在作品中，一方面，他们是感性的、具体的、既在的人，另一方面，他们又要承担特定时代的社会矛盾，"从他们身上可以体现出一般心灵的各个方面，特别是全民族已发展出来的思想和行动的方式"。因此，性格与环境的统一，成为他写作的一个执着的追求。也正是在这一点上，李星认为：作品"让人觉得太切合情境及人物性格了"，"有了以往历史小说不可比拟的书卷气"。

四是坚持美与崇高的统一。这是历史题材写作者必须秉持的美学品格。在这三部作品中，无论是感性书写硝烟弥漫的战争风云，还是铺叙民族之间的纷争与融合；无论是书写杰出人物的政治生涯还是情感历程；无论是写统治集团内部的矛盾冲突，还是写普通百姓的悲欢疾苦，作者都十分重视通过彰显人性的丰美、精神的崇高，去实现对历史的理想审美表达，从而带给读者一种"力量的美"和人的美学存在的美。

王 海

▶▶▶ 王 海（1957— ）

  陕西咸阳人。陕西省作家协会第六届主席团副主席，咸阳市文学艺术界联合会副主席，西咸新区作家协会主席，中国作家协会第九届代表、第一批"陕西百名优秀中青年作家艺术家资助计划"导师，"陕西大学生文学艺术创作研究中心"导师，西咸新区空港新城"道德模范"，咸阳市"旅游形象大使"，中国海洋大学"驻校作家"，陕西师范大学"长安笔会"副主任，西藏民族大学、西北大学现代学院、西安外事学院、西安欧亚学院、咸阳师范学院等大专院校特聘教授。主要作品有：小说集《鬼山》，散文集《我们一起走过》，长篇小说《老坟》《人犯》《天堂》《城市门》《新姨》《金花》《回家》。

  21世纪之初，长篇小说《老坟》出版，多次再版，2005年获得美国"国际文化与科学交流奖"，2019年被影视公司买断电视剧、电影、广播剧、舞剧改编权；2002年小说《人犯》出版，2009年入选"建国60年十大法制文学献礼作品"；

2006年小说《天堂》出版，被陕西人民艺术剧院改编成话剧《钟声远去》，荣获文化部"优秀剧目"，2007年进京参加中宣部、文化部主办的"中国话剧百年诞辰纪念暨全国优秀话剧展演"并获奖，2009年在德国法兰克福国际书展上，被推荐为"中文必读书"，2019年被改编为大型现代秦腔戏剧《春上五陵原》，被荐送参加第九届陕西省艺术节展演；2011年小说《城市门》出版，荣获咸阳市"文艺精品"项目，2012年荣获陕西省委"五个一工程"图书奖，被长春电影制片厂改编为同名电影《城市门》，2014年11月参加第十届中美电影节获入围奖，2014年10月再版，11月由五洲文化出版社翻译成英文版出版发行；2017年小说《红柿的婚事》被改编为广播剧《柿子红满坡》，在省内外广播电台播出；2021年，小说《回家》被推荐为陕西省委宣传部重点项目。

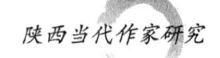

王海与《城市门》

王海在陕军作家中是首个给企业做形象代言人的作家，他通过市场的规则把文学推向生活的前沿，他是陕军作家走向市场最成功的作家之一，他的作品多次再版，并被改编为话剧进京展演，在2009年德国法兰克福国际书展上，他的作品被推荐为"中文必读书"。因此，在社会上产生了一种"王海现象"。

长篇小说《城市门》以作者生于斯长于斯的三秦故地上的风土人情为叙述背景，描写了芸芸众生的生老病死、悲欢离合，生动再现了社会转型期中国乡村世界的人文变迁，体现了作者独特的创作视野和强烈的关怀意识，是一部厚重的现实主义之作，为当下中国的乡土写作提供了典范。

著名作家贾平凹说："王海的长篇小说《天堂》《城市门》《回家》堪称'农村三部曲'，展现了新世纪前后中国城乡的巨变。"长篇小说《城市门》描写的是从中央到地方都关注的失地农民进城后的生存状态，它重新审视并考量了那段历史，是一部直抵人们道德良知的作品。作品关注中国现代化、城市化进程中所产生的巨大社会问题，直面这些现实矛盾的勇敢给人以耳目一新之感。小说的选材，牢牢地扎根于我国当下社会转型的现实泥土之中，将重心定位于我国农民在城市化浪潮中的生存状态，生动而又深刻地展示了黄土地上一群农民在这一进程中的生活状态及生命诉求。小说以文学的形式记录了中国发生的这一段不寻常的历史，并从历史的角度审视反省了这段历史，表现了城市化进程中失地农民的痛苦，以及经历这种痛苦的过程。《城市门》展现了中国农村现代性转型过程真实的生活和心灵的图景，是一声沉重而无奈的叹息。在严格的意义上，《城市门》是一部描写中国传统乡村文化在现代社会的覆灭以及自我救赎的写真式文本，是一曲中国传统乡村文化的悲歌和挽歌。这是一部地域风情色彩浓厚，诗情画意，叙述清新流畅，人物形象独特生动，好读且耐读的乡村题材长篇小说。著名文学评论家李星在他的评论《现代化进程中的沉思和浪漫》中讲道："王海的作品有一种民族的忧患意识，有一种乡村风情的情结，这是当代乡村小说中罕见的浪漫风景。

《城市门》封面

看了这部新作，我忽然明白，王海一直在追求一种乡村风情，这部作品不仅有沈从文的文风，而且隐藏着贾平凹创作东方神秘主义的色彩，这是近几年在陕西文坛难得的一部好作品。《城市门》的意义却绝不止于民俗和乡土风情，而是社会转型期，乡村传统文化和被迫改变了社会角色的农民兄弟生存的尴尬和所经受的心灵痛苦，是作者对在快速前进的中国城市化过程中政府行为的思考和尖锐质疑。"著名作家贾平凹说："王海这几年一直走纯文学的路子，他的几部作品大都以咸阳地域文化为创作背景，而且都是关注民主民生的社会问题。新作《城市门》描写失地农民进城后的生存状况，王海以其深沉的忧患意识记录了中国城市化进程的这一段历史，以深沉的批判锋芒引发读者对这部书的关注，这种难得的创作态度是令人敬佩的。《城市门》的突破不仅是人物形象，而且是对人的灵魂深处的开掘和审判，这是几年来不多见的一部好作品。"著名评论家常智奇认为，《城市门》是为"生民立命"。他说："王海的《城市门》是一部敢于正视现实的，以一个作家的正义感和责任感，站在中国城市化建设的疾风暴雨中，表现农民失去土地的过程中心灵的阵痛、情感的失落、精神的迷茫和无助的作品。这是一本在中国农村历史的转型期，站在农民的立场上，怀着深深的同情和悲悯，为中国当代农民的生存和前途而呼喊的作品。作者王海以质朴而生活化的秦地语言，直面历史变革的惨淡人生，真实地反映了农民在失去土地前后的焦灼、期盼、失落、无奈、痛苦、迷茫的情感和心态。这种质朴而生活化的秦地语言，直截了当的叙述方式，形成了王海的一种叙述风格，质朴、率真、真切、清晰。《城市门》是一部充满悲剧主义情愫的时代挽歌，发人深思，中国的农民走向何方，中国农村的出路在哪里，中国的知识分子，有良知的作家发声了，《城市门》就是这种'为民立命'的心声。"正如著名评论家李星先生所言，王海创作的生活基地一直在咸阳，执着地固守着咸阳这块土地，关注文化的命运，几年来，他的这种固执的创作精神，使我们不得不重新审视他和他的所有作品。几年来，王海固守着他的五陵原，就像美国作家福克纳固守着他的杰弗逊镇一样，以他的生花妙笔演绎着咸阳五陵原的大悲大喜、大哀大乐。他的作品充满民族的忧患意识，以深沉的批判锋芒引发读者的关注和思考。

李康美

▶▶▶ 李康美（1952— ）

  陕西渭南人。陕西省作家协会副主席，渭南市作家协会主席，一级作家。1989年毕业于西北大学中文系。1970年应征入伍，历任5307部队战士，渭南市燃料公司临时工，文艺研究所专业作家，文学创作二级，陕西省作家协会第四届常务理事，渭南市作家协会主席，陕西省作家协会副主席。1981年开始发表作品。1994年加入中国作家协会。曾出席全国青年作家创作大会，第七届全国作家代表大会。已经有600多万字的作品问世，并多次获奖。主要作品有：长篇小说《裂缘》《天荒》《玫瑰依然红》《情恨》《烟雾》等，中篇小说《凄风苦雨》《家庭问题》《厚土》《雪地》《复仇》《赴任》《女县长》等。文集《李康美文集》三卷，剧本《老城墙》《玫瑰依然红》《月上江南》《说话算话》《赴任》《亮相》等。其中长篇小说《情恨》获1993年陕西省"双五"文学奖，中篇小说《赴任》获1997年中央电视台优秀剧本二等奖，短篇小说《陷车纪事》获1984年河南省《奔流》佳作奖。

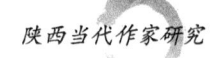

李康美与《天荒》

《天荒》是一部具有深刻历史感和文化品位的文学作品。它通过对关中平原渭北地区一个村庄近半个世纪的历史变迁的描绘，揭示了民族的生存状态和文化的传承与变迁。同时它也展现了人性的复杂性和多样性，以及当前中国社会中存在的一些问题。这部作品不仅为李康美赢得了广泛的声誉和认可，也为他此后的文学创作奠定了坚实的基础。

《天荒》以乔迁村为叙事核心，将这个村庄作为一个微缩的社会样本，通过对其中各色人等命运的描绘，展现了中国社会历史的变迁和民族生存状态的演变。作品的时间跨度长，涉及的历史事件众多，从清末到新中国成立，再到改革开放的初期，每一个历史时期都在乔迁村留下了深深的烙印。这些历史事件不仅改变了村庄的面貌，也深刻影响了村民们的心态和命运。

在这样一个宏大的历史背景下，《天荒》并没有陷入对历史事件的简单罗列和叙述，而是通过对人物命运的深度挖掘，展现了历史与文化的深层联系。作品中的人物，无论是闯荡江湖的浪子、土匪，还是窃贼、正人君子，都带有鲜明的时代特色和地域色彩。他们的命运变化，既是个人选择的结果，也是历史和文化变迁的必然产物。

李康美在《天荒》中展现出了深厚的文化品位。他通过对乔迁村及周边地区的历史文化、风土人情的细致描绘，让读者感受到了这片土地的独特魅力和深厚底蕴。同时，他也通过对人物命运的深入挖掘，展现了人性的复杂性和多样性，让读者在感受历史变迁的同时，也能深刻思考人性的意义和价值。

《天荒》是一部具有强烈历史感的作品。作者李康美通过细腻的笔触，将清末以来中国历史上的许多重大历史事件巧妙地融入乔迁村这个小小的村庄中，使得这个村庄成为历史演变的一个缩影。在这个过程中，许多外来户因各种原因被颠出原来的生活轨道，或脱离了原来的生活范式，最终落根或逃匿于这个后来被称为乔迁村的荒僻地方。这些外来户中，不乏血性汉子，他们带着对生活的渴望和对未来的憧憬，试图在这片看似荒芜的土地上寻找新的生机。

然而，这片土地也有其神秘而厚重的历史。如同沉埋千年的石碑、华表一样，乔迁村也背负着沉重的历史包袱。在这片土地上，那些血性汉子一个个丧失了生命活力，逐渐向强大的似乎无处不在的传统文化回归。他们中的一些人，如郭宏坤、柳三礅等，原本生命勃发，但在这片土地上，他们逐渐变得萎靡不振，最终成为梦游者或窝囊废。这种变化不仅揭示了民族深层的生存困境，也反映了文化与历史之间的尴尬关系。

《天荒》封面

在乔迁村这个村庄中，虽然地下有着石碑、华表等珍贵的历史文物，但这个村庄却拒绝文化。县长夫人宋杰英试图在乔迁村办教育，结果却遭到失败。而这块土地真正的历史传人程耀祖，只知繁殖后代，却不管后代有没有文化，哪怕后代是个傻瓜、白痴也不管。这种对文化的漠视和拒绝，使得乔迁村在历史的洪流中显得异常脆弱和无力。

《天荒》在艺术上呈现出一种大气磅礴、深沉厚重的风格。作品的结构严谨，情节紧凑，语言质朴而富有感染力。作者通过细腻的笔触和生动的描绘，将读者带入了一个充满历史感和文化气息的世界。《天荒》它不仅局限于对乔迁村这个村庄的描绘，还通过对各种人物和事件的刻画，展示了非正常情况下人的生活、畸形的生活以及人的生存困境。这些人物和事件虽然各具特色，但都围绕着一个共同的主题：人的生存困境。在乔迁村这个村庄中，人们实际上很穷困，他们只是在生存的最低水平线上生活。这种物质上的困境使得他们不得不为了生存而不断地努力和奋斗。然而，在奋斗的过程中，他们也不可避免地面临着精神上的困境。这种精神上的困境不仅来自个人内心的挣扎和矛盾，更来自社会、文化和历史等方面的压力。

在《天荒》中，作者通过对人物的深入刻画和情节的巧妙安排，展示了人在面对生存困境时的各种反应和选择。有的人选择了逃避和放弃，有的人选择了坚持和奋斗，还有的人则选择了妥协和适应。这些不同的反应和选择不仅展示了人性的多样性和复杂性，也揭示了人在面对生存困境时的无奈和悲哀。每个人物都具有鲜明的个性和丰富的内涵。其中，程耀祖这个人物写得尤为成功。他个性鲜明、性格完美，背后拖着长长的历史文化的影子。他的身上积淀着深厚的传统文化因子，宗族意识很深。他的生命中有两个化解不开的情结：一是老想着将乔迁村的村名恢复为过去的程家寨；二是渴望程氏家族后继有人，繁衍不息并不断庞大，绝不能绝了香火。这种顽强的宗族意识支撑、勃发了他的生命力，成为他生命与精神的轴心。这个人物不仅具有一定的典型意义，也深刻地反映了中国传统文化在现代社会中的困境和挑战。他的命运变化，既是个人抗争的结果，也是历史和文化变迁的必然产物。通过对程耀祖这一形象的塑造，李康美成功地将个人的命运与历史的变迁、文化的传承紧密地联系在一起，展现了一种深刻的历史感和文化感。除了主人公之外，《天荒》中的其他人物形象也各具特色。无论是闯荡江湖的浪子、土匪，还是正人君子、窃贼，他们都带有鲜明的个性特点和文化印记。他们的命运变化既体现了历史的无情和残酷，也展现了人性的复杂和多样。通过对这些人物形象的塑造，作者成功地展现了一个丰富多彩、充满生机和活力的社会画卷。

《天荒》是一部带有象征意味的现实主义作品。在作品中，作者巧妙地运用了象征手法，通过对土地、女人等元素的描绘，展示了人与土地、人与女人之间的复杂关系。土地是生命的源泉和文化的根基，而女人则是家的象征和情感的归宿。在乔迁村这个村庄中，土地和女人都具有一定的象征意味。土地不仅是村民们的生存之本，更是他们精神的寄托和文化的根源。而女人则是家庭的核心和情感的纽带，她们的存在使得家庭得以完整和和谐。除了象征手法外，《天荒》还融入了一些现代的意味。虽然作品主要描写的是乔迁村这个村庄的历史变迁和人物命运，但作者在其中也融入了一些现代的思考和观念。比如对于传统文化的重新审视和反思、对于人性多样性的探索和理解等。这些现代意味的融入使得作品更加具有时代感和现实意义。

《天荒》在李康美的创作道路上具有里程碑式的意义。它不仅代表了李康美文学创作的新高度，也展现了他对于历史、文化、人性等问题的深刻思考和独到见解。这部作品不仅为李康美赢得了广泛的声誉和认可，也为他今后的文学创作奠定了坚实的基础。

刘成章

▶▶▶ 刘成章（1937— ）

  陕西省延安市人，当代诗人、散文家。1954年开始发表作品。1961年毕业于陕西师范大学中文系，1988年加入中国作家协会。他在中学时代就开始了文学创作，高中写诗，然后又转写词，后写戏剧，再写散文。曾任陕西师范大学中文系助教、延安歌舞剧团编剧、《文学家》杂志主编、陕西人民出版社文艺部副主任、陕西省出版总社副社长。曾任陕西省作家协会副主席、中国作家协会会员、中国散文学会常务理事。一级作家。代表作品有《羊想云彩》《安塞腰鼓》等，其中《安塞腰鼓》入选多本教材。《羊想云彩》获得首届鲁迅文学奖、陕西省"双五"文学奖特别奖等。

刘成章与《羊想云彩》

刘成章的文学之路如同一条河流，从源头潺潺而始，历经诗、词、剧的洗礼，最终汇聚成散文的浩瀚海洋。这位早熟的作家，以他独特的艺术轨迹和深厚的文学功底，铸就了他在文学界的独特地位。

高中时代，刘成章便已经显露出卓越的文学才华。那时，他的一组新诗（共九首）被选入陕西省青年作者的"诗选"，这是他文学之路的起点，也是他戴着"诗人"的桂冠初涉文坛的起点。他的诗作充满了青春的热情和独特的想象力，赢得了读者和同行的赞誉。然而，刘成章并没有止步于诗歌的创作。他逐渐转向歌词和剧本的写作，探索更为广阔的文学领域。他的歌词作品情感真挚，深受大众喜爱；他的剧本则充满了戏剧性和张力，展现了他深厚的文学功底和敏锐的观察力。

在尝试了多种艺术形式之后，他发现自己更加适合写散文。1982年，当他45岁时，他开始专写散文，这标志着他文学创作的又一高峰。他将自己的诗、词、戏的精神沃野融入散文之中，使其作品既具有诗歌的诗意和韵律美，又具有歌词的抒情性和剧本的戏剧性。他的散文作品语言优美、意境深远、情感真挚，给读者留下了深刻的印象。

刘成章之所以能够在散文领域取得如此卓越的成就，与他之前的诗、词、戏的创作经历密不可分。这些艺术形式不仅为他提供了丰富的文学素材和创作灵感，还锻炼了他敏锐的观察力和深刻的思考能力。他将这些宝贵的经验和才华融入散文创作中，使其作品具有了独特的艺术魅力和深刻的思想内涵。

在刘成章的散文作品中，我们可以看到他对生活的热爱和对人性的深刻洞察。他善于从日常生活中发现美、感悟美，并用他独特的笔触将这些美好瞬间定格在文字之中。他的散文作品不仅具有文学价值，更具有重要的思想意义和社会意义。他通过文字传递出对生命、对自然、对社会的热爱和关注，引发读者对生活的深思和感悟。

在中国当代文坛上，刘成章的名字与他的作品《羊想云彩》无疑占据了独特的位置。这位生于陕北、长于黄土高原的作家，以其深厚的文化底蕴和独特的艺术视角，为我们呈现了一幅幅充满陕北风情和浓郁时代感的文学画卷。而《羊想云彩》作为他的代表作之一，更是将他的文学才华发挥到了极致，成为一部兼具艺术性和思想性的散文佳作。

《羊想云彩》作为一部散文集，其最显著的特点就是具有浓郁的陕北风情和强烈的乡土情怀。黄土高原的山水、人文、历史都深深地烙印在他的心中，成为他创作的源泉。在这部散文集中，他通过对陕北自然风光、人文景观的细腻描绘，以及对陕北人民生活方式、思想情感的深入挖掘，展现了一个真实而鲜活的陕北世界。

《羊想云彩》的艺术特色主要体现在以下几个方面：一、生动的描绘手法。刘成章在描绘延安的自然风光和人文历史时，采用了生动的描绘手法。他通过对景物的细腻描绘和对人物形象的刻画，使读者仿佛置身于那片红色的土地之上，感受到了故乡的魅力和活力。这种描绘手法不仅增强了作品的艺术感染力，也使作品更加具有可读性和观赏性。二、独特的意象运用。在《羊想云彩》中，刘成章巧妙地运用了"羊"这一意象，将自己比作一只吮吸母亲乳汁的羊，表达了对故乡延安的眷恋和依赖。这种意象的运用不仅富有诗意，而且具有深刻的

《羊想云彩》封面

象征意义，使读者能够更加深刻地理解作品的主题思想。三、深刻的思想内涵。除了艺术手法上的独特之处外，《羊想云彩》还蕴含着深刻的思想内涵。作品通过对对故乡的热爱和怀念之情的表达，引发了读者对故土、对家园的深思和感悟。同时，作品也蕴含了对历史的回顾和思考以及对未来的展望和憧憬，使读者能够在阅读中领略到一种超越时空的人文关怀和历史使命感。

在自然景观的描绘上，刘成章以其独特的艺术手法和敏锐的观察力，将陕北的黄土高原、纵横沟壑、苍茫大地等自然景观生动地呈现在读者面前。他笔下的陕北，既有苍茫辽阔的壮美，又有细腻入微的精致，使读者仿佛置身于这片神奇的土地上，感受到陕北的自然之美和生命之力。在人文景观的挖掘上，刘成章更是深入陕北人民的生活方式和思想情感之中。他通过对陕北人民的劳动生活、婚丧嫁娶、节庆活动等日常生活的描绘，展现了陕北人民勤劳朴实、热情奔放的性格特征。同时，他还深入挖掘了陕北人民的精神世界，揭示了他们对生命的热爱、对自然的敬畏、对家园的眷恋等深层次的情感。这些描绘和挖掘，不仅让读者对陕北人民有了更深入的了解和认识，也让他们感受到了陕北文化的独特魅力和深刻内涵。

《羊想云彩》在艺术语言表达和情节构思上，运用了诗化的语言和巧妙的构思，将散文的艺术性提升到了一个新的高度。在语言的运用上，刘成章借鉴了陕北民歌"信天游"的神韵，采用了诗化的语言进行创作。他的语言既具有陕北方言的质朴和生动，又具有诗歌的韵律和节奏。这种诗化的语言不仅让读者在阅读时感受到了音韵之美，也让他们更加深入地理解了陕北文化的独特魅力。在构思上，刘成章也展现了他独特的艺术才华。他善于从生活的点滴中发现灵感，通过细腻的描绘和深入的思考，将普通的场景和事物赋予了深刻的意义和内涵。同时，他还善于运用象征、隐喻等手法，将抽象的情感和思想具象化，让读者更加直观地感受到他的情感和思想。这种巧妙的构思不仅增强了作品的艺术感染力，也增加了作品的思想深度。

在《羊想云彩》中，刘成章还深入探讨了生命的意义和价值。他通过对陕北人民的生活方式和思想情感的描绘，表达了对生命的热爱和敬畏之情。同时，他还将个人的生命体验与陕北的历史文化相结合，展现了一种深刻的红色情怀。在生命赞歌的表达上，刘成章通过对陕北人民勤劳朴实、热情奔放的生活方式的描绘，表达了对生命的热爱和赞美。他笔下的陕北人民虽然生活在艰苦的环境中，但他们依然保持着对生命的热爱和追求。这种对生活的热爱和追求不仅体现在他们的日常生活中，还体现在他们对自然的敬畏和对生命的尊重上。这种对生命的热爱和赞美不仅让读者感受到了生命的力量和美好，也激发了他们对生活的热爱和追求。

《羊想云彩》作为刘成章的代表作之一，不仅展现了他深厚的文化底蕴和独特的艺术视角，也展现了他对陕北文化的热爱和敬畏之情。这部散文集以浓郁的陕北风情和强烈的乡土情怀为底蕴，以诗化的语言和巧妙的构思为艺术手段，将散文的艺术性提升到了一个新的高度。同时，它还深入探讨了生命的意义和价值以及红色情怀的表达方式，为读者提供了一次深刻的文学和思想体验。

史小溪

▶▶▶ 史小溪（1950— ）

　　陕西省延安市人。先后种地，当工人，在西安建筑科技大学机电系、四川大学中文系求学。中国作协会员，资深编审，文学创作一级。延安市文学艺术界联合会原副主席，《延安文学》杂志原执行主编。

　　在《中国作家》《当代》《青年文学》《大家》等全国百余家报刊发表作品。出版散文集《澡雪》《泊旅》等9本，主编《中国西部散文精选》等40本。散文代表作《陕北高原的流脉》《黄河万古奔流》等先后选入作家、上海文艺、花城、人民教育、百花几十家出版社的《百年美文》《华夏二十世纪散文精编》《中国新文学大系》《新中国60年散文典藏》等选本及初、高中、大学标准课本、课外选读。并被《当代文坛》《人民日报》等全国数十家报刊评论。散文集《纯朴的阳光》获中国西部新时期30年散文奖，《最后的民谣》获冰心散文奖，中国散文学会成立30年授予其"散文理论奖"。其人被收入国家21世纪重点科研图书《中国散文通史》（当代卷）专章论述。

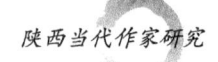

史小溪与《陕北八月天》

《泊旅》是散文家史小溪2003年出版的一部散文集。这部集子收录了史小溪不同时期创作的各类散文49篇，大体可以分为三大类，即陕北主题、人生感悟、文化思考。陕北是史小溪的精神故乡，也是他的创作之根。陕北曾是古代疆土上征战最多、最激烈、最残忍、最动荡的地域，同样也是缔造新中国的"革命圣地"，但是就是这样的一片圣土却长期以来和贫困、落后、偏僻、荒凉这样的字眼联系在一起。这块黄土地上有尘土飞扬喊声震天的安塞腰鼓、满山遍野红艳艳的山丹丹、响彻悬崖沟畔的信天游，同样这块黄土地上也生存着至今仍堪称我们这个民族脊梁的后生和婆姨，他们倔强坚韧，诚实淳朴，吃苦耐劳，忍辱负重，面朝黄土背朝天。面对这样一块土地，面对这样一群人，任何一个有良知的人都会为之动容、为之揪心。这也难怪史小溪要将他的生命坐标定位在陕北。史小溪写出了陕北的厚重、悲壮、真实、独特、雄浑、大气。史小溪笔下的陕北高原具有史诗般的雄浑壮美。陕北是史小溪散文创作的根据地，同样也是史小溪精神的图腾和生命的归宿地。史小溪长期以来一直扎根于陕北的黄土高原，陕北成为他散文创作的一个永恒主题。这其中既包括对陕北山川风物的描写，也包括对陕北民俗人情的展现。前者主要围绕陕北的地理环境、自然风景、生活场景做全景式的

《泊旅》封面

展示，如《野艾》《陕北高原的流脉》《陕北八月天》《黄河万古奔流》《荒村》《冬日高原》等。

《陕北八月天》一文是作者走访十几个县，花一年多时间和农民同耕同种，后又不断反刍反复修改而"绘就"的一幅全景式反映陕北风土人情的生活画卷。《陕北八月天》开篇就像一阵喧天的锣鼓声一样将你吸引住。"八月，陕北金灿灿的收获季节到了。朋友，你知道吗，如果说陕北较美丽较明媚的季节是农家四月山丹丹花开的时候，那么，我告诉你吧，陕北，较美丽较富饶的季节是农家八月天。当节气进入八月的时令，博大慈祥的黄土高原便摇曳着，鼓荡着，喧哗着，向你袒露出丰满、迷人的秋色。唯有这个季节，高原才暂时隐去了她荒凉贫瘠的本色，向人们宽厚而无私地奉献出果实和收获。"《陕北八月天》有陕北浓郁的风土人情，有陕北大地斑斓的色彩，有粗犷、质朴的信天游，有陕北人在龟裂的黄土地上生存的困苦、坚韧和旷达，有满怀忧惧的环保意识，还有深沉、厚重、苍凉的人生感悟……语言清新、质朴，弥漫着阳光和泥土的气息。

著名作家史铁生这样评价史小溪的散文创作："史小溪的散文有一种恢宏气。大包大揽，大开大合。天文地理，人情百态，会于心，应于手，成于文，通归壮美灿烂之途。他爱陕北，立足于陕北。在他笔下，陕北是大陕北，是一个无边无际的文化符号。读《黄河万古奔流》，读《陕北八月天》，读《陕北高原的流脉》，等等，恢宏无羁之气概充溢于字里行间。而这些，作者都以诗情、神性和抒情品质一脉贯穿的。也因此，构成了史小溪散文的普遍风貌。"著名散文家杨献平评价"史小溪的散文作品，在写人状物、行文描叙之间，处处显露着一种万物平等的可贵姿态。他不像一些自视身份高贵（对写作对象而言）姿态悠闲的人，在'自以为愚蠢和卑贱的'农民面前趾高气扬，他眼里和笔下的他们（弱势的民众）总处在生命和尊严对等的地位上……史小溪的散文作品中常常闪现着温情的、激越的和充满生命源汁的亮丽光芒……他的那些对人、对生命完全呵护和对

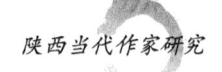

灵魂透彻照耀的精美博大篇章，使我们在很大程度上对他和他的作品肃然起敬"。著名散文家金肽频说："史小溪的散文是把个性意识与高原人的整体意识嫁接起来的一座桥，两边的钢轨在无尽地延伸着……""他的这片散文的'阳光'，不但纯朴，而且宽阔，而且坚硬。却看这组标题：《陕北高原的流脉》《荒原苍茫》《飞翔的高度》等等，就知道这类散文的雄风与豪迈。他首先将朔风中的黄皮肤，将他赤裸而跳荡的心脏展示给你看，然后还有手里紧紧抓着的那把新鲜的黄土。"

散文家史小溪多年来甘于寂寞，执着砺炼散文。"在八十年代初许多陕北作家像逃离'沉船'一样纷纷离开陕北时，他却为写陕北，从当时待遇很优厚的中央大企业部委行业报回到故乡"（著名评论家李建军语）。在编辑之余写出逾百万字的散文，先后出版散文集《澡雪》《纯朴的阳光》《泊旅》《秋风刮过田野》等，并主编出版受到全国文坛瞩目的《中国西部散文》（上、下）、《中国西部散文精选》（四卷）、《新延安文艺·散文卷》等。他曾写道："故乡的延河，你就这样流淌着把一切都给了我的记忆么！也许正因为此，注定了我和你永远不会被割断的联系，也注定我永远是你这条母亲河流的儿子！"

由中国高校著名专家学者教授牵头，历10年心血所编撰的教育部21世纪重点科研图书——《中国散文通史》由安徽教育出版社出版。全书按时代顺序分为先秦、两汉、魏晋南北朝、隋唐五代、宋金元、明代、清代、近代、现代（2卷）、当代（2卷）共12卷，是迄今为止最为深入、全面而系统地描述中国古今散文演变的学术巨著。《中国散文通史》（当代卷）以散文新概念进行分类，突出以真实、自由的个性笔墨表现生命体验的文学散文。专章总序写到20世纪80年代末至90年代（学界也称"后新时期"）大陆一批真正的散文作家对"散文艺术"的坚守和创新时，指出："这一批散文家中，值得提及的有：一、以小说成名转而写散文的张承志、史铁生等；二、专门执着散文写作的周同宾、史小溪等；

三、长期从事文学评论，之后写散文的李元洛、阎纲、顾骧、谢冕、林非、雷达等；四、专职从事编辑、出版工作而兼职写散文的郭保林、王剑冰、刘元举等；五、主攻绘画而写散文的方成、黄永玉、范曾、韩美林等。""在泡沫散文铺天盖地的流淌中，这一批真正的散文作家坚守知识分子的人文良知，拒绝商品时代金钱的喧嚣和物欲的诱惑，以绝不媚俗的姿态抵抗浑浊的市声，希求以个体微弱的声音唤醒一个时代。"（见《中国散文通史》第56—67页）《中国散文通史》（当代卷）入选的散文家几乎全部为京沪及各省会城市驻会专业作家（有十多个省未有当代散文家入选当代卷，然而史小溪是全国地市级城市中唯一的一个）。延安市史小溪的入选，填补了陕北本土作家进入"中国文学史"的一个空白。

孙见喜

▶▶▶ 孙见喜（1946— ）

  陕西商洛市人，毕业于西安工业学院。曾先后担任太白文艺出版社编审、太白书院副院长、西安工业大学及咸阳师范学院特聘教授。中国作家协会会员，曾为陕西作家协会和陕西评论家协会理事、陕西省书法家协会会员、陕西省国学研究会副主席、陕西省孔子学会顾问。

  孙见喜创作出版了20多种各类文学著作，主要作品有：1992年陕西师范大学出版社出版的小说集《望月婆罗门》；1993年陕西人民教育出版社出版的散文集《小河涨水》；1998年台湾金安出版社出版的《孙见喜散文精选》；2001年陕西旅游出版社出版的散文集《浔阳夜月》；2001年广州花城出版社出版的三卷本传记《贾平凹前传》；2005年中国大百科全书（知识出版社）出版的长篇小说《山匪》（2009年获陕西省首届柳青文学奖）；2006年太白文艺出版社出版的《孙见喜评论集》；2008年上海人民出版社出版的《贾平凹传》；2013年西安出版社出的散文集《跪拜胡杨》；2017年西北大学出版社出版的《回顾与前瞻——中华文化百年流变》；2020年陕西人民出版社出版的《月夜城墙根》；2017年陕西人民出版社出版的《蕉皮论语》（评论集之二）等。其作品曾获省市及报刊文学奖30余次。

创作之余，孙见喜还策划了多种文化活动，如"中国传统文化名家报告团"（2003—2005年）、"2005年'五一'节西安南门长安古乐文化周""太白书院对外合作方案"（2008年）、"陕西文学三十年访谈"（2009年）、"庚寅年春节'唐诗与大明宫'主题灯会"等；2009年以来，孙见喜应邀出任三集实景商洛花鼓山歌剧《天狗》艺术总监等，曾参与"西安城市建设与唐代城市规划"、华清池大型实景舞剧《长恨歌》等项目的策划与论证。

孙见喜担任陕西省和西安市"非物质文化遗产"评委、"陕西省第五、六、七届艺术节"评委；同时还应邀到许多院校和单位做《文学创作的准备》《散文创作五讲》《读书与人生》《五四以来的中西文化对撞》《百年中医的抗与争》《古琴的文化意义与名曲欣赏》等逾百场主题演讲或报告。在社会上产生广泛影响，不少讲座在"腾讯视频"上受到持久关注。

孙见喜从事职业编辑20多年，先后编辑了大型丛书《中国当代实力派作家大系》十一卷、《贾平凹作品精选》三卷，以及贾平凹原创长篇小说《高老庄》等。其中《贾平凹小说精选》获1992年"第六届全国图书金钥匙奖"一等奖，《高老庄》入围第五届茅盾文学奖。

作为书法家，孙见喜的书写风格清正刚劲、骨力内蕴，有欧阳询意趣，故爱好者广泛收藏，其传略收入《古国丹青画卷》，书法对联被中国画研究院和北京书画艺术研究院收藏，艺术成就载入《中国文艺家传集》（第一卷）。其行书孟浩然诗句"气蒸云梦泽，波撼岳阳城"被收入中国书画研究院2006年出版的《中国传世书画鉴赏》（第三卷）并被该院评为"传世金奖"。

肖云儒评孙见喜的散文说："你会为他文章的精致所陶醉。有时由不得想，以他在语言上下的功夫，放在古代，大约要划入苦吟派的范围。"中国作家协会副主席、陕西省作家协会主席贾平凹评价说："孙见喜是一个有着独立精神的人，一个有着高品位审美层次的文人，他善良而又充满趣味，生活道路曲折而坚韧不拔，是一个有着丰富想象力和给文字赋予活力的作家，又是思维开放知识面广博、有着非常理性的批评家。"著名作家史飞翔则称孙见喜为"陕西文坛的海明威"。

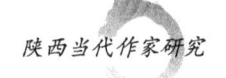

孙见喜与《山匪》

孙见喜的长篇小说《山匪》不仅是一部承载着丰富生活容量、具有悲剧美感的长篇小说，也是一部深度剖析20世纪20年代大裂变、大动荡背景下，社会底层农耕家族生存艰辛与生命力顽韧的巨著。在这部作品中，作者孙见喜成功塑造了一个崭新而鲜明的艺术形象——孙老者，他成为新时期文学画廊里一道独特的风景线。

小说以生动的笔触和细腻的描绘，将读者带入了那个动荡不安的年代。那是一个社会剧烈变革、秩序混乱的时代，基层政权处于真空状态，乡绅和老者成为维系村社秩序和家族绵延的重要力量。在种种邪恶势力的煎炸中，他们带领村人艰难地度日，用来自骨子里的力量和信念支撑着底层人群的生存信念。

作品中，方言土语的融入不仅为小说增添了地域文化色彩，也增强了人物塑造的力度。这种独特的叙述方式使得小说在叙述形态上自出机杼、别具一格。同时，作者通过丰富的想象力和精湛的笔触，将那个时代的多种形态都展现得淋漓尽致。读者在阅读时可以充分感受和体味到那个时代乡村生活的百科全书，领略到已经湮灭的历史过程中乡村生活的真实面貌。

《山匪》的成功不仅在于其深刻的历史背景和生动的人物塑造，更在于其独特的艺术风格和深邃

《山匪》封面

的思想内涵。在这部小说中，作者并没有简单地批判或赞扬某个方面，而是通过对不同势力的描写和人物命运的安排，呈现出了一个复杂而真实的社会图景。儒教精神在小说中得到了正面的肯定，它代表了道德力量和社会伦理基础，成为民生主要的依靠。这种处理方式与过去作家在处理这段历史时有所不同，更加贴近历史和现实，让读者能够更深刻地理解和感受那个时代的社会现实。

在《山匪》中，孙见喜展示了中国乡村在那个大动荡大混乱大裂变的社会背景下的各种形态。他通过对孙氏家族的描写，揭示了三种势力——老连长、范长庚、唐靖儿——如何以孙氏家族为中心旋绕咬合，相互制约、相互依存。这种复杂微妙的关系不仅体现了当时社会的复杂性和多元性，也反映了人性中的善良与邪恶、牺牲与自私等多重主题。

此外，《山匪》还通过对人物内心世界的深入剖析，展现了他们在苦难和困境中的挣扎与抗争。孙老者作为小说中的核心人物，他的智慧、勇敢和坚韧成为家族和村人的支柱。他在面对种种困难和挑战时，始终保持着坚定的信念和乐观的态度，用自己的行动感染和激励着身边的人。这种精神力量不仅支撑着孙氏家族在苦难中前行，也鼓舞着读者在困境中寻找希望和勇气。

值得一提的是，《山匪》在出版后引起了广泛的关注和讨论。在西安和商洛学院先后召开了两次研讨会，专家学者们对这部作品进行了深入的探讨和研究。著名作家陈忠实先生生前曾这样评价："这部小说里，孙见喜展示出来中国乡村在那个大动荡大混乱大裂变的社会背景里的政治形态、经济形态、文化形态、教育形态、生产形态、道德形态、民俗形态、社会结构和生活运动的形态，我如同领略业已烟灭的那个时代、那个历史过程中乡村生活的百科全书，阅读时可以充分感受和体味上上一代人昨天的心理秩序的脉象。"著名作家贾平凹说："这本书到底写了什么？是写了一堆土匪吗？我的看法是：当一个国家处于秩序大乱，一切都崩溃了，那么社会靠什么维系着朝前推进？没有政府，没有法律，没有管理，没有英雄，中华民族内在的东西是什么？生命的形态是什么？它的文化是什么？这几点这本书做了回答。作者虽未明确意识，也未重笔刻写，但它呈现的社会形态却提供了这样的疑问和答案，也正是这种乱世中混乱现象的呈现，他表达得不事声张不露痕迹，才使这种疑问和答案，充盈、饱满，而不概念化，如果他有意朝那儿扭的话，那写出来就概念化了，多亏没有那个意识，才使文本中的史料、民俗、方言土语，散发了更大的意义，才使它终于成为一部有价值的小说，而不是一部传奇纪实，或地方志。此书积孙见喜四十年之人生经验和文学经验写成的，用一句话来概括：形而下写得很丰富、丰赡，形而上写得很有意义，这的确是一部很优秀的小说。"著名作家陈彦说："当我读完这部小说，一直萦绕心头的是：是什么东西在维系着苦胆湾的村社秩序和家族绵延？当他们一次次遭受灭顶之灾，一回回心灵和肉体都被撕扯得血肉模糊时，并没有长着翅膀的天使从天而降来抚慰他们的伤口、拯救他们的灵魂，那么是一种什么力量在撑持着底层人群的生存信念？又是一种什么能量在不断修复整合着他们散架的骨板和破碎的灵魂？是我们一直在批判的宗族势力？是时香时臭的传统文化？抑或是其他什么祖传秘方？那个时代，基层政权处于真空状态，坚持村社秩序的是一些文化不高的乡绅和老者，一些识字不多的'先生'和'善人'，他们带领村人在种种邪恶势力的煎炸中过日子，一种来自骨子里的力量和信念支撑他们——那就是古老传统的凝聚力和可靠性。对小说中的孙氏家族而言，至少有三种势力以他们为中心旋绕咬合（老连长、范长庚、唐靖儿），哪一种都不能扰害村民，哪一种都得搁住，哪一种都奈何不得，其复杂微妙真是难以描状。"著名评论家、中国小说学会原会长雷达先生认为："孙见喜这部小说，是一部让我有些惊异的小说——其创作准备和语言能力都出人意料。在近百年的现实主义文学传统中，多数情况下，对人物命运的定位可说是过于清晰，对民间文化的解读也过于绝对地'科学'和'先进'。可是，在这里，我却看到了另一番景象。儒教精神不再像启蒙作家笔下那般凋敝，而是以一种近乎正面的形象被加以肯定。小说似要说明，在上世纪二三十年代商州的动荡中，在前不着村后不着店式的混乱中，只有儒家所代表的道德力量才是当时社会和民间的伦理基础，是民生主要的依靠。这是与过去作家在处理这段历史时不同的。"

方英文

▶▶▶ 方英文（1958— ）

  陕西镇安人，1983年毕业于西北大学中文系，2007年加入中国作家协会。陕西省作家协会副主席，中国作家书画院院士。各类作品500余万字，出版有《方英文散文精选》《方英文小说精选》（中短篇）、《种瓜得豆》《燕雀云泥》《短眠》《偶为霞客》《太阳语》《梅唐》《风月年少》（书法小品文）等十余部作品。小说集《太阳语》被翻译成英文版，《梅唐》被翻译成阿拉伯文版。

方英文与《后花园》

在当代文坛上，方英文是一位个性鲜明、成就突出、"人气"甚旺的著名作家，是文学陕军的代表人物之一，他的作品风格博雅温情，幽默俊逸；语言简朴奇崛，文脉摇曳多姿。从17万字的《落红》到24万字的《后花园》，方英文凭借他孜孜以求的艺术创新精神不断地探索着小说创作的新途径、新手法、新形式。他的长篇小说对于我们认识把握当下的小说创作具有重要的参照意义。

《后花园》是一部具有充分的现实主义品格、极强可读性和充满语言魅力的长篇小说。该小说讲述一个名叫宋隐乔的大学讲师所发生的奇特经历。他乘火车外出旅游时，途中为解决生理内急跳下了车，结果被启动的火车遗弃在陕南农村一片青山绿岭中。作品反映了一个中国当代官僚知识分子身上的自由、健康人格与庸俗、病态人格之间的冲突与调试。小说的人物谱系比较简单，但由此扭结的社会关系和呈现的世态图相却十分丰富。作者的语言天分、幽默情怀、叙述策略和修辞本领等，在作品中得到了充分的展现。

《后花园》是一部以爱情叙事为主体的长篇小说，发生在宋隐乔与罗云衣之间的爱情故事是贯穿于小说始终的情感主线，围绕着这条主线，作者还对百年现代史进行了深切的回顾。在一个被称为"后花园"的世外桃源里，宋隐乔与在火车上邂逅的已婚女子罗云衣相恋，二人回到西安后面对现实不得不分手。最后宋隐乔远赴拉萨去支教……小说中那个被命名为城市"后花园"的陕南山水，在作者的笔下，被创造成一个极富灵性的全新地方：一座神秘莫测的女阴山；一位可爱的具有神奇魔力的

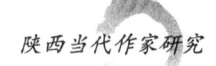

老红军；一个承受了一生的苦难，到头来孑然一身，却整天笑眯眯晒太阳，拿一面镜子将阳光反射到背阴处的贵族后裔；一座青灯黄卷、超然世外的寺院；几个狐媚一样的女子；千年等一回的爱情绝唱；还有那灵异的小花蛇、升国旗的猴子……

《后花园》封面

《后花园》以朴素的笔墨，在近似原始的人物故事中追求新的、健全的、理想的生命存在状态，在现实与梦的结合中寄予了作者的社会理想。透过作者从容优雅的文风，我们感受到的是一种"不可言说的温爱"、一种对往昔人性美人情美的无比怀念和诗意表达。《后花园》是一部以爱情叙事为主体的长篇小说，但其中又包含着对大自然诗情郁勃的赞美，对百年现代史的回顾，内涵丰富、主题多义。由于作者摇曳多姿的独特表达，小说通篇博雅谐趣，纵横恣肆，朝晖夕阴，楚风秦韵，因而读起来引人入胜。

《后花园》的主人公宋隐乔是一个怀才不遇的大学讲师、"一个恐惧婚姻、不想结婚的男人"，宋隐乔最可贵的是他的痴情。这种痴情表现为对真实自我的承认、对欲念的承认、对美好事物的热爱、对自然界的崇敬，简而言之，这种痴情就是一种真性情的体现。宋隐乔是既无政治野心又无政治头脑，追求自然、反对束缚，喜欢过一种宁静的、与世无争的山野生活。表面看起来，宋隐乔淡泊名利、豁达开朗，具有传统文人的理想、情调、雅趣、爱好，但实际上他内心深处始终有一种忧愁、焦虑、苦闷。但是正是这种矛盾和苦闷使得这个人物具有一种欢畅、亮丽的人格，并且使他的日常生活呈现出一种诗意。女主人公罗云衣是小说要着力塑造的一个全新的女性形象。她痴媚、慈慧，气息性感，浑身散发着女性特有的风情和母性的光辉。发生在宋隐乔与罗云衣之间的爱情是一种当代人艳羡但难以企及的理想爱情。这种理想性首先表现在罗云衣既有现代光辉又符合传统要求的完美品格。罗云衣是有追求有理想的成功的现代时尚女性，也是优雅勤劳会烹调还会缝纫的女子，具有魅力但不骄傲，既解万般风情又有少女的羞涩可爱。除了罗云衣，小说还有另外一位女性也值得一提，那就是胡葵花。胡葵花是"葵花搅团店"的女老板，是一个"如野花一样任性开放"的女人。她的身上有两个闪光点：一个是她的侠义爱情。她的第一个男人"刘包谷"死后，她不仅乔装小贩探望"婆家"老人，而且面对乡人未婚先孕的人格歧视和舆论压力，决然地实现恋人遗嘱，生下他的遗腹子"玉米"，要"让包谷遗传在人世上"。她这种大情大义，坚贞刚烈，无疑是传统女性忍辱负重的一种体现，为人们所敬佩。胡葵花的另一个闪光点，是她的精明强干。为了让这个山中弱女子自立起来，作者给她移植了胡风（少数民族风格）的泼辣和强悍。胡葵花这个人物既有山区妇女特有的纯朴、热情，以及成熟大气的自然之美，又有都市女性的妩媚风情。

小说取名"后花园"意味深长，这个词或者说这个符号，有多个层面的含义。第一层面是缘起，即小说故事里的一个发生地名原叫"娘娘窝"，这可以说是具体的、直观的、能够触摸的"后花园"，属于现在时。第二个层面，就是书里不断重复的"盛唐"，"我们一想到那些美好的东西，事实上它已经永远消失了，它属于过去时"。小说采用了逐步递进法：秦巴山地是西安的后花园→西安是中国的后花园→唐朝是人类的后花园。第三个层面不易解读，比较隐蔽，属于"心灵后花园"或者说"精神的后花园"，存在于每一个人的内心深处。方英文小说的价值取向是平民的、常态的、温馨的，其审美品位却又是优雅的、从容的、理性的。两者的结合，构成了其作品的主导品相。

方英文是一个具有鲜明创作风格的作家，他的"小说语言优雅风趣，

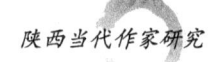

构思新颖别致，有引人入胜的阅读魅力"，更重要的是他形成了一套幽默、风趣、机智、戏谑的具有"方氏风格"的语言表达方式。方英文是一位有语言个性的作家，他自称是"汉语言的走狗"，他对汉语语言的运用达到了出神入化的境地。打个比方，他犹如一位出色的汉字将领，登高台、持令旗、指挥若定，通过遣词造句、调兵遣将，将一个个方块汉字安排在"最恰到好处"的位置，并最大限度地发挥了它们的作用。方英文的语言准确、精练、飘逸、幽默，意到笔随，气韵生动，摇曳多姿，让人眼前生辉，心旷神怡，堪称语言大师。语言的独特形式即为风格，而风格又是作家的创作个性在作品中的自然流露。方英文的小说，以"简朴、温情、幽默"的人生态度和摇曳多姿的艺术表现，给读者以愉快和美，并进而形成了自然、质朴、静穆、含蓄的审美风格。方英文的小说在叙事风格上具有客观、冷静、质朴、简约的特点。作者在讲故事的过程中尽可能地保持了一种客观冷静、超然于局外的独立姿态。方英文的小说没有那种耳提面命的道学家面孔，没有空泛的好为人师的大道理，没有装腔作势的大喊大叫，也没有自命不凡的名士习气，他有的只是从容和平易，有的只是娓娓道来和细细评说。方英文的长篇小说不追求那种史诗式的宏大结构，《后花园》采用的是单线条递进式结构法，按照事件的发生、发展，顺时来写，娓娓道来、朴实无华。偶尔涉及对往事的追叙也往往篇幅不长，很快就能回到现实中来。这样做的直接效果就是使小说在情节发展上尽可能保持或接近生活的原色。

在叙述角色、叙述过程以及叙述方式上，方英文特立独行，有别于其他小说家。他的叙述不是西方传统的描写性叙述，也不是近人推崇的那种主观倾诉式叙述，而是接近于中国古典小说的讲述式叙述。讲而叙之，有讲说，有叙述，叙述中亦有描写。他的讲叙，并不严格拘囿于情节本身，只图故事的推进，而是多有闲笔，仿佛一棵大树，除了主干和枝根外，还有许许多多旁逸斜出的小枝丫，看起来无关紧要，却都是大树的生命。而这闲笔中却充满了妙趣，让人忍俊不禁或会心一悟。对严肃的东西或者表面上严肃的东西进行彻底的解构和颠覆是方英文小说的一个叙述策略。叙述语言自然、流畅，写世俗生活，却有文人化的特点，有古典美的韵味。诗意化的意境、散文化的笔法、温馨浪漫的情调、浓郁含蓄的人情味再加上温情脉脉的感伤美，使得方英文的小说从总体上呈现出一种平民思想、世俗情怀。

　　方英文的小说具有浓郁的抒情气息。尽管小说反映的生活本身是严峻的，甚至带着苦涩，所提问题也是社会性的，令人痛心疾首，但作品的整体基调却并不低级消沉，相反它有一种欢快、亮丽的底色。贾平凹曾经说过："方英文形成了独特的风格，这得益于中原文化和楚文化融合的生长环境，得益于与生俱来的一种浪漫情怀，得益于他的聪慧的、机智的、幽默的、诡异的叙述方式。"的确如此，一个作家创作风格的背后肯定是他人格的支撑。方英文评价商洛作家群说，他们具有传统的现实主义，不关心政治，身上更多地带有道家的思想，追求自由个性，有心灵的东西。这与其说是方英文在评价商洛作家群，不如说是方英文自己的自白。可以这样说，正是方英文率性而为豁达洒脱的人生态度、与生俱来的精神禀赋以及后天生活所形成的独特个性成就了他独树一帜的创作风格。

王 蓬

▶▶▶ 王 蓬（1948— ）

  陕西西安人，民盟成员。1988年毕业于北京大学中文系。1966年下乡务农。1982年调汉中市群众艺术馆，历任创作干部、文学刊物主编、汉中市首届政协委员、常委、汉中市第二届人大代表、常委、汉中市文学艺术界联合会主席，陕西省作家协会副主席、省文学艺术界联合会第三届常委、省第八届政协委员。享受政府特殊津贴。1973年开始发表作品。1984年加入中国作家协会。文学创作一级。著有长篇小说《山祭》《水葬》，中短篇小说集《油菜花开的夜晚》等。

王蓬与《水葬》

王蓬是一个深受中国传统文化熏陶的作家，他以其深邃的人道主义情怀和敏锐的洞察力，创作了一系列以小说和报告文学为主体的作品。这些作品不仅仅是对中国乡村和城市生活的真实记录，更是对人性、人道的深刻探讨和反思。

在王蓬的笔下，秦岭或巴山的某个村寨，仿佛成为整个中国社会的缩影。他以其独特的视角和细腻的笔触，将这些在中国乡村和城市发生过的影响到所有人生活的重大事件，一一呈现在读者面前。这些事件，无论是政治风波、社会变革，还是家庭琐事、人生百态，都被王蓬以严谨的态度和丰富的情感，淋漓尽致地演绎出来。他的作品，就像一本生活的教科书，一本历史的备忘录，留给这个民族的子孙，以为借鉴和警示。

《水葬》作为王蓬的代表作之一，以其独特的叙事风格和深刻的人性洞察，引起了广泛的关注和讨论。这部小说讲述了一对有羌人血统的母女，在秦岭腹地的古道驿镇所经历的种种命运波折。故事以翠翠这位女性为核心，围绕着她与镇长儿子、店小二、麻脸壮汉以及一位铮铮铁汉之间的情感纠葛，展开了一幅波澜壮阔的历史画卷。从时间跨度上看，小说着笔在20世纪50年代初，实际延伸和展开到30年代更为纵深的历史；从人物构成上看，小说中有李宗仁秘书和社会最底层的屠夫、商界小老板、政界芝麻官、军界游走于两大壕垒的士兵、富户深宅大院的主人和仆佣、革命者和革命的追随者等，组成了一幅由各种社会角色交织而成的完整的社会图景。这种全景式的描绘，不仅让读者看到了中国社

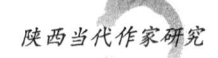

会的多元性和复杂性，更让读者深刻地认识到了人道和人性在这个社会中的重要作用和价值。

在《水葬》这部小说中，王蓬以全开放的视角，聚焦在翠翠这位女性身上，隐喻着水的意象。翠翠，这位天地间山水孕育的女神，她的美、善、真诚，如同清澈的泉水，滋润着将军驿这个小社会里的每一个人。她的存在，成为这个小社会人际关系网中的关键节点。在她的身上，我们看到了人性的光辉与伟大，也看到了人性的脆弱与无奈。在揭示和探讨人性的过程中，我们看到了任义成在通常情况下对义的坚守和在关键的利害掂量中的人性沉沦；我们看到了何一鸣和翠翠情窦初开时的纯美，以及彻底落魄时得到的金子般的爱的抚慰；我们看到了翠翠在麻二身上发生的由淡到浓的情感渐变；我们还看到了蓝明堂作为一个终生都在算计财产、算计政治风向也算计婚姻性爱的阴谋家，在翠翠祭坛前的失算。这些人物的故事，如同一幕幕扭曲人性的荒诞戏剧，在翠翠的祭坛前上演。

除了对翠翠的深入刻画外，王蓬还通过其他人物的人生轨迹，展示了人性的复杂性和多样性。陈放，这位最虔诚的革命者，却因为一场右派帽子的迫害而陷入了长达几十年的受虐期；何一鸣，这位追随革命的年轻人，却因为一次背叛而失去了所有的支持和依靠；任义成，这位带有传奇色彩的义士，在翠翠真挚的情爱之中坚守着义，却在最后对麻二的揭发中暴露了人性的弱点。这些人物的故事，让我们看到了人性中的善与恶、美与丑、真与假。

当我们面对这些具体的历史事件或一个人物的一次生活遭遇时，我们

《水葬》封面

会有一种感受；而当我们面对一群人物50年的生活经历和他们构成的这一段较长的历程时，我们又会有截然不同的另一种感觉。这种感觉，会自然而然地引导我们发出关于人的合理生存的思考。在追求人的合理生存这个基本的又是永恒的理想的历程中，各个民族和国家都经历过各种形式的斗争，包括极端的手段如革命和战争。而人合理生存的最基本的东西，就是人道和人性。

在《水葬》中，我们看到了人道和人性的伟大与渺小、光明与黑暗、美好与丑陋。这部小说不仅是一部描绘历史和社会变迁的史诗巨著，更是一部深刻探讨人性和人生的哲学之作。通过这部小说，我们可以更加深入地了解人性、认识人性、思考人性，从而在人生的道路上走得更加坚定和从容。

除了对人物的深刻刻画，王蓬在《水葬》中还对秦岭深处的严峻生活、无处不在的酒性文化、耕耘收获的各类场景、婚丧娶嫁的独特习俗进行了生动的描绘。这些描绘，不仅让读者感受到了秦岭深处的独特风情和人文气息，更让读者深刻地认识到了人与自然、人与社会、人与自我之间的紧密联系和相互作用。

在王蓬的笔下，人道和人性不再是空洞的口号或概念，而是具体而生动地体现在每一个人物和事件中。他的作品，就像一面镜子，照见了我们内心深处的真实和美好。在这个充满挑战和变革的时代，我们更需要像王蓬这样的作家，用他们的笔和心，为我们揭示出生活的真谛和人生的意义。

陈长吟

▶▶▶ 陈长吟（1955— ）

  中国当代著名作家、文化学者。现为中国散文学会副会长，今日国土生态文学委员会常委，陕西省散文学会主席，西北大学现代学院文学院院长、中国散文研究所所长。系全国冰心散文奖、孙犁散文奖、丝路散文奖、柳青文学奖评委。1973年开始文学创作，1990年3月加入中国作家协会。在《人民文学》《人民日报》《光明日报》等全国各种报刊发表作品近千万字，出版文学专著《散文之道》《文海长吟》《行者的风度》等20余部。曾获海内外首届旅游文学奖，中国散文三十年突出贡献奖，第四届全国冰心散文奖，以及全国乡土文学奖，炎黄文学奖等。部分作品被翻译成外文。多篇作品被列入排行榜，选入精选集和教材。

陈长吟与《美文的天空》

陈长吟散文选《美文的天空》是西安出版社"作家文库系列"中最新的一本,收入他多年来的散文精品和最新创作103篇,27万字。分"心灵的底片""生命的写真""行者的风度""书生的情怀""美文的天空"五辑,其中不少作品曾获过各种奖励,被选刊转载,或在网络上流传,受到读者好评。

陈长吟的散文有独特而又鲜明的个人风格,那就是——删繁就简、淡而有味。陈长吟的散文一般篇幅不长,"少而精"似乎代表着作者的一种创作观。时下的散文常常动辄数千字甚至上万字,洋洋洒洒一发不可收拾,而这样的文章有些人一个月能赶制出数篇。这不能不让人质疑并心生忧虑。记得孙犁曾语重心长地说过:"戏剧可以多产,小说可以多产,甚至诗歌也可以多产,但散文不能多产,一月能写上三五篇就很不错了。"的确是这样,真正的好散文其实是不多的,可遇不可求,"文章本天成,妙手偶得之",这里面有一个灵感和创作际遇的问题,并非勤奋就能解决。一个作家一生能有一两篇好的散文传世就不错了。时下的许多散文集子尽管很大很厚,但真正能够打动人的也就三五篇而已。陈长吟是一个严肃的作家,他的许多文章都是在上班的路上反复思考、反复酝酿、反复咀嚼、反复打磨而

《美文的天空》封面

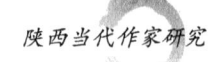

后产生的。慢工出细活，量少必精品。譬如，他那篇诠释"美丽与痛苦"主题的《彩陶女》一文，让人联想起很多事情的微妙变化和内蕴，属不可多得的散文精品。

陈长吟的散文最大特点就是切入点稳、准、狠，提法新颖，视角独特，语言极其简练，干瘦有力，如老吏断狱，下笔辛辣。无论是梳理人生还是钩沉社会，陈长吟均能做到删繁就简、言简意赅。《文海长吟》中的一些篇章类似于培根的"随笔"，充满了名言警句。其行文的简洁又如海明威的"电报体"，短促有力。如《心灵底片》一文，且不论文章如何，单看那题目，就足以吸引人，"心灵底片"，多么新颖而又独特的提法！《寻找帽子》表面上是写一顶帽子，但此处的"帽子"已经具有了象征的意味，说得再直白一些，"帽子"其实就是"位子"，这层窗户纸张一捅，什么就都明白了。人的一生就是不断寻找的一生，直到找到那顶最适合自己的"帽子"。《白纸的诱惑》中，"现在，我的家里，还存有20年前的稿纸和本子，整整齐齐摆在一处。这些年来，虽然搬了多次家，扔掉了很多东西，但没有用过的纸张我是不扔的，心里清楚以后可能用得很少了，但我愿意保存下去"，这哪里是在写纸，这分明是在写生命中某种珍贵的东西。陈长吟的散文中有不少这样的篇章，文中有许多地方貌似闲笔，实则"言有尽而意无穷"，大有弦外之音。"曲终人不见，江上数峰青"，空灵、淡远——我以为，这才是散文的境界与魅力。

陈长吟散文的另一特点就是淡而有味。有道是："老僧只说家常话。"陈长吟的散文没有剑拔弩张、没有故作高深、没有板着面孔，有的只是娓娓道来。看似波澜不惊、平淡无奇，实则气息畅达、风规自远。《菜根谭》云："菜之为物，日用所不可少，以其有味也。但味由根发，故凡种菜者，必要厚其根，其味乃厚。"性定菜根香！陈长吟散文的淡就如同这"菜根之香"，是绚烂之极后的一种平淡，淡得旷远、淡得有味，须得一遍一遍仔细咀嚼方能体会。如：《生活密码》三篇简直堪称智者之思，许多生活的重重障碍和迷雾往往被作者不经意的一笔一语道破天机，云开雾散。《两方砚台》结尾那对联"新茶有味飘香远，古砚无语浸墨深"，不仅对仗工整，而且意境深远。《你来了么》一文有这样一段文字："在钟鼓楼广场，看见回民售卖蜂蜜凉糕粽子的小车子，嘴馋了，要了一饭盒，便坐在广场的木椅上就地享受。周围游人很多，各干各的事，各看各的景，各聊各的天，大家都是春的宠儿。……一种平庸的生活气息。人生理想不能平庸，但家常日子应该过得平庸。神仙高高在上，接受香火，但烧香的都是凡人，盛世景象靠凡人的情态来显示。"这段文字怎一个"好"字了得，特别是吃粽子一句，貌似不经意，其实最具吸引力，寥寥数语，作者的性情跃然纸上。率性而为，先生之谓。另外，陈长吟的散文中有不少是涉及禅与佛教的，如：《红豆与佛珠》《佛珠飘香》《木佛记》等。如果说美的最高形式是艺术的话，那么爱的最高形式无疑就是宗教了。宗教情结是艺术创作最富有生机的灵感和源泉。历史上那些伟大的文学家、艺术家无一不是具有深沉宗教气质的人。

陈长吟的散文创作明显地分成前后两个阶段。两个阶段，两种完全不同的风格。一个短，一个长；一个瘦，一个肥；一个干瘦有力，一个香软肥浓。风格本无所谓好坏，但同一个作家，前后文风变化如此之大，这就不能不叫人称奇。究竟是什么导致了陈长吟散文风格的前后变化呢？对此我曾百思不得其解。一般说来，导致作家文风变化的因素不外乎有两个：一是外在的，一个作家不可能不受他所处时代文风的影响，作者是时代的产物。但陈长吟的散文不媚俗、不跟风，不因迎合而迁就。二是内在的，即主动的艺术探索。显然，陈长吟的变化属于后者，是作家有意识地进行一种艺术手法上的探索和自我突破。创新和突破对于艺术创作而言无疑是一种难能可贵的精神品质。一个人超越别人容易，但要超越自己却比较困难。因为这需要勇气，就跟断掉手指一样，剧痛而残忍，是一个艰难的精神上、思想上的蜕变过程。陈长吟平时比较推崇三个人的文字：沈从文、孙犁、汪曾祺。三人之中尤以孙犁为甚。事实上，我们在陈长吟的作品中不难看到这三个人的影子。陈长吟早期作品受沈从文、汪曾祺的影响大一些，后期则主要是孙犁。沈从文、孙犁、汪曾祺三人均是开一代文风的文体大家，想必陈长吟深受他们影响，想在散文手法上做一些新的尝试和探索。

　　陈长吟的散文之所以能形成删繁就简、淡而有味的风格，这与他为而不争的人生态度，宽厚旷达的人格风范是分不开的。一个人怎么样，其实只要看看他的文章就什么都知道了。"神人之言微，圣人之言简，贤人之言明，众人之言多，小人之言妄。"文章是心灵的外现，散文尤其如此。散文关乎人格，这是一条铁的法则。唐代诗人高适《答侯少府》一诗中有"性灵出万象，风骨超常伦"之句，用这两句诗来形容陈长吟的文和人当是恰如其分的。

王家民

王家民（1951— ）

祖籍古商於之地（今陕西省丹凤县商镇）。20世纪70年代毕业于西安美术学院。现任西安理工大学书画院院长、二级教授、博士生导师。国务院特殊津贴突出贡献专家，国务院学位委员会学科评审专家。德国斯图加特媒介大学客座教授。中国美术家协会会员，西安中国画院研究员，陕西省慈善协会书画研究会副会长，陕西省山水画研究会副主席。曾获曾宪梓优秀教师奖，陕西省优秀教师、师德标兵、优秀教育工作者，陕西省首届"德艺双馨"优秀艺术家、三秦慈善书画突出贡献奖等荣誉。

作品《暖流》曾在中国美术家协会主办的全国美术作品展览中获得"孺牛子杯"金奖，《春融》获原文化部主办的建国50周年画展突出成就奖等省级以上奖励10多项。在《美术》《国画家》《美术大观》《美术报》《中国书画报》《中国青年报》《中国教育报》《中国美术教育》等专业期刊和报纸发表作品

100多件、学术论文数十篇。国画《清骨》获得全国纪念周恩来诞辰百年展览银奖并且被毛主席纪念堂收藏。十多年来，潜心研究秦末汉初历史和先秦文化，以商於古道、商山四皓等为题材进行文学艺术创作。《商於古道》系列画作品被央视《商於古道》三集专题片作为主要素材剪辑使用，王家民作为首席专家接受了采访；《商山四皓》系列画作30余幅，在陕西省美术博物馆举办了专题展览并装置在了文物保护单位商山四皓墓园。

王家民与《商山四皓》

王家民作为一位在艺术设计领域有着卓越成就的学者，其跨界创作《商山四皓》无疑令人瞩目。这部小说是他"十年磨一剑"的结晶，体现了作者对历史文化的深厚情感与对文学创作的执着追求。王家民以文化传承为主线，以历史经纬为准绳，在尊重史实的基础上，运用浪漫主义的文学手法，将商山四皓这一历史典故进行了生动的再现与深入的挖掘。通过这部作品，我们不仅能够感受到作者对于历史的敬畏与尊重，更能够体会到他对于文学创作的热爱与追求。

历史小说《商山四皓》以秦末汉初时期为背景，描写了商山四皓当享荣华富贵时，却素身而退，再度隐居，茹芝饮瀑，终老山林的故事。四贤一生大忠大孝，清白做人；在朝忧国，隐山济民；不争于世，进退有为。他们处于秦汉两朝，也处于官与民之间，体现着不同凡响的人文传统和人文精神，为世人所推崇。《商山四皓》于2022年9月由陕西人民出版社出版发行。小说尽显正史之实，毫无无戏说之嫌。历史上对商山四皓虽然正史记载不多，但作品对四个人物的典型化塑造令人信服，对太湖擒凶、求学兰陵、携书入秦、雍城之战、辅佐秦王、隐居商山、力保太子等故事情节的描写引人入胜，对韩非子与李斯的纠葛以及入秦面见秦王等微妙心理活动的揭示，对荀子的性恶论及教育思想、

《商山四皓》封面

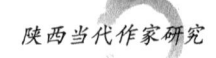

商鞅垦草令的形成及其感情描写，对帝王之师张良的性格刻画，对汉初政局稳定及汉承秦制内涵的表现，对山民故事的讲述等不仅不落俗套，而且具有魔性般的力量，会形成意外的阅读惊喜。作品纵向取材，脉络清晰，线索分明；横向展现，视角开阔，内容丰富。语言精练严谨。小说末尾以"人烤火，火烤人；火知人心，晓天意"的寓意描写，既形象，又深刻，演绎着"薪火相传，久久长安"的同时，可使读者体悟到"前者把背影留给后者，后者把背影留给再后者"的前行精神和生生不息的文化传承精神。

《商山四皓》小说，取材于《史记·留侯世家》记载的四位传奇人物——东园公唐秉、夏黄公崔广、绮里季吴实、甪（lù）里先生周术。全书47万余字，插画30多幅，小说创作穿越历史时空，以散文式的语言构成了今人与古人的对话和思想交流，情节跌宕起伏，人物栩栩如生，具有历史真实、生活真实、人性真实的显著特征。作者以充沛的想象、推理、虚构，丰满了曾经模糊不清的历史故事，使四皓文化更具象、准确、形象，更具传承意义。

《商山四皓》获得陕西省社会科学界联合会2021年度出版立项，被陕西人民出版社列为重要出版书目。作家贾平凹评价此书"极有文采，具有自家风格"。作家陈彦认为，该书在努力传递历史信息与秘籍的同时，全力将商山本土文化风貌植入其中，是历史小说创作中的一种尝试，值得探讨关注。文化学者肖云儒评价，此书从史实考辨和文学虚构两个维度深刻展开，结构别具一格。文艺评论家李星在此书"序"中写道：这是一部以史为鉴，彰显高标人格精神的优良之作。作家孙皓晖在此书"跋"中认为：小说故事成功地解构与重塑了商山四皓，既与历史存在相吻合，又写出了不同凡响的精彩。

《商山四皓》在文学手法的运用上颇具匠心。作者以浪漫主义的手法对历史事件进行再创作，使得作品既具有历史真实感又充满了文学魅力。

在叙述上，作者采用散文式的语言风格，使得作品既有历史的厚重感又不失文学的流畅性。在人物塑造上，作者通过对四皓及其他历史人物的深入刻画，使得人物形象栩栩如生、跃然纸上。在情节设置上，作者巧妙地将历史事件与虚构情节相结合，使得故事情节跌宕起伏、引人入胜。

《商山四皓》在文化内涵的挖掘上也有着显著的成就。作者通过对商山四皓及其他历史人物的深入剖析，展现了他们所处的时代背景、社会环境以及文化背景。在作品中，作者不仅描绘了商山四皓的传奇经历与高尚品质，还深入挖掘了他们的思想信仰、价值观念以及人生哲学。同时，作者还通过对历史事件与人物的描写，展现了秦汉两朝之间的政治斗争、社会变革以及文化传承等方面的内容。这些文化内涵的挖掘使得作品具有了深刻的历史意义与文化价值。

《商山四皓》在语言艺术的运用上也堪称一绝。作者将书面语与口头语、叙述语言与人物语言完美地融为一体，使得作品的语言既具有文学性又不失口语的生动性。同时，作者还善于运用各种修辞手法，如比喻、拟人、排比等，使得作品的语言更加丰富多彩、形象生动。这些语言艺术的运用不仅增强了作品的艺术感染力，也提升了作品的文学价值。

《商山四皓》是一部集历史真实与文学魅力于一体的佳作。它通过对商山四皓这一历史典故的生动再现与深入挖掘，展现了中国传统文化中"大忠大孝、清白做人"的价值观以及不同凡响的人文传统和人文精神。同时作品在文学手法的运用、文化内涵的挖掘以及语言艺术的运用等方面也有着显著的成就与特点。《商山四皓》既是精彩的历史故事，又是难忘的文化记忆，呈现着鲜明的中国作风和中国气派，对于坚持文化自觉自信，传承优秀历史文化具有重要意义。

寇 挥

▶▶▶ **寇 挥**（1964— ）

　　出生于陕西省淳化县。知名学者、作家，长篇小说《想象一个部落的湮灭》《北京传说》分别获首届柳青文学奖新人奖、第三届柳青文学奖优秀长篇小说奖。鲁迅文学院第三届全国中青年作家高级研讨班学员。著有《开国》《朝代》《虎日》《大记忆》《枯泉山地》《血墨》《森林银河》《年青的血》《无爱的河流》等多部长篇小说。在国内各大报刊发表小说、散文、评论近百篇。中篇小说《长翅膀的无腿士兵》入选《1999中国最佳中短篇小说》，短篇小说《黑夜孩魂》入选《21世纪小说2002年度最佳小说·短篇卷》。陕西省作家协会文学院第一、第二届签约作家。

寇挥与《想象一个部落的湮灭》

寇挥，作为陕西文学界的"另类"，其作品以表现处于绝境中的生命样态和人的灵魂为核心，通过变形艺术处理，展现出强烈的现代主义倾向。他的作品，以大气魄、大情怀的格调，以多样化、多变化的手法，宣示了与传统创作的决裂，在一定意义上颠覆了传统的创作。这也是文化多元化下的对文学多样性内在需求的一种探索和满足。他的创作，为读者打开了扫描世界文学的窗口，从寇挥的作品中可以看到世界经典文学的多种面孔，一定程度上，是对读者文学视野的拓宽和文学审美的提升，同时这也体现着他对创作表达"自由状态"的执着探索。寇挥的创作理念体现在他对文学自由的执着追求上，他认为写作是上苍对他的眷顾，他已经将自己献给了民族和人类。这种对文学的热爱和敬畏，使得他的作品充满了对人性、社会和历史的深刻洞察。

《想象一个部落的湮灭》是寇挥的一部重要作品，它以荒诞的手法描写了一个狗部落的湮灭过程，通过狗部落的遭遇，反映了人性的复杂和社会的变迁。小说中的狗部落象征着人类社会的某种状态，它们在饥饿、瘟疫和战争的威胁下，为了生存而不得不互相争斗和迁徙。在这个过程中，部落首领和头人们怀揣着理想和真理，试图引领部落走向美好的未来，但最终却陷入了欲望的泥沼，导致部落的湮灭。在叙事手法上，寇挥运用了荒诞、夸张和

《想象一个部落的湮灭》封面

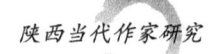

幽默等手法，使得小说充满了魔幻和梦想的色彩。他通过对狗部落处理死者尸体的夸张描写，让读者恍如回到了拉伯雷时代，感受到了文学的力量和魅力。同时，他也通过对部落迁徙和湮灭过程的细致描绘，让读者深刻地感受到了人性的复杂和社会的残酷。

《想象一个部落的湮灭》不仅是对现实世界的荒诞化书写，更是对人性、欲望与生存的深刻反思。小说以狗部落的消亡为叙事线索，巧妙地借用了荒诞的手法，展现了一个在极端环境下的社会缩影。这部作品不仅仅是对一个部落命运的描述，更是对整个人类社会生存状态与心灵世界的隐喻。寇挥通过对狗部落的描绘，揭示了人性中的贪婪、欲望与自私，以及这些负面因素如何导致一个社会的崩溃与消亡。同时，他也表达了对人类未来的担忧与反思，呼吁人们关注自身的精神世界，追求内心的自由与解放。

《想象一个部落的湮灭》在艺术表现上呈现出了许多特色。首先，寇挥巧妙地运用了荒诞主义手法，将现实与幻想、理性与非理性融为一体，创造出了一个既真实又虚幻的世界。这种手法不仅增强了作品的艺术感染力，也使读者在阅读过程中获得了更多的思考与启示。其次，作品在人物塑造上也有着独到之处。寇挥通过对狗部落中不同角色的描绘，展现了他们各自的性格特点与命运轨迹，同时也揭示了他们之间的复杂关系与冲突。这些人物形象既具有普遍性，又有着鲜明的个性特征，使作品在人物形象塑造上更加生动与丰富。

《想象一个部落的湮灭》在文学价值上也有着独特的贡献。首先，它丰富了陕西文学乃至中国文学的题材与内容。通过对狗部落消亡的叙述，寇挥展现了一个全新的文学世界，为读者提供了更多的阅读选择与审美体验。其次，作品在思想内涵上也有着深刻的挖掘。寇挥通过对人性、欲望与生存的探讨，揭示了人类社会的普遍问题与矛盾，引发了读者对于自身与社会的深刻反思。这种思想深度与广度不仅提升了作品的艺术价值，也使其具有了更加广泛的社会意义。

寇挥的创作理念是独特的，他试图在荒诞中找寻真实，在现实中挖掘荒诞。小说中的世界既是对现实世界的映射与反思，也是对人性与生存的深刻剖析。寇挥通过他的作品告诉我们：在这个充满欲望与诱惑的世界里，我们需要保持清醒的头脑与独立的思考，追求内心的自由与解放。

《想象一个部落的湮灭》为陕西文学增添了新的亮点。首先，它为陕西文学带来了新的表达方式和风格。寇挥的作品以荒诞现实主义为主要特征，通过夸张、幽默等手法，打破了传统文学的束缚和限制，为陕西文学注入了新的活力和创造力。其次，它也影响了当代文学的创作理念和审美追求。寇挥的作品以追求心灵自由和文学自由为核心，呼吁作家关注人性、关注社会、关注文学的本质和价值。这种创作理念和审美追求对当代文学产生了深远的影响，使得越来越多的作家开始关注文学的本质和价值，追求更高的艺术境界。最后，它也促进了文学作品的多样化和多元化。寇挥的作品以其独特的风格和深刻的主题吸引了广泛的读者群体，为文学作品的多样化和多元化做出了重要的贡献。

吴文莉

▶▶▶ 吴文莉（1973— ）

  陕西西安人。西安市文学艺术创作研究室主任，中国作家协会会员。鲁迅文学院第十一届中青年作家班作家，入选陕西省委宣传文化系统"四个一批"人才、陕西省首届"百优"中青年作家艺术家。曾获得第二届柳青文学奖新人奖。主要作品有：长篇小说《叶落长安》《叶落大地》《黄金城》《西安城》。其创作的长篇小说《叶落长安》已被拍成40集电视连续剧，并于2012年在全国热播。

吴文莉与《叶落长安》

在陕西当代文学版图中，吴文莉无疑是一位引人注目的作家。作为70后作家的代表，她的写作不仅具有鲜明的时代特征，更融合了深厚的地域文化和历史底蕴。在她的作品中，我们既能感受到宏阔的历史视野，又能体会到细腻的人物情感。这种将个人命运与国家、民族命运紧密结合的写作方式，使得吴文莉在当下文坛中独树一帜。

吴文莉的创作往往以中国历史和社会变迁为大背景，通过对人物的生动刻画和情节的巧妙安排，展现了一幅幅波澜壮阔的社会画卷。她善于从日常生活中挖掘深刻的内涵，通过细腻的笔触描绘出人物内心的复杂情感和成长历程。同时，她还巧妙地融入了西安这座古城的独特元素，使得作品充满了浓郁的地域风情和文化韵味。

《叶落长安》是吴文莉的一部代表作。小说以郝玉兰一家为代表，通过他们的奋斗史展现了当时社会的缩影，同时也揭示了人性的光辉和伟大。小说时间跨度之大、人物命运之复杂，使得这部小说成为一部史诗般的社会巨著。从1938年河南难民逃难至西安城开始，到2019年的城市生活，作者穿越了近一个世纪的历史长河，巧妙地将个人命运与国家命运紧密相连。这种叙事策略不仅增强了作品的历史厚重感，也使得读者能够更为深刻地感受到时代变迁给个人生活带来的深远影响。在小说中，吴文莉以细腻的笔触描绘了西安城的日常生活和风俗人情。无论是城墙根下的锦华巷，还是小东门、回民坊等地方，都被她赋予了鲜明的个性和生命力。这些场景为读者展现了一幅生动的城市画卷，也如同人物活动的舞台，见证了他们的奋斗与成长。

《叶落长安》塑造了一系列栩栩如生的人物形象，尤其是以郝玉兰为代表的女性角色，她们身上所体现出的坚韧不屈、随遇而安的精神令人动容。面对生活的重压和苦难，她们没有选择屈服或逃避，而是用柔弱的肩膀扛起了家庭的重担，用自己的方式维系着生活的希望和美好。郝玉兰这一角色的成功塑造，不仅得益于作者对人物性格的深入挖掘，还得益于她对人物命运的精心安排。从年轻时的艰辛创业，到老年的沧桑历程，郝玉兰的一生充满了曲折与坎坷，但正是这些经历让她成为那个时代下无数普通女性的缩影。除了郝玉兰之外，小说中还有许多其他鲜明的人物形象。他们或许有着不同的性格特点和人生轨迹，但都共同构成了这个庞大而复杂的故事世界。

《叶落长安》封面

作为一部反映社会现实的长篇小说，《叶落长安》不仅关注了个人命运和历史变迁的关系，还深入探讨了现代社会所面临的种种问题和挑战。通过对城市生活、商业发展以及人性善恶等方面的细致描写，作者表达了自己对当代社会的深刻反思和对人类精神家园的深切关怀。在这部作品中，我们可以看到作者对于现代化进程中传统价值观式微、人际关系疏离等现象的担忧和思考。同时，她也借由小说中人物的命运起伏，呼唤人们回归内心的善良与真诚，重拾那些被遗忘的美好品质。

值得一提的是，《叶落长安》并不仅仅是一部关于生存挣扎的小说。在艰苦的生活中，人们依然保持着对生活的热爱和对未来的憧憬。这种乐观主义精神在小说中得到了充分体现。例如，郝玉兰虽然家境贫寒，但她仍然关心邻居的生活，无私地为大家提供帮助；在面对生意上的竞争时，她选择与他人分享利益，而不是追求个人的私利。这些细微之处无不透露出作者的慈悲情怀和对人性美好的赞美。

吴文莉的这种书写方式，使得《叶落长安》成为一部既有深度又有温度的作品。它不仅展示了历史的沧桑巨变，更让我们看到了人性的光辉和力量。在这部小说中，每一个人物都是那么真实可信，他们的故事深深地拨动了读者的心弦。

除了《叶落长安》之外，吴文莉还有其他多部作品问世，它们同样受到了广大读者的喜爱和好评。这些作品风格各异、题材多样，但无一例外都体现了作者对生活的热爱和对人性的关注。无论是描写城市生活的喧嚣与繁华，还是展现乡村风情的宁静与美好，吴文莉都能够准确地把握人物的心理变化和情感体验，让读者在阅读过程中产生共鸣和思考。

吴文莉的成功并非偶然。她在创作过程中付出了巨大的努力和心血。为了完成这部作品，她花费了整整8年的时间进行构思和写作。这期间，她深入生活，体验民情，积累了丰富的素材和经验。正是这种对文学的执着追求和对生活的深刻感悟，让吴文莉得以创作出如此优秀的作品。

周瑄璞

▶▶▶ 周瑄璞（1970— ）

中国作家协会会员，陕西省作家协会理事，陕西省委宣传部"百名青年文艺家扶持计划"入选人员，全省宣传思想文化系统"六个一批"人才。出席中国妇女第十二次全国代表大会。著有长篇小说《夏日残梦》《我的黑夜比白天多》《疑似爱情》《多湾》《日近长安远》《芬芳》，中短篇小说集《曼琴的四月》《骊歌》《房东》《故障》《隐藏的力量》，散文集《已过万重山》，纪实文学《像土地一样寂静》。在《人民文学》《中国作家》《十月》《作家》等文学期刊发表中短篇小说约300万字。多篇小说被转载和收入各种年度选本，进入年度小说排行榜。获第三届"中国女性文学奖"，第五届柳青文学奖，第四届长篇小说年度金榜特别推荐，第二届《小说选刊》最受读者欢迎小说奖，河南省第十三届精神文明建设"五个一工程"奖。目前已出版的作品有：《夏日残梦》（花山文艺出版社2002年版）、《我的黑夜比白天多》（花城出版社2002年版）、

《疑似爱情》（太白文艺出版社2005年版）、《多湾》（浙江文艺出版社2015年版）、《仓颉》（合著，太白文艺出版社2018年版）、《日近长安远》（北京十月文艺出版社2019年版）、《芬芳》（作家出版社2023年版）、《曼琴的四月》（新疆美术摄影出版社、新疆电子音像出版社2012年版）、《骊歌》（敦煌文艺出版社2015年版）、《房东》（西安出版社2016年版）、《故障》（西安出版社2016年版）、《隐藏的力量》（安徽文艺出版社2021年版）、《已过万重山》（河南文艺出版社2020年版）、《像土地一样寂静》（河南文艺出版社2022年版）。所获文学奖项有：1.长篇小说《疑似爱情》2009年获第三届"中国女性文学奖"；2.短篇小说《故障》进入2011年中国小说学会年度小说排行榜；3.中篇小说《骊歌》获陕西作家协会2014年年度文学奖；4.长篇小说《多湾》2016年入围花地文学榜、2019年获第五届柳青文学奖；5.长篇小说《日近长安远》进入文学好书榜2019年7月榜单，获第四届长篇小说年度金榜特别推荐，入围第二届南丁文学奖；6.短篇小说《砂糖橘》获第二届《小说选刊》最受读者欢迎小说奖；7.小说集《隐藏的力量》入选文艺联合书单2021年4月榜单；8.纪实文学《像土地一样寂静》入选河南省2021年重点文艺创作项目、文艺联合书单2022年第1期榜单、文学好书榜2022年1月榜单、《中国出版传媒商报》2022年第一季度影响力图书、《中华读书报》2022年度不容错过的20种文学好书，获河南省第十三届精神文明建设"五个一工程"奖、漯河市精神文明建设"五个一工程"奖、2022年豫版好书提名奖；9.短篇小说《公司有规定》入选中国小说学会2022年度好小说；10.长篇小说《芬芳》入选中国作家协会"山乡巨变"创作计划、中国小说学会2023年度中国好小说榜、《中国新闻出版广电报》2023年度优秀畅销书排行榜、作家出版社2023年度好书、最具影视改编价值好书、2023百道好书榜年榜·杰出原创影响力图书，获2023"新芒文学计划"征文大赛二等奖、第八届长篇小说年度金榜（2023）特别推荐。

周瑄璞与《多湾》

周瑄璞，作为陕西70后作家的杰出代表，已然在中国文坛上熠熠生辉，成为一颗璀璨的明星。她的文字犹如一把犀利的刀，精准地切入生活的肌理，将那些隐藏在琐碎日常下的深刻情感和人性光辉——呈现出来。她的作品充满了对女性生存境遇的深刻洞察，以及对女性心灵成长的细腻描绘，使她在中国文学界崭露头角，备受瞩目。

周瑄璞的创作体裁广泛，在小说、散文等方面均有涉猎。她的作品不仅数量丰富，而且质量上乘，每一部作品都凝聚了她对文学的热爱和对人性的探索。在周瑄璞的创作中，女性的成长和思想觉醒是她作品中的重要主题。她的小说不仅讲述故事和人物命运，而且注重女主人公的自我完善和成长过程。这些女性在经历了生活的磨难后逐渐成长为独立、自信、坚强的人。她们的故事让人们看到了女性的力量和美丽的同时，也让人们意识到女性在社会中的重要地位和作用。周瑄璞通过这些作品向读者传递了一种积极向上的价值观和人生观，激励着读者去追求自己的梦想和目标。周瑄璞的写作风格是文字优美而富有感染力的，能够让读者深入人物的内心世界感受他们的喜怒哀乐。她的作品语言简练明快、结构紧凑有力、情节跌宕起伏、人物形象鲜明生动。她的文字不仅具有很高的艺术价值和文化内涵，而且更能够让读者在阅读中感受到生活的美好和人性的光辉。

周瑄璞的《多湾》以一个家族五代人的命运为主线，时间跨度长达70余年，从20世纪30年代写到新世纪来临，以细腻的笔触和深刻的思想，呈现了一个家族由农村人变为城市人的经历，以及他们在中国社会变迁中的奋斗、求索精神。这部作品以贫困中的兄妹成长故事为主线，展现了他们在艰难生活中的坚韧与美丽。通过这部小说，周瑄璞描绘了一个大家族四代人的群像，将他们的生活、情感、命运淋漓尽致地展现出来。这部作品以其深刻的社会洞察力和对人物命运的细腻描绘，赢得了广大读者的喜爱和赞誉。

家族精神成为小说的重要主题之一，也赋予了作品深刻的内涵和独特的魅力。在家族叙事中，作者巧妙地运用了时间线索，将家族成员们的命运与社会的变迁紧密地联系在一起。从民国时期的动荡不安，到新中国成立后的社会主义建设，再到改革开放后的经济繁荣，家族成员们的命运也随之起伏。这种时间跨度的设置，不仅增加了小说的历史厚重感，也使得读者能够更加深入地了解当时社会的风貌和人们的生活状态。

在《多湾》中，女性形象占据了重要的地位。作为家族的根系女性，季瓷的形象尤为突出。她不仅承担着家族繁衍的重任，还在家族中发挥着重要的作用。她的智慧、坚韧和无私为家族的发展注入了活力。在小说中，季瓷被塑造成一个典型的中国传统女性形象，她有着深厚的家庭观念和责任感，为了家族的繁荣不惜付出一切。这种形象塑造不仅符合当时社会的文化背景，也增加了小说的真实感和可信度。除了季瓷之外，小说中还有其他女性形象也值得一提。她们有着不同的性格和经历，但都在家族中扮演着重要的角色。她们的智慧、勇气和坚韧为家族的发展注入了新的活力。这些女性形象的塑造不仅丰富了小说的内容，也展示了作者对女性角色的深刻理解和关注。周瑄璞以细腻的笔触描绘了杨烈芳等女性角色在贫困中的

《多湾》封面

成长经历。她们面对着生活的种种不公与磨难，却始终保持着对生活的热爱和对未来的希望。她们在困境中相互扶持，共同成长，用自己的坚韧与美丽诠释着女性的力量。

《多湾》作为一部家族小说，不仅具有独特的文学价值，还具有深刻的思想内涵。它通过对家族命运的描述，展示了中国社会在20世纪时期的变迁和普通人的奋斗历程。这种文学价值不仅体现在对历史的回顾和总结上，更体现在对现实生活的启示和反思上。《多湾》让我们看到了家族在中国社会中的重要地位和作用。家族不仅是人们生活的基础和保障，更是文化传承和精神寄托的重要载体。在家族中，人们可以感受到亲情、友情和爱情的温暖，也可以学习到家族精神和文化传统。这种家族观念和价值观在当今社会仍然具有重要的现实意义。《多湾》让我们看到了普通人在社会变迁中的奋斗和求索。无论是面对历史的动荡不安，还是面对现实的挑战和困难，人们都能够坚持不懈地追求自己的梦想和目标。这种奋斗精神不仅体现了个人价值的实现，更体现了整个社会的进步与发展。《多湾》让我们学会思考如何面对未来的挑战和机遇。在当今社会，随着科技的发展和全球化的加速推进，我们面临着前所未有的机遇和挑战。如何抓住机遇、应对挑战、实现个人价值和社会价值成为我们需要思考的重要问题。《多湾》中的家族故事和人物形象为我们提供了宝贵的启示和借鉴。

除了《多湾》之外，周瑄璞的其他作品也同样精彩纷呈。她的中短篇小说集《夏日残梦》通过对不同女性的描绘，展现了她们在家庭、社会中的种种困境与挑战。这些女性人物或面临家庭矛盾，或面临事业挫折，或面临情感纠葛，但她们都始终保持着对生活的热爱和对未来的追求。她们的故事让读者感受到了女性的坚韧与美丽，同时也让读者对女性的生存境遇有了更深刻的认识。

在《我的黑夜比白天多》中，周瑄璞描绘了主人公的内心世界，揭示了现代都市人的孤独与焦虑。这部作品以独特的叙事方式和深刻的主题内涵赢得了读者的广泛赞誉。它让人们看到了现代都市人在追求物质享受的同时所付出的代价以及他们内心的孤独与焦虑。通过这部作品，周瑄璞向读者传递了一种深刻的人文关怀和对现代都市生活的反思。

在《疑似爱情》中，周瑄璞则通过对主人公与两个男人之间的情感纠葛的描绘展现了女性的情感世界和内心挣扎。这部作品以细腻的笔触和真实的情感让读者感受到了爱情的美好与痛苦以及女性在爱情中的无奈与挣扎。它让人们看到了女性在追求爱情的过程中所付出的代价以及她们内心的痛苦与挣扎。通过这部作品，周瑄璞向读者传递了一种对爱情的深刻理解和对女性情感世界的关注。

此外，《多湾》和《日近长安远》等作品也同样展现了周瑄璞对女性生存境遇和心灵成长的关注。这些作品中的女性都面临着各种挑战和困境，但她们都始终保持着坚韧不拔的精神和对生活的热爱。她们的故事激励着读者去追求自己的梦想和目标，同时也让人们更加关注女性的地位和权益。

参考书目

[1] 贾平凹主编：《陕西文学六十年作品选（1954—2014）》，陕西人民出版社2015年版。

[2] 邢小利著：《陕西作家与陕西文学》，陕西人民出版社2017年版。

[3] 李继凯著：《秦地小说与"三秦文化"》，商务印书馆2013年版。

[4] 邰科祥著：《陕西新时期文学访谈及研究》，中国社会科学出版社2019年版。

[5] 冯肖华主编：《陕西地域文学论稿》，陕西人民出版社2006年版。

[6] 孙新峰、席超著：《陕西新时期作家论》，中国社会科学出版社2015年版。

[7] 刘宁著：《当代陕西作家与秦地传统文化研究——以柳青、陈忠实和贾平凹为中心》，中国社会科学出版社2014年版。

[8] 史飞翔著：《陕西作家研究》，四川民族出版社2019年版。

[9] 陈一军主编：《当代陕西作家专题研究》，九州出版社2020年版。

[10] 李志慧主编：《关中文化概论》，西北大学出版社2013年版。

除以上所列书目外，本书在写作过程中还引用和参阅了网上有关陕西作家及其作品介绍的相关资料。由于篇幅所限，未能将所有援引、参考的文章、创作谈、访谈录、演讲稿等全部列出，在此谨向它们的作者表示衷心感谢和崇高敬意。另外，本书在写作过程中还吸收和采纳了李星、肖云儒、和谷、邢小利、常智奇、柏峰、厚夫、杨焕亭等文坛前辈的思想和成果，在此一并致谢！

后　记

2019年12月，我出版了一本"小书"——《陕西作家研究》。说起这本书的出版缘由及经过，很是惭愧。2014年，我有幸入选陕西省委宣传部"陕西百名青年文学艺术家扶持计划"（简称"百青计划"）。2016年，再次入选"陕西省百名优秀中青年作家艺术家资助计划"（简称"百优计划"）。这样，我就成为陕西省委、省政府重点扶持的六个青年文艺评论家之一。当时省上每年给我们六人每人五万元，用以资助我们的创作。根据《陕西百名青年文学艺术家专项扶持资金管理使用暂行办法》，资助款项可以用来进行文艺创作、作品研讨、参赛参展、个人演艺、学习深造等五项。

2019年度"百青计划"下达时，我申报出版文学评论集《我们这个时代的作家与文学》。申报很快获批，整本书的写作也很顺利。问题出在了出版环节。申请书号时，《我们这个时代的作家与文学》没有通过，出版社建议更换书名。这就难住了我。说实话，我之所以取名《我们这个时代的作家与文学》，是经过一番深思熟虑的。我是有意想通过这样一个书名，表达我对当下文学的一点看法，同时也提醒读者对"时代与文学"这一命题做出思考。既然这个想法行不通，那就只能妥协、变通了。就在这个时候，我的一位朋友建议我取名《陕西作家研究》。当时，我正给学生开设一门选修课，名字就叫"陕西作家研究"，但一直没有教材，很不方便，学生也多有怨言。我知道这本书都是一些单篇文章的结集，没有整体论述，缺乏系统性、学理性，说穿了就是一本《陕西作家印象记》，叫《陕西作家研究》并不合适。没想到我的

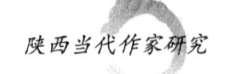

这位朋友说："你这人怎么这么死脑筋。这都什么年代了？谁会在意你的一本书叫什么名字呢？再说，你要是觉得不满意，以后还可以出修订本，再完善嘛。"经他这样一番劝说，我一时糊涂，居然同意了。

世间事有时候真的很难说。我做梦也没有想到《陕西作家研究》出版后，反响竟然出奇地好，媒体竞相报道。中国全民阅读联盟称《陕西作家研究》一书是一本带你读懂"文学陕军"的书。不仅如此，陕西文学界的同仁还为这本书举行了隆重的研讨会。中国作家协会副主席、陕西省作家协会主席贾平凹认为，该书视野开阔，多有新见，文字质朴，举重若轻，显示了作者的才气与学养。著名评论家、陕西省作家协会原创联部主任、陕西文学院原院长常智奇先生说："陕西省第四代文艺批评队伍已经形成，史飞翔是这支队伍的一个代表。"研讨会上，陈长吟、常智奇、焦仁贵、周养俊、王新民、袁国燕等多位专家学者先后发言。与会者认为，尽管《陕西作家研究》一书不是一部严肃的学术著作，但该书融文学创作和学术研究于一体，用散淡平和的语言揭示了几代陕西作家的文本特征，成为新时期以来陕西文学的一个剪影。面对这些赞许，我羞愧难当。我深知《陕西作家研究》名不符实，虽然谈不上是什么败笔，但也是一个轻率之举，它是我写作生涯中的一个瑕疵，一个缺憾。作为弥补，我做了两件事：第一，当出版社提出要加印该书时，我断然拒绝；第二，我并没有将《陕西作家研究》一书作为教材使用，而是继续让学生在课堂上记笔记。

五年来，《陕西作家研究》一书始终是我心头的一个"结"。五年来，我一边教课，一边完善讲义。为了更加严谨，我将课程名字改为"陕西当代作家研究"。如今，这门课程已成为面向全校开设的通识选修课，每学期都有来自不同院系和专业的300多名学生选修这门课。大概是因为我上课尚能联系实际、视野开阔、深入浅出、语言幽默的缘故吧，这门课程深受学生欢迎，每次选课都是"秒空"，没选上的同学就来旁听。一门和专业课程并没有多大关系的通识选修课竟然能受到如此青睐，实在是超出我的意料。这就是文学的力量，这就是思想的力量！

「后 记」

　　作为一门面向全校开设的通识选修课，作为一个每学期都有超过300人选修的热门课，没有教材是无论如何都说不过去的。基于这些原因，我历时五年，在平时课堂讲义的基础上，参阅了大量和陕西作家有关的专著、论文等，终于写成了这本《陕西当代作家研究》。"妆罢低声问夫婿，画眉深浅入时无。"我写此书不为别的，只为弥补一个缺憾，了却一桩心愿。学问之道无他，求其放心而已矣。如今，我终于可以问心无愧了。

　　陕西不仅是文学大省，而且是文学强省。从某种程度上说，陕西重要作家文学的高度代表了中国当代文学的高度。《陕西当代作家研究》一书是我继《陕西作家研究》一书之后，推出的又一本有关陕西文学的研究之作。该书立足陕西文化，书写时代精神，为陕西文学发声，为陕西作家立传，是一本带你读懂"文学陕军"的书籍。全书通过对陕西当代文学史上的代表作家郑伯奇、柯仲平、柳青、杜鹏程、王汶石、李若冰、魏钢焰、王老九、路遥、陈忠实、贾平凹、陈彦、邹志安、红柯、叶广芩、高建群、冯积岐、杨争光、京夫、方英文、白描、和谷、杨焕亭、孙见喜、王蓬、李康美、刘成章、王海、寇挥、吴文莉、周瑄璞等人作品的研读和分析，探讨了作家的思想观念、创作风格、表达方式以及审美趣味。本书从现代人的视角切入陕西当代文学，按照"十七年文学"、新时期文学以及新世纪文学三个历史阶段，分别选取不同历史时期具有代表性的作家逐一进行阐释，力图勾勒出陕西当代文学的精神传统、历史嬗变及发展概貌，同时试图梳理出陕西当代作家成长与发展的历史进程。本书从地域文化的角度出发，重点探讨了陕西文学的地域特征，以及地域文化对作家创作风格的影响。通过对陕西当代文学史上代表作家及其作品的介绍和赏析，系统梳理了陕西作家的写作传统和精神特质，分析了"文学陕军"崛起的背景和原因，探究了"三秦文脉""延安文艺传统"等历史文化元素对陕西当代作家的影响以及陕西当代文学在中国当代文学版图中的独特性。全书重点探讨了时代特征以及地域文化视野下的陕西当代文学现状、存在的问题以及未来展望，以此来彰显陕西文化的影响力。

　　书稿完成后，我第一时间呈我的老师著名文艺评论家、茅盾文学奖评委

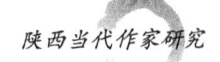

李星先生指正。李星先生提出了许多指导性的意见，并欣然题写推荐语："此书是青年学者史飞翔先生的陕西老中青三代作家的研究专著，视野宏阔，见解独特，是一部关于陕西文坛文学创作的重量之作，值得隆重推荐！"与此同时，著名文化学者、文艺评论家肖云儒先生也题词"为陕西文学发声，为陕西作家立传"鼓励我。两位先生都已年过八旬，德高望重，他们这种关爱、提携后生的精神品质必将激励着我在今后的文学创作道路上不忘初心、砥砺前行！

史飞翔

2024年12月15日于终南山下太乙河畔